나는될놈이다 18

글쓰는기계 게임 판타지 장편소설

초판 1쇄 찍은 날 | 2020년 7월 15일
초판 1쇄 펴낸 날 | 2020년 7월 22일

지은이 | 글쓰는기계
펴낸이 | 예경원

기획 | 위시북스
편집책임 | 이은송
편집 | 위시북스

펴낸곳 | 예원북스
등록번호 | 제396-2012-000132호
등록일자 | 2012. 7. 25
KFN | 제1-547호

주소 | 경기도 고양시 일산동구 호수로 646-24 위너스21II빌딩 206A호 (우)10401
전화 | 031-819-9431 팩스 | 031-817-9432
E-mail | yewonbooks@naver.com

ⓒ글쓰는기계, 2019

ISBN 979-11-365-3455-2 04810
       979-11-6424-237-5 (Set)

Wish Books

7

나는 될 놈이다

18 글쓰는기계 게임 판타지 장편소설

WISHBOOKS GAME FANTASY STORY

CONTENTS

CHAPTER 1

"크……."

흑마법사 NPC들은 고개를 숙인 태현을 보며 의아해했다.

"크하하하하! 역시 착하게 살면 복이 오는군. 세상에 정의가 아직 살아 있어."

–…….

흑흑이는 뭐라고 말하려다 말았다. 다른 블랙 드래곤들과 사디크는 멀고 태현의 주먹은 가까웠으니까.

태현이 기분 좋은 이유는 하나밖에 없었다.

행운 전환이 지혜로 성공한 것이다!

5,000이 넘는 지혜. 어떤 마법사 플레이어도 갖고 있지 못한 어마어마한 스탯이었다.

'덕분에 일시적으로 마법 스킬도 여러 개 생겼고……'

〈순간 마나 방어막〉, 〈마나 불태우기〉, 〈세계수의 지혜〉, 〈상급 진실의 눈〉…….

평소에 얻고 싶어 했던 마법 스킬들이 우르르!

물론 행운 전환이 끝나면 사라질 마법들이긴 했다.

'그런데 뭘 보여준다?'

행운 전환이 성공하자 다른 고민이 생겼다.

대마법사들 앞에서 어떤 마법을 보여줘야 할까?

'사디크의 화염…… 은 안 되겠고. 폭탄 설치해서 사기 치는 건…… 좀 그렇지.'

본능적으로 샘솟는 사기 욕구!

그렇지만 태현은 참았다. 체시자 혼자면 모를까 플레이어들에 대마법사들이 있는데 어지간해서는 성공하기 힘들었다.

'음, 아직 시간이 남았는데 흑마법 스킬을 더 찾아서 익혀야 하나? 그렇지만 스킬 레벨이 낮은 걸 쓰기는 좀 애매한데…… 잠깐만…….'

스킬 목록을 훑어보던 태현은 무언가를 발견했다.

〈중급 악마 소환〉 스킬. 예전에 얻었지만, 한동안 쓰지 않고 있었던 스킬이었다. 원한을 진 악마들이 너무 많아서 함부로 쓸 수가 없었던 것!

만약 소환했는데 아다드의 부하 악마나 에다오르의 부하 악마가 나온다면, 그 뒤로 무슨 일이 일어날지 알 수 없었다.

태현의 위치를 확인한 아다드가 직접 나올 수도 있는 것 아닌가! 게다가 소환 스킬은 어느 정도는 랜덤이라서 더 불안했다. A 악마가 나올 확률 몇%, B 악마가 나올 확률 몇% 같은 방식! 더 좋은 소환수일수록 나올 확률이 낮아졌다.

그래도 설마 〈중급 악마 소환〉 정도로 아다드 같은 고위 악마가 나오지는 않겠지만, 세상일은 모르는 법.

그리고 태현은 잘 알고 있었다.

'에이 설마 이렇게 확률이 낮은데 일어나겠어?' 싶을 때는 일어난다는 것!

판온 1 때도 그래서 이세연한테 지지 않았던가.

'그렇지만…….'

지금은 지혜가 5,000이 넘는 상황. 분명 지금 소환 스킬을 쓰면 어마어마한 보너스가 붙을 게 분명했다. 그렇다면 지금 쓰면 엄청난 고위 악마가 나오는 게 아닐까?

'그리고 지금 마탑 대마법사들 다 모여 있지?'

플레이어들은 엄두도 못 낼 고렙의 대마법사들이 우르르 모여 있는 상황.

'대마법사들 힘을 빌려서 악마를 잡으면……?'

케인이 봤다면 '저거 저거, 미친놈 또 미친 짓 한다!' 하고 기겁했을 짓! 그러나 태현은 진지하게 계획을 세우기 시작했다. 점점 퍼즐이 맞춰지고 있었다!

"언제 시작하는 거지?"

"곧 시작하겠지. 그보다 진짜 누구인지 모르겠네. 들어보니까 이 퀘스트 조건 마탑에 들어온 지 얼마 안 되는 사람만 가능한 거라던데, 그러면 레벨 50도 안 되는 거 아닌가?"

"레벨 50 넘기고서 마탑에 들어왔을 수도 있잖아."

"그게 말이나 되는 소리냐?"

"그 마법사가 정수혁이라는 소문이 있던데……."

"아, 그 정수혁?"

"그 정수혁이라면 그럴 수 있지."

"와. 부럽다……."

마법사들 사이에서는 신의 컨트롤로 유명해진 정수혁!

"나온다!"

마탑 안에 드넓은 공터. 마법사 플레이어들은 그 공터를 빙 둘러싸고 기다리고 있었다.

슈슈슉-

각 학파의 대마법사들은 대마법사답게 순간이동으로 공터 가운데에 나타났다.

"오오…… 오오오오……!"

"처음 봐! 내가 그렇게 퀘스트를 깨도 얼굴 한번 안 보여 주던데! 저 시……!"

"야. 쉿쉿. 들릴라."

저렙 마법사 플레이어들은 평소에 못 보던 대마법사들을 보고 신기해했다. 개성 있는 차림새를 하고 있는 대마법사들!

랭커들도 까마득하게 멀게 느껴지는데, 저렙 플레이어들은 더 말할 것도 없었다.

"자. 이리 오게, 김태현 백작."

"누구?"

"김태현?"

마법사들은 순간 귀를 의심했다. 방금 뭐라고?

"김태현……? 잠깐만, 길드 동맹에서 잡았다며?"

"멀쩡하잖아?"

"설마 다른 사람을 잡고서 착각해서 올렸을 리는 없고……
이 자식들 사기 친 거야?!"

물론 아니었다. 정말 다른 사람을 잡고서 착각해서 올린 것!
암살자 플레이어들은 마탑에서 빠져나가기도 전에 마법사
NPC들의 공격에 녹아버렸고, 그 덕분에 그들이 누구를 잡았
는지 제대로 확인도 하지 못했다.

그래서 이런 오해가 생기게 된 것이지만…….

-김태현 살아 있다!!

-속보, 김태현 마탑에서 숨 쉰 채로 발견됨…….

-억 ㅋㅋㅋㅋㅋ 길드 동맹 어떡하냐 ㅋㅋㅋㅋㅋㅋㅋ.

-와 이 인간들 뻔뻔한 거 봐. 김태현이 3일 안에 자기 위치 안 드러내
면 죽였다고 우기려고 저런 사기를 친 거야?

-그런 거 같은데? 지금 김태현 나온 거 보니까…….

-너무 추잡한 거 아니냐?

게시판은 순식간에 이 화제로 끓어올랐다. 벌써 태현이 나

타난 걸 생중계로 방송하고 사람까지 나오고 있었다.

"이 영광스러운 자리에 모인 대마법사들에게 감사를 표하지."

체시자는 나름 예의 바른 태도로 말했다.

화염술사 학파, 냉기술사 학파, 전격술사 학파……. 각 관련 학파의 대마법사들이 시큰둥한 눈빛으로, 호기심 넘치는 눈빛으로, 수상쩍은 눈빛으로 체시자를 쳐다보고 있었다.

"마음에도 없는 소리는 하지 말라고. 체시자."

"맞아. 자네가 그런 사람이 아니라는 건 이미 알고 있네."

"맨날 다른 학파를 헐뜯던 친구가……."

체시자의 이마에 힘줄이 돋아났다.

언제든지 틈만 나면 서로 헐뜯고 공격하는 마탑의 학파들!

같은 마탑이라고 사이가 좋은 건 절대 아니었다.

"크흐흠! 어쨌든 나는 오늘 흑마법사 한 명을 소개하려고 한다. 꼭 흑마법사라서 좋게 말하는 건 아니고, 믿을 수 없을 만큼 놀라운 재능과 지혜를 가진 마법사지. 게다가 그뿐만이 아니야. 명성도 대단히 높다고. 대륙의 굵직한 위기를 해결한 적도 있고……."

"흑마법사가?"

"정말로?"

"말도 안 되는데. 이름이 뭐지?"

"김태현 백작!"

대마법사들은 미묘한 표정을 지었다. 태현의 명성이 악명보다 높았을 때 찾아왔다면 '아니?! 그 김태현 백작이 흑마법사 학파에 들어가다니, 뭔가 잘못되거나 체시자가 사악한 마법을 부린 게 아닐까?' 싶었을 것이다.

그렇지만 현재 태현의 명성은 악명보다 낮은 상태. 그 때문에 대마법사들의 반응은 '그래, 김태현 백작이라면 흑마법사 학파와 어울리는군', '소문에 들어보면 살인마 백작이라고 하던데……', '아키서스 교단을 이끌고 사디크 교단을 무찌르기는 했지만 믿지 못할 교활한 영웅이라고……' 같은 반응들이 튀어나왔다. 체시자는 반응을 눈치채고 울컥해서 외쳤다.

"왜 그런 반응이지?!"

"아니, 김태현 백작이…… 영웅이긴 한데…….."

"무슨 말을 하고 싶으면 똑바로 하라고! 여기 김태현 백작이 오해를 사긴 했지만 마음만은 완전히 영웅이야! 자네들 중에서 그 사악하고 더러운 사디크 교단과 싸운 사람 있나!"

체시자는 이제 완전히 태현의 편을 들어주고 있었다.

태현마저 슬슬 불안해질 정도!

'이 인간 이러다가 수틀리면 어쩌려고 이러는 거야?'

"아니, 영웅이 아니라는 게 아니라…… 그냥 잘 어울린다는 거지!"

"맞아! 잘 어울린다고!"

이상하게 흑마법사 학파와 잘 어울린다는 말은 욕처럼 들렸다. 그걸 알고 있었기에 체시자는 속으로 분노만 삭였다.

"어쨌든 이제 보여주도록 하지. 다른 학파에서는 나오지 않은, 마탑에서 배우지 않아도 엄청난 재능을 가진 인재를!"

〈마탑 학파의 계승자-에랑스 왕국 마탑 퀘스트〉

에랑스 왕국 마탑은 마법에 미친 마법사들만이 모여 있는 곳이다.

그 마법사들의 소원은 하나! 뛰어난 천재가 마탑에 들어와 자신의 학파를 더 부흥시키는 것을 보는 것!

마탑의 대마법사들은 그런 인재를 꾸준히 찾아왔다. 흑마법사 학파의 대마법사, 체시자는 당신을 그런 인재로 보고 기대하고 있다.

만약 시험을 통과하고 대마법사들의 인정을 받게 되면, 당신은 흑마법사 학파의 계승자 칭호를 얻을 수 있을 것이다.

엄청난 영광이지만, 주의하라. 이 시험에서 실패할 경우 망신을 당한 체시자가 당신을 가만히 두지 않을 테니 말이다.

보상: 칭호(흑마법사 학파의 계승자).

태현은 가벼운 긴장감이 드는 것을 느끼며 앞으로 섰다.

아주 대놓고 실패하면 ×된다는 걸 보여주는 퀘스트창!

"그런데 뭘 보여줄 건가?"

"그러게 말이야. 시체도 없는데."

다른 대마법사들은 의아해하며 물었다. 흑마법사의 마법을 분류해 보면 몇 종류로 나뉘었다.

어둠의 화살처럼 파괴적인 공격 마법. 빠르게 시전할 수 있고 회피하기 힘든, 상태 이상을 거는 각종 저주 마법. 언데드들을 소환하거나 악마들을 소환하는 소환 마법. 이 중 언데드 소환은 시체가 없으면 많은 페널티가 붙었다.

"놀라지 말라고. 이 김태현 백작은, 무려 그 시험의 돌을 〈어둠의 화살〉로 깨뜨렸으니까!"

갑자기 주변이 조용해졌다. 플레이어들도 고개를 갸웃거렸다. 다들 왜 저러지?

"체시자…… 아무리 그래도 그렇지, 그런 거짓말을 하면 쓰나……."

"맞아. 그 시험의 돌을 어떻게 어둠의 화살로 부순다고 그래?"

못 믿겠다는 분위기!

체시자는 이제 아예 목덜미를 잡으려고 들었다.

"이, 이 비겁한…… 내가 깨진 돌을 보여주면 되나?!"

"이미 깨진 돌은 갖고 와서 뭐 하나. 알겠네. 믿어주지."

"전혀 믿는 얼굴이 아니잖아!"

태현은 대화를 자르고 끼어들었다.

"사실입니다."

"!?"

"제 명예를 걸고 약속드릴 수 있습니다."

"으음……."

악명이 높았지만, 태현의 명성도 만만찮게 높았다. 거기에 귀족의 작위까지!

그 결과 대마법사들은 바로 아니라고는 하지 못하고 반신반

의하는 얼굴로 태현을 쳐다보았다.

"정말인가? 그러면 여기서 다시 보여줄 수 있겠나?"

"그럴 수 있지만 시험의 돌을 헛되이 낭비하는 것도 아깝고, 제 능력이 파괴만 있다고 생각되는 것도 좀 아쉽군요. 이번에는 다른 걸 보여 드리겠습니다."

"다른 거?"

"바로 소환 마법입니다!"

대마법사들은 알지 못했다. 설마 이런 신성한 시험 자리에서 자기와 원수진 악마를 불러내서 싸움을 붙이려는 미친놈이 있을 거라고는!

"소환…… 마법? 언데드는 아니겠고 악마?"

"예! 역시 잘 아시는군요."

태현은 공손한 태도로 화염술사 학과의 대마법사에게 말했다.

"악마 소환 가지고 뭘 보여주겠다고……."

"운도 많이 따르고."

"악마 소환은 약해. 정예 데스나이트를 소환해도 우리를 만족시킬 수는 없는데 악마라니. 어디서 하급 악마 같은 걸 데리고 올 생각인가?"

"물론 아닙니다."

"그러면 어떤 악마를 데리고 올 생각이지?"

"역으로 물어보겠습니다. 어떤 악마 정도는 되어야 만족하시겠습니까?"

태현의 질문에 대마법사들은 곤란한 기색을 표했다.

"으음…… 한 층의 군단을 이끄는 악마 정도는 되어야 하지 않을까?"

"그것도 좀 약하긴 합니다."

"알겠습니다. 이해했습니다."

태현은 속으로 쾌재를 불렀다. 자기들이 더 센 악마를 부르라고 말했으니 이제 뭐가 나와도 상관없다!

"감사합니다. 대마법사님들. 소환 의식을 시작하겠습니다. 이 의식이 끝나면 무시무시한 악마가 나타날 겁니다!"

태현도 살짝 겁이 났다. 이 정도 지혜면 어떤 악마가 소환될까? 저번에 잡은 갈그랄처럼, 한 층을 맡은 주인의 오른팔 정도 되는 악마? 아니면 태현이 아예 모르는 다른 악마?

'그렇지만 아키서스의 교우 관계를 생각해 봤을 때, 나온 악마가 날 좋아할 확률은 거의 없겠지.'

신들도 싫어하고 천사들도 싫어하고 악마들도 싫어하고 드래곤들도 싫어하는 아키서스! 정말 알뜰하게 원한을 적립한 신이었다. 솔직히 감탄이 나올 정도!

'만약 나한테 원한이 있는 악마가 소환된다면…… 대마법사들의 힘을 빌려서 잡고, 운이 좋으면 악마의 무기도 건질 수 있다!'

현재 태현은 봉인된 악마, 에슬라를 풀어주는 퀘스트를 진행 중이었다. 지금 모은 무기는 갈그랄과 에다오르의 무기.

만약 여기서 하나만 더 얻을 수 있다면……!

파아아아앗!

태현 앞에 자주색 마법진이 그려지더니, 연기가 피어오르기 시작했다.

쿵! 쿵! 쿵!

[마법에 비해 엄청나게 높은 지혜를 갖고 있습니다. 마법이 강화됩니다. 당신을 찾고 있는 악마들이 있습니다. 악마 소환 마법에 영향을 끼칩니다.]

-주인이여, 이건 뭔가 잘못된 것 같다……!

흑흑이가 비명을 질렀다. 블랙 드래곤이다 보니 이런 악마소환 같은 흑마법의 낌새에는 매우 예민했던 것이다.

"뭐야? 뭐가 소환되는 거야?"

"몰라…… 김태현이 뭘 소환하나 본데……."

"설마 또 드래곤?!"

"악마 소환이라고 했잖아. 멍청아!"

플레이어들도 뭔가 이상하다는 걸 깨달았다. 보통의 악마소환 마법보다 효과가 너무 화려했던 것! 마법진 주변은 이미 자욱한 유황 연기로 보이지도 않았다.

-잡았다…… 이…… 쥐새끼 같은 아키서스 놈……! 네가나를 부르기만을 기다리고 있었노라! 죽을 준비는 되었느냐!

화아아아아악!

연기가 걷히고 어딘가 한 번 본 악마의 모습이 나타났다. 야심 차게 음모를 꾸미고, 모험가들을 속이며, 투기장의 총독으로 잠복해 있다가 나타나 대륙을 혼란으로 빠뜨리려 한 악마!

그러나 태현을 믿었다가 아키서스의 죽창, 아니, 성물에 찔려 바로 마계로 돌아가야 했던 악마!

-44층 마계의 주인, 에다오르가 널 죽이겠노라!

"……왜 하필 너냐!"

태현은 분통을 터뜨렸다. 에다오르는 잡아도 무기도 안 주는 악마! 왜냐하면 이미 가지고 있었기 때문이었다.

-두려움에 떨어라, 요 쥐새끼 같은 아키서스 놈…… 응?

대검 없이, 맨주먹으로 나타난 에다오르는 주변을 두리번거렸다. 마법사처럼 생긴 놈들이 너무 많았던 것이다.

그중 몇 명은 범상치 않은 마력을 가지고 있었다.

-……잠깐만…….

"에다오르! 잘 만났다. 저번에 나는 대륙을 혼란에 빠뜨리려던 너를 쓰러뜨렸지! 이번에도 다시 너를 쓰러뜨려서 굴복시켜 주겠다! 아키서스의 이름으로!"

에다오르가 속 터질 소리만 골라서 하는 태현!

-설마 나를…… 함정에 빠뜨린 것이냐?

태현은 대답하지 않았다. 대답하지 않는 게 상대를 더 열 받게 만든다는 걸 잘 알고 있었기 때문이었다.

"저 악마를 쓰러뜨립시다! 저 악마는 한 번 대륙에서 역소환된 적이 있어서 상처를 회복하지 못했을 겁니다!"

-이 쥐새끼가 진짜!

에다오르는 분노로 가득 차 태현에게 달려들려고 했다.

그러나 태현은 이미 잽싸게 거리를 벌린 뒤!

그것도 얄밉게 대마법사들 뒤로 이동한 상태였다.

"어떻습니까? 제가 소환한 악마를 보셨습니까!"

"아니…… 시험에서 원수진 악마를 소환하면 어떡하나!"

"예? 대마법사님들께서 강력한 악마를 소환하라고 하지 않으셨습니까? 저는 원래 좀 약한 악마를 소환하려고 했는데, 대마법사님들께서 그렇게 말하시는 바람에 어쩔 수 없이 에다오르를 소환한 겁니다! 안 그렇습니까, 체시자 님?"

"어, 어? 그렇지!"

당황한 듯 에다오르를 보고 있던 체시자는 고개를 끄덕였다. 태현이 이런 짓을 할지 몰랐던 체시자였지만, 일이 벌어진 이상 어쩔 수 없었다. 어떻게 되든 간에 태현을 밀어줘야 한다!

"그렇지! 원래 김태현 백작은 좀 더 안전하고 다루기 쉬운 악마를 소환하려고 했는데……! 그러게 김태현 백작을 도발하지 말았어야지. 김태현 백작이 쉬운 사람이 아니야!"

"그래도 정도가 있지! 에다오르 같은 마계의 한 층을 맡고 있는 악마를 부르다니!"

"보여주려면 확실하게 보여줘야지. 어디 약하고 비리비리한 악마 보여줘봤자 자네들이 트집이나 잡았겠지!"

"에다오르가 마탑에 나타나다니. 놈이 원한을 품으면 어쩌려고 그러나!"

말꼬리를 잡았기 때문에 완전히 반박은 못 해도, 대마법사들은 연신 투덜거렸다. 에다오르 같은 강력한 악마를 상대하는 건 대마법사들에게도 부담이었던 것이다.

그것을 눈치챈 태현은 대마법사들에게 말을 걸었다.

"혹시 대마법사님들…… 겁먹으신 건 아니죠?"

마법의 말!

'겁 먹었냐', '쫄았냐', '두려운가?' 같은 식으로도 응용이 되는, 마법의 말! 이 말을 듣는 순간 상대방은 어떻게든 간에 '아니! 겁 안 먹었는데!'라고 말할 수밖에 없었다.

"무슨! 무슨 소리를!"

"에다오르 같은 악마라고 해도 마탑에서 우리를 이길 수는 없다!"

[도발에 성공합니다. 화술 스킬이 오릅니다.]

"역시! 믿고 있었습니다! 아무리 강한 에다오르라고 해도 대마법사님들에 비하면 보름달 앞의 반딧불! 드래곤 앞의 강아지! 아키서스 앞의 사디크죠!"

"크으음……"

-주인님, 마지막 말은 처음 듣는 말인데요?

-시끄러워.

태현의 말에 대마법사들은 떨떠름한 표정을 지으면서도 부정하지 못했다. 에다오르는 상황이 이상하게 굴러간다는 걸 깨달았는지, 공격을 멈추고 회유에 들어섰다.

악마들마다 각자 다 개성과 성격이 달랐다. 에다오르는 한동안 도시에 숨어서 음모를 꾸밀 정도로 교활하고 음험한 악마! 불리하든 아니든 무조건 덤비고 보는 다른 악마들과 달리, 에다오르는 교묘하게 속임수를 쓸 줄 알았다.

-마법사들이여! 나는 너희들에게 원한이 없다! 저 아키서스 쥐새끼한테만 원한이 있을 뿐! 나를 건드리지 않는다면 조용히 넘어가 주겠다!

"무슨 소리! 총독으로 위장해서 사람들을 죽이고 도시를 불태운 악마 놈이 어디서! 여러분! 속지 마십시오! 저놈이 거짓말을 하고 있습니다!"

사실 도시를 적극적으로 불태우고 다른 플레이어들을 PK하고 다녔던 건 태현이었다. 그렇지만 지금 자리에서 그건 중요하지 않았다. 목소리 큰 놈이 이긴다!

"대마법사님들! 설마 저런 악마의 말에 흔들리지는 않으시겠죠?"

"으음…… 그렇지……."

"그, 그렇지."

[대마법사를 설득하는 데 성공합니다. 화술 스킬이 오릅니다.]

-이런 멍청한 마법사 놈들! 내 말을 믿어라! 나는 너희들에게 원한이…… 커헉!

-어둠의 화살!

태현은 에다오르의 면상에 화살 한 방을 꽂아 넣고 시작했다. 지혜 5,000이란 스탯은 어디 가질 않는지, 에다오르도 무시하지 못하고 비틀거렸다.

"이 사악한 악마 놈! 저번에는 사람들을 속이고 도시를 파괴했지만, 이번에는 그렇게 하지 못할 것이다!"

-너도 해놓고 뭐라는 거냐, 이 아키서스의 쥐새끼…….

태현은 에다오르의 말을 끊었다.

"저 악마 놈이 이간질을 하다니! 여러분! 공격합시다!"

콰콰콰콰콰쾅!

말과 함께 마법 폭격이 시작됐다. 대마법사들이 아니라, 지켜보고 있던 플레이어들 쪽에서였다.

"저거 잡자!"

"발만 담가도 대박이다!"

멍하니 에다오르와 태현의 대화를 듣던 플레이어들이 상황을 깨달은 것이다. 평소라면 절대 참여할 수 없을, 강력한 악마의 레이드! 물론 그들만 있었다면 당연히 비명을 지르며 도망쳤을 것이다.

그러나 지금은 대마법사들과 태현까지 있는 상황. 이런 상황에서 질 거라는 생각을 하는 사람은 아무도 없었다.

-크으으으윽! 이 버러지 같은 놈들이!

"저, 저놈 보십쇼! 본색을 드러냅니다! 마탑의 마법사를 버러지라고 하다니!"

태현은 그사이에도 충실하게 이간질을 하고 있었다.

혹시라도 대마법사들이 '음 둘 사이 일어난 일이니 둘이 알아서 하게'라고 말하지 못하도록 하기 위해서였다.

그 모습에 에다오르는 극도로 분노했다.

-크아아아아아! 전부 죽여 버리겠다!

[에다오르가 <악마의 포효>를 사용합니다!]
[마법 시전이 취소됩니다. 대미지를 입습니다.]

곳곳에서 비명 소리가 튀어나왔다. 마법이 취소됨과 동시에 대미지를 입은 마법사들이 비틀거렸다.

레벨 낮은 몇 명은 저것만으로 로그아웃을 당할 정도!

-이 아키서스 놈! 널 찢어버리겠다!

에다오르는 날아드는 마법을 무시하고 달려들기 시작했다.

노리는 건 당연히 하나.

태현의 목!

"언데드 소환, 언데드 소환, 언데드 소환, 언데드 소환, 언데드 소환, 언데드 소환, 언데드 소환, 언데드 소환……."

거기에 맞서 태현은 정면으로 나섰다. 현재 행운 스탯은 지혜 스탯으로 바뀐 상황. 그렇다면 맞춰서 활용할 뿐!

콰아아아아아아아아-

마치 폭포수처럼, 허공에 대량의 망령 언데드들이 생겨났다. 태현의 지혜 스탯 덕분에 하나하나가 던전의 준 보스 몬스터만큼 강력한 언데드! 거기에 태현의 고급 전술 스킬까지 합쳐지자 에다오르도 무시할 수 없는 격렬한 공격이 되었다.

쉬이익, 쉬이익, 쉬이익!

에다오르의 거대한 육체가 보이지 않을 정도로 뒤덮어서 물어 뜯어대는 언데드 망령들!

-성가신 놈들이……!

에다오르는 손으로 망령들을 잡아 뜯으며 성질을 부렸다. 그러나 언데드들은 계속해서 나타났다.

현재 태현의 MP는 거의 끝이 없는 셈이나 마찬가지였다.

에다오르는 방법을 바꿔야 한다는 걸 깨달았다.

-나와라!

쾅!

에다오르가 발을 구르자 허공에 마법진들이 생기며 그 안에서 꿈틀거리는 뱀 형태 악마들이 튀어나왔다.

"독이다! 조심해!"

그걸 본 마법사들이 기겁하며 앞에 방어막을 치기 시작했다. HP가 낮은 마법사들은 저런 독을 잘못 맞으면 한 방에 갈 수 있었다.

-어디 한번 버텨봐라. 전부 다 죽여줄 테니까!

에다오르는 으르렁거렸다.

태현과 마법사 플레이어들이 숫자로 몰아붙인다면 에다오르도 마찬가지로 할 생각이었다. 보아하니 저 마법사들은 별로 위협적이지도 않았다. 몰아붙이면 쓰러진다!

그러나 에다오르는 한 가지 놓치고 있었다. 지금 상대하고 있는 건 플레이어들뿐만이 아니라는 것!

"더 이상 봐줄 수 없군. 감히 마탑에서 소란을 피우다니."

"에다오르, 네가 아무리 강한 악마라 하더라도 여기가 어디인 줄은 알았어야지!"

가만히 있던 대마법사들이 나서기 시작한 것이다.

-레드 드래곤의 영원한 화염!

-크아아악!

태현이 부리는 언데드 망령 군대에 발이 묶여 있던 에다오르는 그대로 등에 마법을 직격당했다. 안 그래도 태현에게 당해 역소환한 상처가 다 회복되지 않은 상황.

대마법사의 일격은 아플 수밖에 없었다.

-크으윽…… 이 건방진…….

에다오르가 팔을 휘둘렀다.

-지옥 마법 창 연사!

그러자 허공에서 짙은 검은색 창들이 나타나 날아가기 시작했다.

캉!

그러나 그 공격도 헛되이 막혔다. 허공에서 거대한 빙벽이 나타나 공격을 막아버린 것이다.

태현의 예상은 완전히 맞아떨어졌다. 마탑에서, 대마법사 NPC들이 쌩쌩하게 있는 상황이라면 아무리 강한 악마가 나온다고 하더라도 이길 수 없으리라는 것! 게다가 나온 악마가 하필 에다오르라는 것도 태현에게 유리하게 굴러갔다.

상처가 회복되지 않은 악마인 것!

'무기를 얻지 못하는 건 아쉽지만, 이걸로도 충분해!'

갑자기 열린, 마탑 안에서의 에다오르 레이드. 마법사 플레이어들과 태현이 에다오르에게 공격을 퍼붓는 동영상은 실시간으로 올라오고 있었다. 그리고 그걸 가장 애타게 보고 있는 사람들은 따로 있었다.

-김태현 잡았다면서!! 이 자식들은 일 처리를 어떻게 하는 거야?!
-알아보니까 김태현이 다른 사람을 대신 잡게 했다는데요.
-그걸 변명이라고 하냐?! 응? 지금 게시판 봤어? 우리 비웃는 글이 절반이다!!

길드 동맹의 채팅창은 뜨거웠다. 잡은 줄 알았던 태현이 멀쩡히 살아서 돌아온 것이다. 그것도 굵직한 퀘스트를 진행하면서!

길드 동맹 입장에서는 이만한 굴욕도 없었다. 거의 조롱하는 수준이나 마찬가지였다.

-당장 가서 다시 잡아!

-지금? 저기 대마법사 있는 데다가 김태현도 알아차려서 힘들지 않나?

-그러면 가만히 있을 거냐? 김태현이 에랑스 왕국 안에 있을 때 잡아야지, 밖으로 나가면 잡지도 못해!

말이야 맞는 말이었다. 그러나 섣불리 나서는 사람은 없었다. 태현을 잡겠다고 나서다가 개망신을 당한 암살자들 때문에 기가 팍 죽은 것이다.

'마탑이 만만한 곳도 아니고, 잘못하면 현상금 붙잖아.'

'게다가 김태현이 함정을 파고 있을 수도 있고.'

-저거 근데 에다오르 잡으면 뭐 나오지? 악마 무기 나오는 거 아닌가?

-……저기 지금 가면 낄 수 있나?

'저걸 말이라고…….'

'지 일 아니라 이거지?'

-그보다 한국에서 판온 선수들 자선 대회 연다던데, 이거 해외 선수는 참가 못 하나?

-이번 대회에 참여했던 선수들은 다 초대받았다던데.

-판온 자선 대회라고 해봤자 결국 판타지 크래프트 대회잖아. 그게 뭔 판온 대회냐?

-뭐든 간에 상금이 세잖아.

-시끄러워!! 헛소리는 나중에 해. 지금 중요한 건 이 상황을 어떻게 수습할지야.

쑤닝은 분노해서 외쳤다. 여전히 이놈들은 배가 불러서 상황을 제대로 파악하지 못하고 있었다.

태현은 좀처럼 사람들 앞에 나타나지를 않았다. 안 보이는 곳에서 굵직한 퀘스트를 깬 다음 나타나는 게 보통!

그런 태현이 이렇게 에랑스 왕국에 나타났는데 길드원들은 계속 헛발질만 해대고 있었다. 기회를 날리는 것도 날리는 거지만, 사람들 사이에서 길드 동맹의 이미지가 우스워지는 건 더 큰 문제였다.

'이 자식들은 머리가 없나?'

계속 이렇게 우스워지면 앞으로 길드 동맹에서 태현을 잡는다고 해도 '저거 합성 아냐?' '에이, 저번에도 거짓말하더니……' 같은 식으로 흘러갈 수도 있었다.

-지금 에랑스 왕국에 있는 플레이어들은 전부 모여. 마탑으로 들어간다.

-뭐? 미쳤어?

-잘 들어라, 멍청한 놈들아! 만약 김태현이 에다오르 레이드를 끝내고 마탑 퀘스트까지 끝내면 어떻게 될지 아냐? 우리는 계속 비웃음당할 거다. 전부 모여라! 에다오르 레이드는 방해해야 한다!

'수월하게 잡겠군.'

태현은 그렇게 생각하며 계산을 마쳤다. 에다오르는 몇 가지 강력한 스킬들을 쓰며 플레이어들을 몰아붙였지만, 초반에 로그아웃 당한 사람들 말고는 추가로 당하는 사람은 없었다. 대마법사들이 나서서 막아준 덕분이었다.

대마법사들은 정말로 굉장했다.

추정 레벨이 최소 300. 공방일체로 닥치는 대로 퍼붓는 마법들은 에다오르가 아무것도 하지 못하고 두들겨 맞게 만들었다. 아까까지는 태현한테 기를 쓰고 덤벼들려던 에다오르도 지금은 완전히 수비 상태로 바뀌었다.

-크으으어어어어!

에다오르가 비명을 지르며 몸부림쳤다. 몸을 칭칭 감은 화염의 밧줄이 에다오르를 태우고 있었던 것이다.

"거의 다 잡았다!"

"이대로 밀어붙여! 계속 밀어붙여!"

플레이어들의 눈빛이 점점 더 빛나기 시작했다. 그들도 느끼고 있었던 것이다. 악마를 잡을 수 있을지도 모른다!

하급 악마면 모를까, 마계의 층 하나를 담당하고 있는 강력한 악마를 잡는다니. 태현이야 몇 번째 하고 있는 짓이었지만 다른 플레이어들은 판온을 하면서 한 번 할까 말까 하는 일이었다.

'잡기만 하면……!'

'접을 때까지 자랑할 수 있을 거야!'

그 순간 뒤에서 새로운 플레이어들이 나타났다.

"뭐야?"

"에이, 늦게 와서 숟가락 얹으려고……."

마법사 플레이어들은 투덜거렸다. 뒤늦게 나타난 플레이어들이 에다오르 레이드에 끼어들려는 줄 알았던 것이다.

그러나 그들은 그러려고 온 게 아니었다.

쉬이이익!

"크아악!"

"미쳤냐?! 눈깔 어디다 달고 마법 쓰는 거야?!"

마법이 등짝으로 날아들자 시전되고 있는 마법 중 몇 개는 취소되었다.

"뭐야?"

-침입자! 침입자다!

"동맹 만세!"

갑자기 나타난 동맹 길드원들 때문에 플레이어들은 혼란에 빠졌다. 일부는 돌아서서 길드원들에게 공격을 준비했다.

-이놈들…… 마탑을 얼마나 우습게 보면……!

[대마법사가 격노합니다!]

그리고 분노한 건 대마법사들도 마찬가지였다. 이미 암살 사건을 일으켜서 잔뜩 분노를 산 상태.

그런데 다시 이렇게 들어오다니.

화아아아앗!

화염의 정령들이 길드원들에게 달려들기 시작했다. 길드원들은 스크롤을 쓰며 막아냈다.

"대마법사들 장난 아닙니다. 빨리 안 튀면 우리가 당하겠는데요?"

"에다오르! 빨리 날뛰어라!"

길드원들이 믿는 건 하나밖에 없었다.

그 믿음에 대답하듯이, 에다오르가 움직이기 시작했다. 공격이 멈추자 숨을 돌릴 기회가 온 것이다.

타타탓-

"에다오르가 빠져나왔다!"

"다시 마법으로 묶어!"

수십 개의 마법으로 묶고서 패던 에다오르가 빠져나오자 마법사들은 당황했다.

-크아아아아아아아아!

에다오르가 질주하자 다들 긴장했다. 태현은 얼굴을 찌푸렸다.

'또 나냐?'

저렇게 필사적으로 달려드는 이유가 달리 생각나지 않았다. 태현은 다시 언데드 군대를 움직여 막으려 들었다.

그러나 이번에는 태현의 생각이 빗나갔다. 허공에 거대한 차원문이 생겨났다. 에다오르는 태현을 노려보며 외쳤다.

-기억해라, 아키서스의 쥐새끼! 이 원한은 반드시 갚아주겠다! 파아아앗!

에다오르는 재빨리 튀어버렸다.

[44층의 악마, 에다오르가 도망쳤습니다.]
[명성이 오릅니다.]

갑자기 싸늘해지는 분위기! 태현도, 마법사 플레이어도, 대마법사도, 차원문을 쳐다보다가 길드원들에게 시선을 돌렸다. 길드 동맹원들도 얼빠진 얼굴로 차원문을 보다가 헉 하고 정신을 차렸다.

"저, 저 악마 놈이 튀었어?!"

"악마 놈 믿지 말라더니……!"

길드 동맹의 계획은 간단했다. 정신없이 레이드를 하는 틈을 타, 그들을 공격하고 에다오르를 돕는다.

아무리 대마법사 NPC가 강하다고 하더라도 이렇게 뒤에서 방해를 한다면 제대로 신경을 쓸 수 없었다.

그 틈을 타 에다오르가 다시 날뛰면 도주!

그런데 에다오르가 혼자 날름 튀어버린 것이다. 물론 에다오르와 사전에 무슨 약속을 한 건 아니었지만…….

태현은 지팡이를 겨눴다. 그리고 말했다.

"죽여."

분노에 찬 마법사 플레이어들의 공격이 시작되었다.

"이 자식들이 어디에 와서 훼방질이야?!"

"너희가 게시판에 사기 친 놈들이지!"

콰콰쾅! 콰쾅!

온갖 마법들이 날아와 길드원들에게 작렬했다.

"너희 때문에 에다오르 놓쳤잖아!!"

"경험치 책임질 거냐! 아이템 책임질 거냐!"

"악마 무기 얻을 기회였는데!"

그 말에 이번에 태현이 움찔했다. 마법사 플레이어 중에서는 악마가 쓰는 장비를 탐내는 플레이어가 있는 모양이었다.

물론 그 무기는 태현이 예전에 뺏었고, 혹시 다른 게 나온다고 하더라도 태현이 다른 플레이어에게 양보할 리가 없었지만.

상황이 꼬여 완전히 포위된 길드원들. 길드원들은 마지막 발악으로 태현을 보며 외쳤다.

"크크…… 크크크! 김태현! 이래 봤자 소용없다! 네 퀘스트는 끝났으니까!"

에다오르가 도망친 게 어이가 없기는 했지만 어쨌든 태현의 퀘스트를 방해했다!

길드원들은 그렇게 믿고 있었다.

"무슨 개소리야? 달라지는 건 없는데."

"에다오르를 놓쳤으니 마탑 시험은 실패겠지! 허세 떨지 마라…… 컥!"

"이것들이 두들겨 맞는 도중에 입은 살아가지고……."

태현은 언데드 망령들을 닥치는 대로 움직이고 어둠의 화살을 쏘아냈다. 입을 놀리던 길드원은 두들겨 맞고 로그아웃 당했다.

"으하하하! 으하, 으하하…… 크아악!"

길드원들은 착각하고 있었다. 에다오르를 마탑의 대마법사들이 소환하고, 그걸 잡는 게 태현의 퀘스트라고.

물론 아니었다.

"어떻습니까, 대마법사님."

에다오르가 사라지고, 혼란이 수습되자 대마법사들은 떨떠름한 표정으로 태현을 쳐다보았다.

그 눈빛은 이렇게 말하고 있었다.

'이 또라이 자식……'

"헉, 설마 아직도 안 되는 겁니까? 그러면 더 강한 악마를 소환……."

"아, 아니야! 아니야!"

"그럴 필요 없어! 이미 충분히 봤네!"

태현을 말리는 대마법사들! 그 모습에 체시자는 감탄했다.

정말 흑마법사를 위해 태어난 인간이구나!

모르는 척하면서 협박을 하는 솜씨가 일품이었다.

"김태현 백작, 그대가 시험을 통과한 걸 인정하겠소!"

칭호: 흑마법사 학파의 계승자.

당신은 눈부신 재능을 보여줌으로써 에랑스 왕국 마탑의 흑마법사들을 이끌 자로 선택받았습니다. 흑마법을 사용할 때 추가 보너스, 흑마법사들을 상대할 때 추가 보너스, 흑마법사를 부릴 때 스킬을 빌릴 수 있음.

'스킬을 빌릴 수 있다고?'

다른 흑마법사가 쓰는 스킬을 잠깐 빌려와서 대신 쓸 수 있는 모양이었다. 레벨 업을 하기는 했지만, 원래 계획과는 좀 달라졌다.

'원래는 에다오르 잡기 직전에 경험치 물약을 먹고 잡으려고 했는데……'

경험치 물약을 먹고 에다오르를 잡으면 한 번에 폭발적으로 레벨 업을 할 수 있을지도 몰랐다. 그런데 그걸 길드 동맹이 훼방을 놓은 것이다.

'이 자식들……! 감히 내 퀘스트에 훼방을 놔?'

태현이 놓은 훼방을 생각해 본다면 새 발의 피였지만, 태현이 그런 균형에 맞춰 생각할 리 없었다.

분노!

"김태현은 왜 퀘스트 다 깼는데 저렇게 분노하는 거지?"

"그러게? 지금 마탑 마법사들이 퀘스트 성공했다고 말해준

거 아니냐?"

"에다오르 놓쳐서 그런 거 아닌가?"

"멍청이들아. 그것도 모르겠냐? 김태현은 우리 때문에 화가 난 거야."

"?"

"김태현은 에다오르를 잡은 적이 있잖아. 그렇게 아쉽지 않겠지. 그렇지만 이번에는 우리하고 같이 잡았잖아? 근데 저놈들이 방해해서 기회를 날렸지. 김태현은 우리를 위해서 화를 내주고 있는 거다!"

"그런……!"

"그저 빛……!"

케인이 있었다면 '아니야 미친놈들아 정신 차려!'라고 해줬겠지만, 지금 케인은 여기에 없었다. 마법사 플레이어들은 감동받은 눈빛으로 태현을 쳐다보았다.

이번에는 태현이 의아해했다.

'에다오르 놓쳤는데 왜 표정들이 다들 저래? 난 열 받아 죽겠는데.'

턱-

"고생했어, 김태현 백작! 난 자네가 해낼 거라고 믿고 있었지. 실패하면 죽이려고 했었지만!"

체시자의 농담은 언제 들어도 소름 돋았다.

"감사합니다."

"이제 자네는 흑마법사 학과의 계승자니 거기에 맞는 책임과 헌신을 보여줄 수 있겠지?"

[흑마법사 학파의 계승자로서 여러 퀘스트에 도전할 수 있습니다.]
[현재 퀘스트 목록:<흑마법사들의 재료 수집>, <흑마법사들의 비원>, <사라진 흑마법사들을 찾아라>, <기부금 좀 내시죠>……]

'퀘스트 이름이 뭔가 이상한 게 있었는데?'
태현은 일단 퀘스트는 나중에 확인하기로 했다.
지금은 다른 걸 먼저 하려고 했던 것이다.
'이 자식들이 봐줬더니 아주 끝까지 달라붙어서……'
길드 동맹! 이번에 밟아줘야 할 것 같았다. 길드 동맹은 태현을 공격하면서 설마 그들이 역습을 받으리라고는 생각하지 않았다. 태현을 공격한 놈들이 잡히거나 반격을 당해 죽을 수는 있어도, 설마 태현이 본거지로 쳐들어오지는 못하겠지! 그러기에는 전력이 너무, 엄청나게 차이가 났던 것이다.

그러나 그런 것에 겁먹어서 물러설 사람이라면 태현이 여기까지 오지도 못했다. 왜 태현이 그렇게 수많은 원수들을 만들고 원한 포인트를 적립해 왔겠는가?

상대가 어떤 놈이든 간에 일단 패고 봤기 때문!
태현의 머리가 빠르게 굴러가기 시작했다.
'지금 할 수 있는 가장 좋은 방법은…… 폭탄 테러, 암살, 그러고 보니 토끼들을 써먹어도…… 흑마법사들을 부릴 수도 있겠군. 이번에 공적치 포인트가 나왔으니……'

순식간에 떠오르는 방법들. 태현은 고민 후 결정을 내렸다. 다 쓰면 되지!

상대방을 괴롭히는 방법의 종합선물세트!

그러는 사이 체시자가 무언가를 꺼내 태현에게 건넸다.

"이거 받게."

"이게 뭡니까?"

"아키서스를 믿는다며? 아키서스와 관련된 책이지."

아키서스의 권능이 기록된 신성한 책:

아키서스의 권능이 담겨 있는 책이다. 자격이 있는 자가 읽을 경우 아키서스의 권능 중 하나를 얻을 수 있다.

태현의 얼굴이 굳었다. 그걸 모르고 체시자는 천진난만하게 웃었다.

"마탑 비밀 서고에서 아키서스 관련 책을 찾느라 좀 늦었지. 어때? 마음에 드나?"

"……보통 이런 아이템은 마탑 던전에 있다고 하지 않으셨습니까?"

"내가 그랬나? 있을 가능성이 높다고 한 거 같은데……."

태현은 한 대 날리려다가 말았다. 아직 체시자는 쓸모가 많았고, 한 대 날리면 태현이 질 가능성이 높았으니까!

'아오, 이 인간이…….'

체시자가 잘못 알려준 덕분에 별 필요도 없는 마탑 던전에서 시간을 낭비한 셈이었다.

태현은 한숨을 쉬며 아이템을 챙겼다.

-퀘스트 끝났다. 다들 준비해라.

-응? 뭘?

귓속말을 받은 케인이 천진난만하게 대답했다.

-오스턴 왕국으로 간다.

-거기는…… 왜?

-왜긴 왜겠냐. 팰 놈들이 있으니까 가지.

-잠, 잠깐만! 설마……! 야! 우리 그냥 판타지 크래프트 연습을 하지
않을…….

뚝!

귓속말을 끊고, 태현은 체시자에게 말을 걸었다.

"체시자 님. 제가 절 공격한 원수 놈들과 싸우려고 하는데,
힘을 빌려주실 수 있겠습니까?"

"물론 그래야지!"

상급 흑마법사 NPC, 전투 악마들, 언데드 부대, 강력한 저
주 스크롤 등……. 흑마법사 학파에게는 태현에게 탐이 나는
전력이 많았다. 태현은 마치 쇼핑하듯이 하나씩 고르기 시작

했다.

'일단 흑마법사 NPC들은 넣고, 언데드 부대 부릴 거니까. 음, 시체를 만들어서 부대 만들어도 되지만 좀 갖고 가는 게 낫겠지? 헉, 골렘도 있네. 와이번도 있잖아? 이것도 사고 이것도 사고……'

공적치 포인트를 한 번에 날려 버릴 수준의 쇼핑!

그러는 사이 한 명의 플레이어가 슬금슬금 다가왔다.

"흠흠, 태현 씨. 이번에 레이드도 끝났는데…… 이제 시간 좀 되십니까?"

태현에게 원하는 아이템을 뺏긴 플레이어! 바로 바하였다.

"아. 그렇죠. 주사위 원하신다고 했나?"

"흠흠, 꼭 그렇다는 건 아니지만 파신다면……"

"그러면 안 팔고 그냥 제가 쓰죠."

"꼭 갖고 싶습니다!"

바로 돌변하는 바하! 태현은 바하를 물끄러미 쳐다보았다. 그 모습에 바하는 왠지 모르게 불안해졌다.

"혹시 저하고 같이 어디 좀 가주시겠습니까? 제 일만 도와주면 주사위는 바로 드리도록 하죠."

"정말입니까?! 좋습니다!"

대놓고 호구를 잡으러 오는 바하. 태현은 흐뭇하게 고개를 끄덕였다. 세상에 이런 사람들이 더 많아야 날로 먹기 좋을 텐데!

"아, 태현 씨. 혹시 바허하고 친구들도 같이 데려가도 되겠습니까?"

"예? 그렇게 호ㄱ…… 아니, 그렇게 하셔도 되겠습니까?"

순간 본심이 나오려던 태현은 입을 다물고, 다시 물었다. 아무리 그래도 그렇지 이렇게 친절한 호구, 아니, 플레이어가 있다니!

"바허도 태현 씨 좋아하니, 말하면 좋아할 겁니다."

태현 입장에서는 '아니, 이 사람들은 왜 이렇게 친절하게 호구 짓을 하는 거지' 싶었지만, 바하 입장에서는 반대였다.

바허같은 어린 플레이어들 사이에서는 태현과 같이 퀘스트를 뛸 수 있다는 건 엄청난 기회였다. 보상이고 뭐고 같이 하는 거 자체가 영광!

실제로 바허는 바하의 말을 듣고 기뻐서 날뛰고 있었다.

"아, 예. 그러시죠."

"김태현 나와!!"

태현은 의아해하며 고개를 돌렸다. 지금 길드 동맹 플레이어들이 쳐들어왔다가 마탑 마법사들한테 두들겨 맞고 로그아웃 당했는데, 또 누군가 왔단 말인가?

누군진 몰라도 겁이 없거나 뇌가 없거나, 둘 중 하나는 확실히 없는 사람이 분명했다.

"반지 내놔!"

"아. 너였냐."

"너였냐!? 그때 가만히 있으면 죽을 사람 구해줬더니!"

에반젤린은 씩씩대며 다가왔다. 저번에 태현이 '도와주면 반지 줄게~'라고 말한 뒤, 에반젤린은 직접 나서서 포위망을 뚫는 걸 도와줬다. 덕분에 그 이후로 이곳저곳에서 견제도 받았다. 아예 태현 쪽 사람으로 오해를 받은 것!

물론 에반젤린 입장에서는 어이가 없고 억울한 일이었다.

'받을 거 없으면 거기 100명에 포함되서 내가 팼을 거야!'

그러나 이미 사람들의 인식은 굳어졌고, 그걸 되돌리는 건 불가능했다. 남은 건 그나마 반지나 챙기는 것밖에 없었다.

그런데 태현은 연락이 없었다.

-야. 반지 언제 줄 거야?

[현재 해당 플레이어는 귓속말을 받을 수 없습니다.]

-저, 저기? 무시하는 거 아니지?

에반젤린은 주먹을 움켜쥐었다.

'이 ×××××××××……!'

결국 직접 찾아갈 수밖에 없었다. 다행히도 태현은 금세 위치가 드러났다.

'……대체 뭔 일이 있어야 저런 퀘스트에 도전하게 된 건지는 모르겠지만 일단 가자!'

그래서 찾아오게 된 것이었다.

"아니, 까먹었다니까? 네가 귓속말을 했어야지."

"했거든?!"

"아. 그래? 미안. 자꾸 귓속말 보내는 사람들이 있어서 어지간한 건 다 차단을 해놓아 가지고…… 자. 여기 있다. 반지."

[아이템을 얻었습니다.]

아이템을 받았는데도 뭔가 억울하고 찜찜한 이 기분!

에반젤린은 마음을 다스리기 위해 눈을 감았다.

'나는 분노 조절의 달인이다, 나는 화를 완벽하게 다스릴 수 있다, 김태현 저놈은 원래 저런 놈이다…….'

"눈 감고 뭐 하냐?"

"……그런데 너는 지금 무슨 퀘스트를 하고 있는 거야?"

에반젤린은 분노를 조절하기 위해 화제를 돌렸다.

사실 궁금하기도 했다. 뭔 퀘스트를 하길래 갑자기 마탑 마법사 퀘스트를 깨고 있단 말인가!

"설명하자면 긴데……."

설명을 듣던 에반젤린의 얼굴이 기묘하게 변해갔다.

"그러니까 요리 스킬 제자 찍은 플레이어가 우승하도록 도와주는 겸 여기 왔는데, 원하는 걸 찾기 위해 마탑으로 들어갔더니 마탑 대마법사 NPC들이 네 재능을 보고 반해서 시험을 보게 했다고?"

"거기에 가깝지."

"……그래서 다 깬 거지?"

"어. 대충 원하는 건 얻었으니 이제 다른 곳 가야지."

"어디 가게?"

"오스턴 왕국."

에반젤린은 깜짝 놀랐다. 지금 오스턴 왕국으로 간다는 건 한 가지 의미밖에 없었다.

완벽한 도발의 의미!

대형 길드들이 동맹으로 바뀌었지만, 태현을 공격한 플레이어 중 랭커는 찾기 힘들었다. 1:100의 사건은 태현이 정체를 드러낸 충격 때문에 판온 1 때의 플레이어들이 분노해서 자발적으로 모인 것이었으니 예외적인 경우였다.

실제로 그 이후 길드 동맹에서 몇 번 보낸 플레이어들은 랭커보다는 PVP, 암살에 특화된 플레이어들이었다. 랭커들은 이기적이어서 확실한 기회가 아니면 잘 움직이지 않는 것이다.

그런데 오스턴 왕국으로 간다면? 아무리 이기적인 랭커들이라도 '이건 기회다!' 하고 우르르 몰려들 것이다. 길드 동맹도 전력을 다해서 덤벼올 것이고.

"어쩌려고?! 걸리면 바로 죽을 텐데?"

"그 정도는 아니야."

태현은 심드렁하게 대답했다. 태현을 제외하면, 유일하게 플레이어들이 영지를 갖고 영주로 활동하고 있는 왕국, 오스턴 왕국. 덕분에 현재 오스턴 왕국은 복잡하게 나뉘어져 있었다.

1/2 정도는 원래 오스턴 왕국. 1/3 정도는 길드 동맹. 1/6 정도는 다른 길드들이 우후죽순처럼 갈라 갖고 있었다.

'길드 동맹 영지 쪽으로 가면 플레이어들이 미친 듯이 달려오겠지만, 다른 곳을 이용하면 좀 쉽게 풀 수 있지.'

대부분의 플레이어들은 길드 동맹이 오스턴 왕국을 먹었다고 생각하고 있었다. 지금은 아니라도 곧 시간 문제!

실제로 길드 동맹은 계속해서 영지를 공격해서 늘려가거나, 상대 길드를 흡수하고 있었다.

그러나 태현은 겁먹지 않았다. 이보다 더 어려운 상황에서도 더 많은 깽판을 치고 다녔었으니까!

"어? 저기 에반젤린이네?"

"진짜다. 무슨 일이지?"

"저, 저기 사인 좀 해주세요!"

웅성웅성-

에반젤린과 태현이 떠드는 걸 본 플레이어들이 모여들었다.

"아. 네."

"저도요! 저도!"

"같이 사진 한 번만 찍어요!"

우르르 줄을 서는 플레이어들을 본 태현은 믿지 못하겠다는 표정을 지었다.

"……뭐야? 그 눈빛은?"

"왜 줄을 서는 거지?"

"그야 내가 인기 있으니까……."

"와. 그걸 자기 입으로 말할 줄이야."

"네가 물어봤잖아!!"

에반젤린은 얼굴을 붉히며 화를 냈다. 자기가 물어봐 놓고 '와 뻔뻔해' 같은 눈빛으로 보내다니!

"그리고 너도 이렇게 사람들 몰리잖아. 왜 놀라는 척이야?"

"아. 난 보통 변장하고 다니거든."

에반젤린은 알겠다는 듯이 고개를 끄덕였다. 사실, 태현이 변장하고 다니는 것도 이유 중 하나였지만 둘의 이미지가 다른 것도 큰 이유였다. 대회에서 에반젤린이 보여준 이미지는 팀원들과 협조하고, 팀원들을 이끄는 선량한 이미지였다.

거기에 외모까지 겹쳐지니 사람들이 좋아할 수밖에 없는 것! 그에 비해 태현은······.

'말 걸어도 될까?'

'저번에 소문 들어보니까 친한 척하다가 욕먹은 사람 있다던데.'

'폭탄에 휘말린 사람도 있다고····· 여차하면 폭탄 재료로 쓴다는 소문도 있더라.'

'그게 말이 돼? 그건 헛소문이다. 김태현이 겉은 저래도 속은 분명 따뜻하다고······.'

'그러면 네가 말 걸어볼래?'

'아니, 네가 걸어봐.'

인기가 있지만 왠지 말 걸기는 무서운 게 태현! 다들 나서지 못하니 다른 사람들도 분위기에 휘말려서 멀리서 지켜보고만 있을 뿐이었다.

"그런데 에반젤린은 여기 왜 나타난 거지?"

"둘이 이야기하는 거 보니까 김태현이 부른 거 아닐까?"

"김태현이 불렀다면…… 헉! 그렇구나!"

"뭐야? 왜?"

"왜 불렀겠어! 이유는 하나밖에 없지! 길드 동맹하고 싸우기 위해 부른 거야!"

"그런……! 그런 거구나!"

에반젤린은 고개를 홱 돌렸다. 저게 뭔 소리?

사인을 받던 마법사 한 명이 고개를 꾸벅 숙이며 말했다.

"감사합니다! 저도 아까 레이드 열심히 참가했는데 방해받아서 정말 화났는데……! 이렇게 나서서 도와주시다니!"

"아, 아뇨…… 저는 아직……."

에반젤린은 말을 더듬었다. 당황해서 말을 더듬은 걸, 다른 플레이어들은 다르게 해석했다.

"아직?"

"뭐가 아직이라는 거지?"

"나는 아직 배고프다, 즉 선량한 플레이어들의 레이드를 방해한 길드 동맹을 박살 내기 전까지는 분이 안 풀린다는 거겠지!"

"그런……!"

"에반젤린! 에반젤린! 에반젤린!"

짝짝짝짝-

지금 마탑 근처에 있는 플레이어들은 대부분 악마 레이드에 두근거리며 참가했던 플레이어들이었다. 처음으로 악마 레이드를 할 수 있는 기회를 길드 동맹 때문에 날려 버린 플레이어들! 원래 이런 원한이 가장 오래가는 법.

그래도 상대가 워낙 무시무시하니 항의할 생각은 하지도 못하고 있었는데, 이렇게 나서주는 랭커들이 있다니!

"너희들밖에 없다!"

"맞아! 길드 동맹은 자기들밖에 모르는 자식들이야!"

"김태현 만세! 에반젤린 만세!"

"……너 노렸지?!"

에반젤린은 태현에게 사납게 속삭였다. 물론 태현 입장에서는 억울할 수밖에 없었다.

"아닌데? 내가 이걸 어떻게 노려?"

"너라면 충분히 가능하잖아!"

"아무리 나라도 그렇지 이런 걸 어떻게 노릴…… 생각해 보니 노릴 수 있을 것 같긴 한데, 어쨌든 내가 한 거 아니야. 그냥 오해라고, 나한테 받을 거 있어서 왔다고 하라고."

에반젤린은 주변을 둘러보았다. 기대의 눈빛으로 가득 찬 플레이어들!

'거, 거절을 할 수가 없어……!'

남들이 뭐라고 하더라도 '아, 내 일 아니니까 꺼져'라고 말할 수 있는 태현과 달리, 에반젤린은 아직 따뜻한 마음을 갖고 있었다.

"최, 최선을 다할게요?"

"와아아아아아아아아!"

에반젤린은 고개를 푹 숙였다.

[프로즈란드의 저주를 해결하는 데 성공합니다. 대륙의 저주가 풀립니다.]

"해냈다아아아아아아아아아-!"
탐험가 플레이어, 호마는 양팔을 번쩍 들어 올리고 기뻐했다. 결국 저주를 푸는 데 성공한 것이다. 제카스보다 먼저!
"여러분! 보셨죠! 이제 대륙의 추위는 끝입니다!"
호마는 펄쩍펄쩍 뛰면서 기뻐했다. 보고 있던 사람들도 다 같이 기뻐했다. 이제 이 지긋지긋한 추위도 끝이구나!

-농사부터 다시 지어야지. 씨 뿌리면 다 얼어 죽어서 제대로 뭘 하질 못했네.
-맞아. 그러고 보니 아키서스 영지는 뭘 했길래 그렇게 농작물이 많이 나오는 거지?
-그러게. 거기 개간된 땅 봤는데 별로 안 넓던데.
-그게 뭐가 중요하냐, 이제 우리도 다시 하면 되는데.

그러나 농부 플레이어들은 한 가지를 놓치고 있었다. 농사가 망한 이유 중 하나가 그대로 남아 있었다는 것!

그것은 바로……. 토끼 떼였다.

필드에 뭔가 새하얀 것이 우르르 몰려다니는 걸 본 태현은 고개를 갸웃거렸다. 자세히 보니 토끼 떼였다.

"왜 저렇게 숫자가 늘었지?"

"들어보니 대륙에 온 겨울 저주가 풀렸다네요. 호마라는 탐험가 플레이어가 깼대요."

"잘됐네. 어떤 놈이 그런 민폐를……."

태현은 뻔뻔하게 말했다. 다른 사람들은 뒷사정도 모르고 고개를 끄덕였다.

"그런데 그거 때문에 토끼가 늘어난 거야?"

"네. 그런 거 같은데요."

"음……."

카르바노그의 펜던트:

내구력 35/35, 물리 방어력 25, 마법 방어력 25.

스킬 '토끼 조종' 사용 가능, 스킬 '토끼의 행운' 사용 가능. 카르바노그의 힘이 담긴 펜던트다. 착용하면 토끼와 친해질 수 있다.

팟!

착용하니 주변에 돌아다니던 토끼들이 태현을 보더니 우르르 몰려오기 시작했다. 친근함이 넘치는 눈빛!

'〈토끼 학살자〉 칭호가 있는데 이러니까 뭔가 좀…….'

태현은 떨떠름한 표정으로 토끼들을 훑어보았다. 그러거나 말거나 토끼들은 태현에게 엄청난 호감을 보여주고 있었다.

"좋아. 〈토끼 조종〉."

[신성, 행운 스탯이 소모됩니다.]

'아니, 뭔 토끼 조종하는데…….'

태현은 황당하다는 표정을 지었다. 토끼를 조종하는 스킬 치고는 너무 소모하는 게 많은 거 아닌가 싶었던 것이다.

이런저런 스킬을 써서 행운을 소모했어도 태현의 행운은 4,000을 가볍게 넘겼다. 근처의 토끼를 싹 모아도 아직 한참 더 조종할 수 있는 수준!

'음, 일단 더 모아볼까? 그런데 정작 모아서 어디다 쓸지가 고민인데…….'

이 주변에 넘쳐나는 게 토끼들이고, 태현의 영지만 가도 넘쳐나는 게 토끼들이었다. 다 모으는 건 좋았지만 어디에 어떻게 쓸지가 고민이었다.

'몬스터 드랍? 아냐, 몬스터치고는 너무 약해서 쓸모도 없고…….'

몬스터들을 유인해서 적에게 보내는 방법은 많이 썼지만, 토끼는 그게 힘들었다. 워낙 약한 몬스터였으니까. 광역기 한 방에 전멸할 수도 있는 것이다.

'결국 농사 방해인가? 영지 주변의 농사를 방해하는 것 정도 인가…….'

기껏 권능 스킬을 써서 할 수 있는 게 이런 미적지근한 효과라니. 아쉬웠지만 어쩔 수 없었다. 태현은 더 이상 매달리지 않고 다음으로 넘어가기로 결심했다.

'어차피 공격할 수단이 이거 하나만 있는 건 아니고, 흑마법사 NPC들도 있으니……'

태현이 지금 크게 기대를 걸고 있는 건 언데드 군단이었다. 그에 비해 이 토끼들은 어디까지나 보조적인 수단!

그러나 태현은 알지 못했다. 무시무시할 정도로 모인 토끼들이 과연 어떤 짓을 할 것인지!

-쑤닝. 마탑에서 그렇게 난리를 쳐놓고 결국 김태현한테 타격을 입힌 건 없다니. 그걸 말이라고 하나?

-김태현은 분명 타격을 입었어. 악마를 잡지 못했으니…….

-겨우 그거? 김태현은 마탑 퀘스트를 성공적으로 끝냈고, 털끝 하나 안 다쳤지. 우리가 보낸 길드원들은 전부 다 로그아웃 당했는데. 너 사망 페널티가 우습게 보이냐?

-게다가 그뿐만이 아니야. 에랑스 왕국 마탑에서 일을 크게 키웠다고.

마탑 내에서 습격을 하는 건 과격한 일이었지만, 길드 동맹도 믿는 구석이 있었다.

'어차피 마탑에서 현상금 걸어도 길드원 몇 명만 뒤집어쓰

면 되는 거니까.'

'내 일도 아닌데 상관없지.'

마탑에서 PK를 하거나 싸움을 일으킨 플레이어가 그들이 처음은 아니었다. 이제까지 몇 번 그런 일이 있었고, 그럴 때마다 마탑이나 에랑스 왕국에서는 공적치 포인트를 까거나 현상금을 거는 식으로 대응했다.

그런데 이번에는 달랐다. 이제까지는 한 번도 없었던, 마탑 대마법사들의 엄격한 대응!

길드 동맹은 화들짝 놀랐다.

-길드원 하나로 끝냈어야지! 대체 뭐 어떻게 된 거야?!
-김태현이 뒤에서 수작 부린 것 같은데…….

그랬다. 에다오르를 잡고 레벨 업 할 기회를 놓친 태현이 분노의 헛바닥을 보여준 것이다.

"대마법사님들, 이건 마탑을 무시한 것뿐만이 아니라 계승자인 저를 암살하려는 것으로…… 이 무슨 사악함…… 하는 짓 보아하니 사디크 신을 믿을 것 같네요!"

덕분에 일이 엄청나게 커졌다.

-아무리 김태현이 수작 부렸다고 해도 그렇지, 이게 말이 돼? 지금 에랑스 왕국에서 뛰던 길드원들이 난리 났다고. 단체로 빠져나와야 해서…….

구 길마들의 항의. 쑤닝은 단호하게 대답했다.

-어차피 잘된 거 아닌가?
-뭐? 미쳤냐?!
-잘되긴 뭐가 잘 돼?
-어차피 오스턴 왕국을 먹을 생각이었잖아. 에랑스 왕국에서 쫓겨나면 어쩔 수 없이 오스턴 왕국으로 오겠지.

현재 길드 동맹의 목표! 그것은 태현의 말살…… 이 아니라, 오스턴 왕국의 통일이었다. 서버에서 처음으로 영지를 얻은 플레이어가 아닌, 서버에서 처음으로 왕국을 얻은 플레이어를 노리는 것! 야심 찬 계획이었고, 거대한 계획이었다. 그렇지만 길마들은 가능성이 있다고 보고 있었다.

-느끼는 거지만, 길드 동맹이라고 해도 길드원들이 하나로 모이지 않으면 죽도 밥도 안 돼. 다른 곳에 있는 놈들도 다 오스턴 왕국으로 불러 모아야 한다고.
-말 돌리지 마. 쑤닝. 확실히 지금 다른 곳에 있는 길드원들이 많기는 하지만…….

오스턴 왕국이 길드 동맹의 주 영역이긴 하지만, 길드원들이 꼭 거기만 있는 건 아니었다. 당장 에랑스 왕국만 해도 마

탑이 있었고, 잘츠 왕국, 에스파 왕국, 아탈리 왕국 등 각각 왕
국들마다 장점이 있고 특색이 있었다.

플레이어들은 거기에 맞춰서 자리를 잡는 게 보통!

-그걸 핑계로 쓸 수는 없어. 지금 오스턴 왕국을 우리가 먹지도 못했
는데 다들 쫓겨나서 불만이 크다고. 인정할 건 인정해라. 쑤닝. 이번 일
은 네 잘못이다.

-맞아. 김태현한테 당한 게 많아도 그렇지 성급하게 움직이면 안 됐어.

'이 새끼들이 진짜······.'

쑤닝은 마음속으로 참자고 몇 번을 다짐했다. 저번에 태현
이 레이드를 성공할 것 같자 다 같이 초조해하며 '방해해야 한
다!'고 동의한 게 누구란 말인가. 이제 와서 발을 빼다니.

'두고 보자. 지금은 동맹이지만 곧 랭커들을 내 쪽으로 다
끌어들여서 너희 같은 놈들은 쫓아내 주마.'

-그래. 인정한다. 됐냐?

-한 가지 더.

-앞으로 김태현 관련해서는 우리가 맡아서 처리할 테니까 넌 신경 끄
라고.

-그걸 말이라고······.

쑤닝은 다시 한번 울컥했다. 제깟 놈들이 당해보지도 않고

태현을 상대하겠다고 날뛰는 모습이 웃기지도 않았다.

한번 당해봐야 정신을 차리지!

'잠깐만, 오히려 좋은 거잖아?'

쑤닝은 멈칫했다. 지금 길드 동맹은 덩치는 컸지만, 안에서는 구 길마들이 서로 견제하고 연합하느라 치열하게 다툼이 벌어지고 있었다. 그런 상황에서 태현을 상대하느라 실수라도 저지른다면?

'멍청한 놈들…… 자기 무덤을 파는구나!'

쑤닝은 주먹을 불끈 쥐었다.

상대가 태현이라면……! 미래가 벌써 보이는 것 같았다.

"판타지 크래프트……."

"아, 시꺼."

케인이 중얼거리는 걸 다물게 하고, 태현은 주변을 둘러보았다. 현재 일행은 태현과 케인, 이다비와 파워 워리어 길드원 몇 명. 거기에 호구들…… 아니, 바하와 바허를 포함한 마법사 플레이어들.

'추가로 에반젤린, 흑마법사들…… 마지막으로 토끼 정도인가.'

마지막은 어떻게 써먹을지 아직 잘 몰랐지만, 일단 주변을 돌며 엄청나게 많이 모으기는 했다.

"……뭐가 이렇게 많아요?"

이다비는 당황한 목소리로 뒤를 가리켰다.

우글거리는 토끼 떼들!

"아니, 이건 좀……."

"무서워요!"

파워 워리어 길드원들은 각자 큼지막한 수레 하나씩을 끌고 있었다. 태현이 직접 만든 나무 수레!

그 안에는 물론 토끼들이 가득 들어 있었다. 토끼가 하도 많아서 길드원들을 불러서 이런 짓까지 해야 하는 것이다.

"이렇게까지 해서 들고 가야 할 이유가 있나요?"

"음…… 사실 이게 크게 도움 될 것 같지는 않기는 한데……."

태현도 이게 얼마만큼의 도움이 될지는 확신을 못 하는 상태였다. 토끼들이 농작물을 다 먹어치우긴 해도, 그게 직접적인 타격으로 오려면 좀 멀었으니까.

"뭐 그래도 없는 것보단 낫잖아. 안 그래?"

기껏 행운과 신성 스탯을 소모해서 쓴 스킬이니 뭐든 간에 써먹어야 한다! 그게 본심에 더 가까웠다.

"자. 자. 꽉꽉 들고 가자. 더 담을 곳 없나?"

"그, 저희는 마법으로 주머니를 만들 수 있는데……."

"아주 좋아! 더 담아! 꽉꽉!"

"김태현으로 의심되는 놈이 있으면 말하라니. 여기 지나가는 놈들이 한둘이 아닌데 어떻게 찾아요?"

"그만 투덜거려. 찾는 건 의외로 쉬울 수 있으니까."

길드 동맹의 산적 플레이어, 느레와 느페 형제는 오스턴 왕국으로 향하는 길가에서 매복하고 있었다.

길드 동맹에서 나온 명령은 하나.

"김태현이 수상쩍은 움직임을 보인다고 한다. 오스턴 왕국으로 올지도 모르니 길목을 잡고 제대로 감시하도록."

산적 직업은 약탈이나 PVP에서 장점이 많은 직업이었다. 대신 왕국이나 대도시에는 들어가기 힘들었지만, 그런 단점은 길드 동맹에서 충분히 채워줬다. 그런 면에서 느레와 느페 형제는 길드 동맹에 들어간 걸 매우 자랑스럽게 생각하고 있었다. 판온 최대의 길드 아닌가!

"의외로 쉬울 수 있다고요? 김태현 그놈 변장 엄청 잘하잖아요. 우리 스킬로는 꿰뚫어 볼 수 없을 텐데……."

"어휴. 봐라. 이 형이 추리 만화만 100권 넘게 읽은 사람이야. 김태현의 특징을 잘 떠올려봐. 그러면 아무리 김태현이 변장을 잘하더라도 맞출 수 있지."

"?"

"먼저 김태현은 혼자 다니냐, 여럿이서 몰려다니냐?"

"아……! 소수의 인원으로 다녔던 거 같아요."

"그래. 그러면 저렇게 우르르 다니는 놈들은 김태현이 아니겠지."

느레가 아래를 가리키며 말했다. 길에서는 수십 명이 넘는 사람들이 수레들을 이끌며 움직이고 있었다.

딱 봐도 상인들 같은 모습!

"그렇지만 아무리 김태현이라도 혼자서 싸우는 건 무리일 수 있으니까, 사람들을 불러 모았을 수도 있잖아요."

"그랬다면 따로 모여서 만났겠지! 저렇게 뭉쳐서 움직이면 대놓고 수상해 보이잖아."

"그렇군요……!"

둘이 떠드는 동안, 흑마법사 NPC 중 한 명이 태현에게 말을 걸었다.

"태현 님. 저기 누군가가 숨어 있는 것 같습니다."

"선공 안 하면 내버려 두자고. 우리 갈 길 바쁘니까."

필드에서 PVP를 노리고 숨어 있는 플레이어들은 한둘이 아니었다. 먼저 덤비는 게 아니라면 잡고 갈 이유가 없었다.

동생이 감탄하자, 느레는 계속해서 설명을 이어갔다.

"솔직히 말해서, 김태현이라면 하늘로 왔을 거라고 생각한다고. 날아다니는 탈 것 있는 놈이 뭐 하러 이렇게 걸어오겠어. 길드 놈들도 다 멍청하다니까."

"정말 그러네요, 형님!"

"어휴, 길드 일만 아니면 저 짐들 다 털어서 푼돈이라도 챙기는 건데."

길을 걸어가면서 이다비가 태현에게 물었다.

"그런데 태현 님. 이렇게 대놓고 정면에서 걸어가면 위험하지 않을까요?"

"그래서 다들 변장하고 가잖아."

"아뇨, 아무리 변장해도 인원도 그렇고……."

"판온에 이 정도 인원으로 움직이는 건 흔하니까. 굳이 나눠서 움직일 필요를 못 느꼈어. 그런다고 뭐 달라지는 것도 아니고…… 만나면 싸워서 가려고."

길드 동맹의 생각과 달리, 태현은 만나면 싸울 생각으로 가득했다. 지금 데리고 있는 마탑의 흑마법사 NPC들이 가장 큰 전력! 그 전력을 활용하려면 역시 시체들이 필요했다.

"만나면 싸우고, 안 만나면 여기서 직접 찾아가는 거지. 아, 저기 도시 있군. 야, 수레 꺼내라."

살마란 시. 오스턴 왕국에 있는, 길드 동맹의 도시 중 하나였다. 태현은 그 근처 숲에서 일행을 세웠다.

바글바글-

"자! 가라!"

마치 파도처럼, 안에 담겨 온 토끼들이 미친 듯이 빠르게 달려 나가기 시작했다.

"보이는 걸 닥치는 대로 먹어 치우고 움직여라!"

태현은 그 명령을 마지막으로 토끼들의 조종을 멈췄다. 이제 그 이후부터는 토끼들이 알아서 할 것이다.

"좋아. 그러면 우리는 도시를 공격하러 가볼까?"

"이거 녹화해서 방송해도 되나요?"

"……마음대로 해."

태현은 오른손을 들어 올렸다. 저 도시에서 길드 동맹의 길드워들이 나오는 게 보였다.

"쳐라!"

"어? 어? 뭐야?"

길드원들은 당황해서 태현 일행을 쳐다보았다. 웬 상인처럼 생긴 놈들이 '쳐라!' 하면서 덤벼드니 당황할 수밖에 없었다.

"너희 미쳤…… 컥!"

대답 대신 매섭게 들어오는 공격들! 태현은 반응할 틈도 주지 않고 공격을 퍼부었다.

파파파파팍!

"으아악! 너 뭐야!"

"백작님? 왜 마법을 쓰지 않고 검을……?"

흑마법사들은 당황한 듯 태현을 쳐다보았다.

"왜. 검 쓰면 안 되냐?"

"아니, 안 되는 건 아니지만…… 마법사는 원래 검을 안 쓰는……."

"필요하면 검도 쓰고 하는 거지. 왜, 별 같잖은 걸로 시비냐? 응?"

"죄, 죄송합니다!"

비싼 공적치 포인트를 내고 체시자에게 빌려온 흑마법사들이었기에, 태현은 그들을 가차 없이 대했다.

[고급 화술, 고급 전술 스킬을 갖고 있습니다. 흑마법사들의 복종도가 올라갑니다.]

[에랑스 왕국 마탑 흑마법사 학파 내에서 당신의 악명이 높아집니다.]

'일단 아이템 챙기고······.'

"이다비, 이거 경매장에 좀 올려줄래?"

"네!!"

활기차게 대답하는 이다비!

태현을 따라다닐 때 가장 좋은 것 중 하나가, 이렇게 PVP로 얻을 수 있는 아이템이 많다는 점이었다. 그걸 본 파워 워리어 길드원들은 감동의 눈으로 쳐다보았다.

'저런 수입이······!'

'왜 다른 길드원들이 김태현 퀘스트에 참가할 일만 있으면 손 들고 나서는지 알겠다!'

"좋아. 반응하기 전에 빠르게 치고 들어가 볼까."

태현은 손가락을 꿈틀거리며 준비에 나섰다.

살마란 시는 그렇게 높은 성벽을 가지고 있지 않았다.

낮은 돌벽과 나무로 세운 목책. 그리고 초소 정도가 전부!

플레이어의 영지였기에 어쩔 수 없이 비용을 아낀 부분이었다. 김태산처럼 영지 성벽에 아낌없이 돈을 쏟아붓는 사람은 의외로 많지 않았다.

"언데드 소환해라."

"예! 언데드 소환, 데스나이트의 부름, 시체 늘리기, 죽음의 거부······."

태현은 떨떠름한 표정을 지었다.

분명 같은 흑마법사 직업인데도 이 차이는 뭐란 말인가!

'나는 쓰면 원수 나올 확률 높은 악마 소환이랑, 쓰기 애매한 망령 소환밖에 없는데……'

태현의 떨떠름한 기분과 달리, 언데드 군대는 빠르게 생겨났다. 판온에서는 레벨 높은 흑마법사 한 명은 군대라는 말이 있었다. 그렇다면 흑마법사 집단은?

-크르르륵…….

정답은 바로 나오고 있었다. 아무것도 없는 곳에서 빠르게 언데드 괴수들과 언데드 병사들을 불러내서 전투 준비를 하는 흑마법사들!

순식간에 도시 하나를 공격할 수 있는 군단이 만들어졌다.

"후. 공적치 포인트 쓴 보람이 있군."

태현은 뿌듯한 눈으로 언데드 군단을 처다보았다.

그러나 이번 습격에서 언데드 군단은 활약하지 못했다.

활약한 건 토끼 군단이었다.

CHAPTER 2

[도시 내의 토끼들의 숫자가 급격히 늘어났습니다.]

"에이 씨, 이상한 거까지 다 메시지창으로 뜨네."

도시의 영주를 맡은 플레이어는 시큰둥한 얼굴로 메시지창을 넘겼다. 토끼가 많이 나왔다는 건 전에도 이미 본 메시지창이었다. 안 그래도 신경 쓸 거 많은 영주 자리. 이런 것까지 굳이 일일이 말해줄 필요는 없었다.

그러나 잠시 후······.

[늘어난 토끼들 때문에 도시 내의 식량이 급격하게 감소합니다. NPC들의 불만이 증가하고 있습니다. 성 내 주민들의 반란도가 올라갑니다. 토끼들이 영지 내 곡간 시설을 무너뜨렸습니다.]

"이게 토끼야 쥐새끼들이야?!"

영주가 생각하는 토끼는 귀엽고, 온순하고, 따뜻하고……. 하여튼 필드에서 보면 '어머 토끼잖아, 까르륵' 하며 웃음 지을 수 있는 그런 동물이었다. 농부 직업이 아닌 이상, 토끼가 많아진 것에 직접적으로 피해를 입은 플레이어는 드물었기에 영주도 이제까지 몰랐었다.

그러나 잘츠 왕국의 타이럼 시에서 시작한 플레이어들은 모두 알았다. 토끼는 얼마든지 사악해질 수 있는 동물이란 걸! 그걸 증명이라도 하듯이 토끼들은 도시 내에서 온갖 깽판이란 깽판은 다 치고 다녔다.

'아 토끼가 많나 보네' 하고 넘길 수준의 피해가 아닌 것!

"야! 너희들은 뭘 하는데 이 상황이 되도록 아무것도……!"

말을 하려던 영주 플레이어는 입을 다물었다. 길가를 휩쓸고 있는 토끼 떼를 본 것이다.

"저, 저, 저게 대체 다 어디서 온 거냐?!"

[영지 내 4번 대장간이 내려앉았습니다. 빠르게 수리하지 못할 경우 복구할 수 없습니다. 광장 분수가 파괴되었습니다. 수리 퀘스트를 낼 수 있습니다.]

-야! 당장 모여! 토끼 잡아야 한다!

-네? 영주님 술 마셨어요?

-……모이라고 이 ×× 들아! 도시 꼴 좀 봐!

주변에서 사냥하고 있던 길드원들은 길마의 말에 의아해했다.

왜 갑자기 모여서 토끼를 잡자는 거지? 미쳐 버린 건가?

그러나 도시로 오자, 길마가 왜 불렀는지 알 수 있었다.

"잡아! 잡아!"

"저쪽 골목으로 또 몇십 마리 갑니다!"

"불 질러서 잡자!"

"야 이 미친놈아! 멈춰! 거기 불 지르면……!"

화르륵!

엄청난 숫자로, 빠르게 움직이는 토끼들을 잡으려고 하다 보니 기본적인 것도 착각하게 된 길드원들이었다.

스스로 도시를 파괴하는 그들!

"광역기 금지! 규모 큰 마법 금지!"

"그러면 뭐로 잡습니까?!"

"일일이 손으로 잡아! 건물 부수지 말고!"

미친 소리 같았지만 다른 방법은 떠오르지 않았다. 일손이 부족하자 영주 플레이어는 주변에 순찰 돌고 있던 플레이어들부터 시작해서 닥치는 대로 불러 모았다.

-지금 어차피 김태현 머리털도 안 보이지? 그래. 김태현 왔으면 느레느페 두 놈이 말해줬겠지. 그리고 김태현이 올 거면 하늘로 왔겠지 여기로 왔겠냐! 다들 모여! 토끼가 먼저다!

"모두 공격 시……."

퍼퍼펑! 퍼펑!

도시 곳곳에서 연기와 소음이 터져 나왔다. 무슨 일이 생긴 게 분명했다. 태현 일행은 모두 태현을 쳐다보았다.

이런 일을 저지를 사람은 한 명밖에 없는 것!

"태현 님…… 또 스파이 보냈나요?"

"응? 안 보냈는데?"

"그런데 갑자기 왜 저래요?"

"……그러게?"

태현은 순간 당황했다. 설마 함정인가?

'아니, 자기 도시 저렇게 불태워가면서 함정 팔 놈들이 아닌데? 뭐지?'

"일단 공격! 함정이면 무슨 함정인지 한번 보자!"

태현 일행은 공격을 개시했다.

-캬르르릉!

언데드 괴수들이 먼저 앞장서서 달려가고,

-산 자들에게 죽음을……!

언데드 병사들이 비교적 느린 속도로 따라서 뛰어갔다.

파파파파파파팍-

언데드들이 쏘아낸 화살 비!

-곪아 터지는 역병!

혹마법사들은 거기에 또 저주를 걸어서 추가 대미지를 입혔다.

"뭐……?"

"습격이다! 습격이다!!"

도시 밖에 있던 플레이어들은 눈을 의심했다. 갑자기 숲속에서 언데드 군대 하나가 통째로 튀어나온 것이다. 이런 일이 일어날 거라고는 한 번도 생각해 본 적 없는 그들!

"길드 동맹 편이냐? 아니냐?"

"네? 네??"

"3, 2, 1……."

"아, 아닙니다! 편 아니에요!"

"그러면 비켜."

태현은 그들을 밀치고 앞으로 계속해서 걸어갔다.

그제야 그들은 이들이 누군지 짐작했다.

"저거 설마……."

"김태현이다! 김태현!"

"김태현이 길드 동맹 공격하고 있구나!"

태현은 〈고대의 망치〉를 꺼내 들고 도시 밖에 설치된 돌벽들과 목책들을 때려 부수기 시작했다.

[도시의 목책을 부쉈습니다. 도시의 치안이 하락합니다. 악명이 오릅니다. 도시의 초소 건물을 부쉈습니다. 도시의 치안이 하락합니다. 악명이 오릅니다. 흑흑이의 힘이 회복됩니다.]

-주인님……! 주인님은 타고난 사디크 신도십니다!

-넌 그걸 칭찬이라고 하는 거냐?

〈성 파괴자〉, 〈성벽 파괴자〉를 걸쳐서 얻은 〈위대한 파괴자〉 칭호. 거기에 〈공성의 달인〉, 〈철거의 달인〉까지. 태현은 이미 혼자서도 도시를 철거할 수준의 괴물이 되어 있었다.

와장창 쾅쾅!

태현을 따라온 플레이어들은 입을 떡 벌리고 구경하고 있었다. 무슨 썩은 짚더미 무너뜨리는 것처럼 묵직한 건물들을 와장창 박살 내고 있는 태현!

케인은 속으로 생각했다.

'저 자식은 깽판 치기 위해서 태어난 게 분명해.'

타타타타-

토끼 잡느라 정신없던 길드원 중 한 명이 소란을 듣고 달려왔다.

"어떤 미친놈이야?! 크아악!"

"나다. 이 자식아. 어? 에다오르를 잡는 걸 방해해? 그거 잡았으면 경험치가 얼마인데! 네 경험치로 보상해라!"

"아니, 내가 한 게 아닌 크악!"

태현은 처음 공격으로 길드원의 무기를 날려 버리고 두 번째 공격부터는 길드원을 두들겨 패기 시작했다.

"야. 애 좀 붙잡아라."

누구 명령이라고 거역하겠는가. 흑마법사들은 바로 속박 마법을 걸었다.

"흑흑아, 먹어라."

"헉?!"

와작와작!

흑흑이는 플레이어의 등에 달라붙어 물어뜯기 시작했다. 이다비나 케인이야 별로 놀라지도 않았지만, 다른 플레이어들은 경악했다.

'정말 끝까지 빨아먹는구나……!'

'저걸 배워야 해! 한 명을 잡아도 그냥 잡는 게 아니라 끝까지 빨아먹은 다음에 잡는 거지! 저 악랄함!'

그러는 동안 태현은 붙잡힌 플레이어에게 물었다.

"야. 근데 도시에 뭔 일이 있길래 이러는 거냐?"

"크윽…… 너! 김태현이구나!"

"용케 알아보는군."

"이런 짓을 할 놈이 너 말고 더 있냐!!"

"그래. 알겠으니까 도시는 왜 이러는데?"

"뻔뻔한 자식! 날 놀리지 마라! 네가 해놓고 어디서!"

길드원의 말에 다른 일행은 '역시 그러면 그렇지' 하는 눈으로 태현을 쳐다보았다.

"태현 님. 그냥 하셨다고 말해도 저희는 아무 말도 안 할 텐데……."

"안 했다니까?!"

툭-

"인정할 건 인정해야지. 안 그러면 오해를 산다고."

에반젤린까지 어깨에 손을 올리며 끼어들었다. 물론 태현은 가차 없이 반응했다.

"뭐라는 거야? 어디서 케인 같은 소리를 하고 있어?"

"……사람 이름을 욕으로 쓰지 마……."

떠드는 사이에도 흑마법사 NPC들은 열심히 일했다. 저주 걸고 시체 일으켜서 언데드로 만든 다음 강화시키고…….

계속해서 강화되는 언데드 군단! 상급 스켈레톤 전사, 상급 스켈레톤 궁수, 질병을 옮기는 구울 전사…….

"태현 님, 언데드 마법사의 숫자를 좀 늘릴까요?"

"그러도록."

"태현 님, 언데드를 더 만들려면 아무래도 시체를 더 구해야 할 것 같습니다."

"하하. 만들면 되지. 곧 여기로 또 올 텐데."

묶어서 듣고 있던 길드원은 식겁했다. 태연한 얼굴로 뭐라 는 거야?!

와르르-

콰쾅!

"뭐야? 내가 안 무너뜨렸는데?"

태현은 거리 앞쪽의 건물 하나가 무너지자 의아해했다. 아직 망치도 안 휘둘렀는데 무너지다니? 그리고 그 건물 안쪽에서는 토끼들이 우르르 튀어나왔다. 일행이 전부 태현을 쳐다보았다. 태현은 깔끔하게 인정했다.

"음. 내가 한 짓 맞군."

[토끼들을 이끌고 믿을 수 없는 일을 해냈습니다.]
[고대 뱀파이어의 권능 <몬스터 조종>을 갖고 있습니다.]
[카르바노그 신의 권능 <토끼 변신>을 갖고 있습니다.]
[<몬스터 조종> 스킬과 <토끼 변신> 스킬이 합쳐집니다. <토끼 지배>로 변합니다.]
[스킬 <토끼 강화>를 얻었습니다.]
[스킬 <분노의 토끼>를……]

"……아니, 이건 좀 아니지."

메시지창을 본 태현은 어이가 없어서 혼자 중얼거렸다. 단 전설 직업 <토끼 몰고 다니는 사람>은 그렇다고 치자. 직업 이름이 이상하고, 심지어 그 직업이 전설 직업이기는 했지만…….

'아니, 그래도 그렇지 이미 잘 있는 <몬스터 조종> 권능은 왜 가져가서 없애 버리는 건데?'

권능 스킬은 스킬 중에서도 상당히 좋은 스킬에 속했다.

고대 뱀파이어의 권능 스킬인 <몬스터 조종>. 아직 레벨이 낮아서 약한 몬스터들밖에 조종할 수 없었지만, 태현은 이 스킬을 나름 꾸준히 키우고 있었던 것이다. 그런데 이 권능들이 합쳐져서 〈토끼 지배〉로 변해 버리다니.

그만한 스킬이 아니라면 손해였다. 그리고 아무리 생각해도 〈토끼 지배〉라는 스킬이 그렇게 좋을 것 같지는 않았다!

〈토끼 지배〉

토끼를 완벽하게 지배합니다. 스킬 레벨이 올라갈수록 강력해집니다.

'음…….'

판온의 스킬들은 이해하기 쉬운 스킬과 이해하기 어려운 스킬로 나뉘었다. 설명이 어렵고 불친절한 스킬들은 직접 써보면서 파악해야 했다.

〈토끼 지배〉는 전형적인 후자.

'생각해 보면 토끼들과 엮였던 것부터가 실수였던 것 같기도 해.'

"김태현!! 이 자식!! 죽여 버리겠다!!"

저 멀리서 길드원들의 고함이 들려왔다. 물론 태현은 무시하고 계속 생각에 잠겼다.

"김태현! 듣고 있냐! 듣고 있다면 정정당당하게 나와라! 일대일로 대결을 신청한다!"

"저, 김태현 백작님. 저쪽에서 뭐라고 하는…….."

"무시해. 내가 엄청나게 불리해지면 일대일로 싸우겠다고 전해줘."

-토끼 지배.

태현은 일단 스킬을 사용했다. 그래야 뭔가 알 것 같았으니까.

[토끼 지배 스킬을 사용합니다. 현재 가능한 것은 <일반 토끼로 변신하기>, <언데드 토끼 소환>, <토끼 광폭화>, <토끼 조종>, <독 이빨 부여>입니다.]

'아, 이런 건가?'

토끼 관련된 여러 스킬들을 〈토끼 지배〉 하나만으로 쓸 수 있는 것. 강력한 권능 스킬이기는 했다. 스킬 하나를 얻기 위해 온갖 퀘스트나 귀찮은 짓을 해야 하는 판온에서, 이렇게 여러 가지 스킬을 하나로 쓸 수 있는 권능은 매우 귀했으니까. 게다가 스킬 레벨이 올라갈수록 관련 스킬이 증가하는 것 아닌가.

'토끼 관련만 아니라면 말이지!'

만약 저 권능이 〈언데드 지배〉 스킬이라고 쳐보자. 〈언데드로 변신〉, 〈언데드 군세 소환〉, 〈언데드 광폭화〉, 〈언데드 조종〉, 〈독성 부여〉……

생각만 해도 가슴 뛰는 단어들!

그러나 눈앞에 있는 건 토끼들이었고, 태현은 토끼들을 쓸 수밖에 없었다.

[언데드 토끼를 소환합니다. 현재 토끼들의 시체가 많습니다. 소환할 수 있는 양에 보너스를 받습니다.]

[고급 전술 스킬을 갖고 있습니다. 소환할 수 있는 양에 보너스를 받습니다.]

[높은 행운을 갖고 있습니다. 소환할 수 있는 양에 보너스를 받습니다.]

다른 언데드들과 달리, 토끼는 행운과 관련된 몬스터 취급을 받았다. 그리고 태현은 행운에 관해서는 이미 신 그 자체!

콰르르르르르륵⋯⋯.

자리에 있던 모두가 입을 벌렸다. 무너진 거리에서 무언가 거대하고 꿈틀거리는 것이 일어나기 시작한 것이다.

언데드 토끼의 군세였다.

"이, 이게 무슨⋯⋯?"

"역시 김태현 백작님!"

[위대한 언데드 소환을 목격했습니다. 에랑스 왕국 마탑 흑마법사들의 평판이 올라갑니다.]

흑마법사들은 엄청나게 많은 토끼들을 언데드로 만들어 부리는 태현을 보고, 감동한 눈빛을 보냈다.

물론 다른 일행들은 아니었다.

'아니, 왜 토끼지?'

'토끼를 언데드로 부릴 이유가 있나?'

'잘 모르겠는데……'

그러나 아무도 물어보지 못했다.

태현이 '물어보면 죽인다'는 표정을 짓고 있었기 때문에!

"김태혀어어어어언!!"

파아앗!

거리 반대쪽에서, 엉망진창이 된 길드원 몇 명이 나타났다. 도시를 휩쓸고 있는 언데드들을 뚫고 용케 여기까지 도착한 것이다. 여러 가지 저주에 걸렸고, HP도 절반 이하로 깎였지만 그들의 눈빛만은 불타올랐다.

절대로, 이대로 끝나지는 않는다!

반드시 김태현에게 한 방 먹이고 말겠다!

"크아아아앗!"

"빠르다!"

어떤 스킬을 썼는지, 길드원들의 속도는 장난이 아니었다. 그걸 본 태현 일행은 당황했다.

"잠깐, 거기는……."

"이제 와서 그래 봤자 늦었다!"

태현 일행이 당황한 걸 본 길드원들은 속으로 주먹을 불끈 쥐었다. 방심한 놈들을 한 방 먹일 수 있는 기회…….

와르르르!

발을 디딘 순간, 뭔가가 엄청나게 공격하기 시작했다.

[하급 언데드 토끼가 당신을 공격했습니다. HP가 1 ……]

"뭐야?!"

HP가 1 깎이는, 정말 의미 없는 공격. 그렇지만 숫자가 무시 무시했다. 게다가 이 상황에서 발이 묶이면…….

"뭐 하냐?"

"안, 안녕하십니까?"

태현이 앞에 다가와서 검을 겨누자 자연스럽게 존댓말이 나오는 그들!

"방금 내 이름 부르지 않았냐? 되게 죽일 듯이 불렀던 것 같은데."

"그게, 원래 존경하고 흠모했었는데 이렇게 실제로 보게 되니 기뻐서……."

"오. 그래? 그러면 지금 길드 상황 좀 말해봐."

"네?"

"길드 상황. 길드 채팅에서 이것저것 말하고 있을 텐데."

태현의 예측은 정확했다. 현재 길드 동맹의 안에서는 엄청나게 많은 대화가 오가고 있었으니까.

-김태현이 살마란 시에 등장! 언데드 군단을 데리고 있답니다!

-성기사, 사제들 모아! 공적치 포인트 쓸 수 있는 대로 써서 교단 NPC들도 데리고 간다!

-살마란 시의 전력이면 어느 정도 버틸 수 있을 겁니다. 그사이놈을

포위해서 끝내 버립시다!

처음 소식을 들었을 때, 길드 동맹은 나름 침착하게 대응했다. 이미 태현이 어떻게 날뛸지는 예상하고 있었던 것이다.

물론 태현은 언제나 예상을 벗어났다.

-살마란 시 함락! 지금 끝장났답니다!

-뭐 ××?!

-뭐 벌써 함락이야?! 거기 있는 놈들 뭐 하냐?!

-느레, 느페! 너희 두 산적 새끼들! 너희 둘이 거기 담당이었잖아! 아무것도 못 봤어?!

-김태현은 여기로 안 왔습니다!

-김태현이 그러면 저 많은 일행 데리고 어디로 왔다는 건데!

-김태현이라면 혹시 단체 순간이동 마법을 썼을지도…….

-마법사 랭커도 쉽게 못 쓰는 스킬을 김태현이 어떻게…… 헉, 혹시 마탑 퀘스트 보상인가?!

-가능성 있다.

-빌어먹을, 하필 이럴 때! 김태현이 그런 스킬을 쓸 수 있으면 계산이 몇 배로 복잡해진다고!

물론 그런 스킬은 없었다. 느레, 느페 두 형제의 당당한 변명 때문에 혼란에 빠진 길드 동맹!

쑤닝은 그걸 보고 복잡한 기분이었다.

'이 멍청한 돌대가리들…… 날 보는 다른 놈들이 이런 기분이었나……'

원래라면 '내가 나선다! 나와 같이 김태현을 잡자!'라고 했을 테지만, 이번에는 아니었다. 다른 놈들이 실수하면 실수할수록 쑤닝의 자리는 올라간다.

벌써 쑤닝은 뒤에서 물밑 작업에 들어간 상태였다. 다른 길마들을 매수하고 포섭해, 길드 동맹 내 쑤닝의 세력을 올린다!

'길드 동맹? 너무 어중간해. 나는…… 더 올라간다. 위로! 더 위로!'

판온 최강 길드의 길마. 쑤닝이 노리는 건 그거였다.

'1위 랭커? 그래 봤자 혼자지. 정말로 강한 건 집단이다!'

시련은 사람을 성장시킨다. 태현에게 당하고, 당하고, 또 당하고, 거기에서 또 당하고…… 하여튼 더럽게 많이 당한 쑤닝! 본인은 부정하겠지만, 그 시련 덕분에 쑤닝은 계속해서 성장하고 있었다.

"그래서 오고 있대?"

"네. 포위하려고 뒤에서부터……."

살마란 시는 길드 동맹의 영역 가장 바깥쪽에 있는 도시.

길드 동맹은 완전히 포위하기 위해 태현이 온 방향에서부터 사람을 모은 모양이었다.

"흠. 그렇군."

"어떻게 할 거냐? 지금이라면 빠질 수 있을 텐데."

"아니. 더 들어갈 건데?"

기껏 비싼 공적치 포인트 내고 흑마법사들을 빌렸는데, 도시 하나 파괴하고 물러설 생각은 조금도 없었다. 더 안으로 들어간다!

"나, 나올 때는 어떻게 나오려고?"

"그건 그때 생각하고, 지금은 일단 더 부수고 더 파괴하는 데에 집중하자."

"야……!"

그러는 사이 태현에게 메시지창이 떴다.

[살마란 시의 영주 자리를 얻었습니다.]

[도시 명령을 내릴 수 있습니다.]

[현재 도시 상태는 다음과 같습니다……]

"있는 골드는 전부 챙기고, 창고에 있는 아이템도 전부 챙기고…… 에이, 이거밖에 없어? 거지들인가?"

태현이 도시를 부숴서 많은 아이템들이 사라진 것이지만, 물론 그런 걸 신경 쓰지는 않았다.

"좋아. 다 챙겼다! 가자!"

"그, 그냥 가나요?!"

파워 워리어 길드원들과 바허, 바허 친구들은 깜짝 놀랐다.

기껏 고생해서 영지를 점령했는데 그냥 간다고? 다른 길드들이 영지 하나를 얻기 위해 그렇게 고생을 하는데!

"그러면 뭐 어떡하려고?"

"영지를 얻었으니까, 점령해서 수리한 다음 수비를 해서 잘 가꾸면……."

"퍽이나 통하겠다. 어차피 다른 놈들이 몰려오면 아무리 잘 지켜봤자 무너질 곳인데. 다 부수고 가자!"

[도시의 건물을 파괴합니다. 악명이 크게 오릅니다!]

-주인님! 역시 주인님이십니다!

다른 플레이어들과 달리, 태현은 이런 부분에서 욕심을 부리지 않았다.

'도시 하나를 그냥 버리다니……!'

'아깝지도 않은 건가?!'

다른 플레이어들도 냉정하게 생각하면 알 수 있었다. 지금 이런 위치의 영지를 먹고 버티면, 나중에는 크게 다칠 수밖에 없다는 것을. 그러나 그럼에도 불구하고 어쩔 수 없는 게 사람의 욕심! 이런 영지 하나를 그냥 버린다는 건 정말 쉽게 할 수 없는 일이었다.

"가자! 아직 더 부술 곳이 많다!"

살마란 시에서 얻은, 흑마법사들이 부리는 대량의 언데드 군단. 겉모습만 보면 무시무시한 군대였다. 뒤에 따라오는 언데드 토끼들과 그냥 토끼들만 빼면!

"김태현이 길드 동맹과 싸우고 있다니……! 이건 분명 그거다! 같이 일어나서 싸우라는 그런 거다!"

"어, 길마님 메시지 받으셨나요?"

"아니."

"그런데 무슨……?"

"메시지는 안 받았지만 마음이 통했다는 거야!"

'아닌 것 같은데…….'

우드스탁 길드의 길마는 길드원들을 불러 모았다. 한때는 길드 연합에 있었지만, 저번 사건 이후로 쫓겨나와 영지 없는 길드로 바뀐 그들! 게다가 〈악마화〉 스킬 때문에 종족도 〈저주받은 떠돌이 악마〉로 바뀌어서, 적응에 더 많은 시간이 필요했다.

그래도 지금은 어느 정도 적응에 성공한 상태였다. 레벨을 올리자 〈저주받은 떠돌이 악마〉 종족도 나름 바뀌었고.

"지금 안 움직이면 언제 움직이겠냐? 움직이는 거다."

"근데 김태현이 뭐라고 말 안 했는데 멋대로 움직여도 되는 거 맞아요? 나중에 괜히……."

"이 자식들이 진짜. 영지 다시 안 찾고 싶냐?!"

"찾고 싶긴 한데……."

"자, 봐라! 여기 악마들을!"

침울한 표정으로 조각상 포즈를 취하고 있는 날개 악마들.

태현이 갈그랄 레이드를 성공적으로 마치고, 랭커들에게서 도망칠 때 버리고 간 악마들이었다. 물론 그들은 우드스탁 길드와 같이 도망칠 수밖에 없었다.

"자기들이 부리던 악마들을 맡기고 갔다는 것. 이것만큼 김태현이 우리를 믿고 있다는 증거가 어딨겠냐!"

'아무리 생각해도……'

'아닌 것 같은데……'

비교적 새로 들어온 길드원들은 아직까지도 정신줄을 붙잡고 있었다. 덕분에 이런 상황에서도 냉정한 판단이 가능!

그러나 다른 사람들은 아니었다.

"가자! 가자! 영지를 되찾으러 가는 거야!"

"길마님 만세!"

결심을 한 건 우드스탁 길드뿐만이 아니었다. 최강지존무쌍 길드도 마찬가지로 움직였다.

"바로 지금! 지금이다! 영지 가서 태우고 죽이고 뺏자!"

길드원들은 살짝 겁먹은 눈빛으로 김태산을 쳐다보았다.

덩치가 산 같은 오크 플레이어가 흉악한 눈빛으로 저런 말을 하니까 정말 무서운 것!

'형님. 이미지 관리한다고 하지 않으셨냐?'

'그런다고 되겠냐. 냅둬. 냅둬.'

오크 아저씨들은 따뜻한 눈으로 김태산을 쳐다보았다.

분명 김태산은 진심으로 이미지 관리를 하고 있는 것이다.

그게 의미가 없어서 그렇지!

김태산은 새로 가입한 길드원들이 벌벌 떠는 걸 보며 뿌듯한 얼굴로 고개를 끄덕였다.

'역시. 가서 PVP하고 얻을 생각을 하니 기뻐서 저러는 거군. 나 같은 길마가 또 없다니까. 이렇게 다 같이 평등하게 약탈하고 나누는 길마가 또 어딨겠어?'

전혀 다른 곳을 보고 있는 그들이었다.

"그런데 길마님. 지금 나서면 위험하지 않겠습니까?"

길드 동맹과 최강지존무쌍 길드는 서로 견제하고 있지만 본격적으로는 싸우고 있지 않은 상황. 그런 상황에서 김태산이 먼저 선공을 가한다는 건, 선전포고나 마찬가지였다.

"물론 변장을 해야지."

"네? 변장이요?"

"그리고 이렇게 외치는 거다. '김태현 만세!'라고."

오크 아저씨들은 차갑게 식은 눈빛으로 김태산을 쳐다보았다. 김태산이 뭘 노리는지 깨달은 것이다.

지금 태현이 깽판을 치고 있었으니, 그들이 치는 깽판도 태현이 한 짓으로 떠넘기려는 속셈!

"형님, 아니, 길마님…… 그건 좀…….'

"아니, 왜!! 태현이 그놈이 날 얼마나 등쳐먹었는데! 나도 좀 하면 안 되냐?!"

"그래도 그렇지 그건……."
"시끄러워 이것들아! 누가 길마야!"

마을 두 개, 요새 세 개, 도시 하나, 성 두 개.

태현 일행이 파괴한 영지였다.

태현은 정말 사악하고 교묘하게 움직였다.

'어떻게 대형 길드를 상대로 치고 빠져야 하는가?'라는 책을 쓴다면 교본이 될 수준!

뒤에서 적이 포위하기 위해 움직이면 미련 없이 점령한 영지를 버리고 다음 영지로 움직였다. 적 길드원들이 발을 묶기 위해 소수로 움직이면 놓치지 않고 재빨리 움직여서 밟아버렸다. 그렇다고 해서 대규모로 모여서 공격을 하려고 하면 또 잽싸게 도망쳤다.

오스턴 왕국 내를 요리조리 움직이며 치고 빠지고 치고 빠지고를 반복!

그러다가 만만해 보이는 영지가 있으면 전력으로 공격을 퍼부었다. 영주들도 바보가 아니었기에 수비에 몰두했지만, 태현 일행의 공격력은 그들의 예상을 초월했다.

흑마법사 군단도 군단이지만, 태현이 부리는 토끼 떼가 한번 안에서 날뛰면 어지간한 인원으로는 수습이 안 됐다.

영지의 시설 자체가 붕괴해 버리는 것! 공격에 공격을 거듭

할수록, 태현 일행은 기하급수적으로 강해져 갔다.

언데드 군단의 무서움!

"하급 스켈레톤은 소환 취소하고, 가능한 대로 다 승급시켜."

"예!"

[언데드 군단의 전력이 상승했습니다.]

[언데드 군단의 <죽음의 오오라>가 증가합니다.]

[중급 구울 전사들이 상급 구울 전사로 승급합니다.]

[상급 스켈레톤 궁수들이 정예 상급 스켈레톤 궁수로 승급합니다.]

[데스 나이트들이 다음 전투를 원합니다.]

[거대 썩은 살덩이 골렘들이 다음 전투를 원합니다.]

[사기가 최고조입니다.]

[마법 스킬이 오릅니다.]

[악명이 오릅니다.]

무시무시한 전력들! 처음 왔던 일행들과는 비교도 안 되는 전력들이었다. 도시 하나를 점령하고, 거기서 언데드를 소환하고, 또 영지를 점령한 다음 그걸로 언데드를 추가 소환하고 업그레이드하고……. 상황이 이쯤 되자, 길드 동맹은 그들이 잘못 판단했다는 걸 인정할 수밖에 없었다.

기껏해야 플레이어 몇 명이서 난리를 쳐봤자 미리 대비하면 한계가 있을 거라고 생각했는데 그게 아닌 것이다. 태현의 깽판 능력이 고렙 흑마법사 NPC들과 만나니 정말 끔찍한 수준이었다.

〈사악한 흑마법사들을 토벌하라-오스턴 왕국 퀘스트〉

〈흑마법사들의 수뇌를 암살하라-오스턴 왕국 암살자 퀘스트〉

벌써 오스턴 왕국 플레이어들에게 퀘스트가 뜰 정도였다.

이건 심지어 길드 동맹에서 건 퀘스트도 아니었다! 결국 길드 동맹은 계획을 수정하고 더 심각하게 대응할 수밖에 없었다.

-우리가 잘못 판단했다. 지금 영지 근처에 있는 플레이어들, 고용할 수 있는 용병들 다 모아. 이대로 내버려 뒀다가는 진짜 큰일 내겠다!

-저 미친놈은 대체 마법사도 아닌 놈이 어떻게 저렇게 언데드를 많이 굴리는 거야?

-마탑의 흑마법사들을 다 끌고 왔다는 소문이 있어.

-지금 저놈 내버려 두면 아레네 시까지 오겠다!

아레네 시. 현재 길드 동맹의 본부나 마찬가지인 도시였다. 아직 이르긴 했지만 수도라고 보기엔 충분했다.

그만큼 세력도, 시설도 강력했고 상징성도 강했다.

만약 여기를 공격당한다면?

길드 동맹은 내내 웃음거리가 될 것이다. 이 많은 인원이 모여서 태현 하나한테 농락당했다고!

　그런데 지금 태현은 아레네 시 코앞에 있는 성인 오단 성까지 점령한 상태. 당황할 수밖에 없는 상황이었다.

-내가 신전에서 공적치 포인트 써서 성기사 좀 데리고 가지.

-저도 용병들 끌고 참가하겠습니다.

-나도 언데드 부릴 수 있다.

　결국 지켜보기만 하던 플레이어들도 나서기 시작했다.

　이러다가 정말 큰일 나는 게 아닌가 싶었던 것이다.

　그 결과, 이제까지와는 차원이 다른 수준의 적들이 필드에 모였다. 거침없이 오스턴 왕국을 휘젓고 다니던 태현도 깨달았다.

　'야, 이거 정면으로 붙으면 깨지겠는데?'

　뒤에서 쫓아오던 전력부터 시작해서 이곳저곳에 있던 길드원들이 다 모이니 장난이 아니었다. 사방팔방에 쫙 보이는, 필드를 둘러싼 대규모의 적 병력!

　"어떻게 하시겠습니까, 백작님?"

　"일단 오단 성으로 후퇴하지. 생각보다 빨리 움직였네. 좀 더 늦장 부릴 줄 알았는데."

　"……영지를 그렇게 불태우고 박살 내고 다녔는데 거기서 더 늦장을 부릴……."

　다른 영지는 다 파괴하고 움직였지만, 마지막으로 점령한 오단 성은 아직 내버려 둔 상태. 길드 동맹에서 대규모로 일으킨다는 소문을 듣고 혹시나 싶어서 내버려 둔 것이었지만, 덕분에 운이 좋았다.

태현 일행은 그대로 언데드 군세를 이끌고 오단 성으로 후퇴했다. 하도 태현 일행에게 호된 맛을 많이 본 길드 동맹은 후퇴하는데도 감히 덤비지는 못하고, 천천히 뒤를 쫓았다.

그리고 오단 성을 빙 둘러싸고 포위했다.

-이대로 가두기만 하면 된다! 포위만 하면 놈들도 절대로 빠져나가지 못할 테니까!

-어, 그냥 아까 도망칠 때 뒤에서 덤비면 되지 않았습니까?

-너, 이름 뭐냐!

-죄, 죄송합니다!

포위된 오단 성 안. 밖에는 살벌한 길드 동맹의 랭커들과 대규모 병력이 포위망을 깔고 있었다. 그러나 태현 일행은 딱히 겁을 먹거나, 절망한 기색이 아니었다.

왜냐하면…… 태현이 있었으니까!

'김태현이 여기까지 데리고 왔으니까 생각이 있겠지.'

'태현 님이니까 생각이 있겠죠.'

'김태현 씨 정도 되는 사람이 아무 생각도 없이 이런 짓을 할 리 없겠지. 분명 방법이 있을 거야.'

단단한 믿음!

모두 다 태현을 기대하는 눈빛으로 쳐다보고 있었다.

태현은 고개를 갸웃거렸다. 뭐지, 저 눈빛들은?

"흠흠. 태현 씨."

바하가 헛기침을 하며 말을 꺼냈다.

"그래서 여기서 어떻게 빠져나가실 겁니까?"

"아, 그건……."

"분명 엄청나게 대단한 방법일 거예요, 아버지!"

"맞아요. 아저씨. 이제까지 김태현이 했던 퀘스트들처럼 기상천외하게, 저 밖에 있는 놈들의 뒤통수를 후려갈기고 나갈 수 있는 그런 방법!"

굳건한 신뢰의 눈빛을 보내는 바허와 친구들!

그 모습에 태현은 멈칫했다.

"어……."

사실 태현은 딱히 기막힌 도주 계획이 없었다. 그렇다면 왜 이렇게 태연하고 자신만만하게 있는가?

그야…….

'나 혼자 빠져나갈 자신은 있었는데.'

이 대규모 군세를 격돌시킨 다음, 혼란스러운 틈을 타 변장과 회피를 믿고 돌파를 하면 아무리 랭커들이 많아도 빠져나갈 자신이 있었다. 그러니 뒷일을 생각하지 않고 영지 안쪽으로, 안쪽으로 들어가면서 깽판을 쳤던 것!

문제는…….

'지금 그거 말하면 안 될 것 같은데.'

이렇게 신뢰의 눈빛들을 보내는데, 태현이 '어, 사실 나 도망 갈 계획 정도밖에 안 세웠는데'라고 말하면 정말 칼을 맞을 수 도 있었다. 플레이어들이면 모를까, NPC들은 아무리 고급 화술 스킬을 갖고 있어도 사기가 하락할 수 있는 것!

"……물론 그런 계획이 있지!"

"역시 태현 님!"

"……?"

이다비는 태현의 표정을 보고 수상쩍다는 눈빛을 보냈다.

-태현 님. 진짜 있어요?

-쉿. 지금부터 생각해내야 해.

-……혼자 튀기 없어요!

-쯧. 눈치 빠르기는.

이다비는 즉시 태현의 속셈을 알아차리고 못을 박았다.

-저까지는 같이 데리고 나갈 수 있잖아요! 그쵸!

-여기서 바로 네 길드원들을 버리고 너만 챙긴다는 점이 참 마음에 들어.

-저라도 살아야죠!

-그래. 나라도 살아야지!

"김태현! 김태현! 김태현!"

다른 사람들은 태현의 속마음도 모르고 연신 태현을 환호하고 있었다.

"으음…… 어쩐다?"

-주인님, 버리시면 됩니다!

"넌 정말…… 사디크 같은 놈이야."

-예?

"아니야. 아무것도."

흑흑이는 피부에 윤기가 자르르 흘렀다. 이번 오스턴 왕국 습격 사건으로 가장 많은 이득을 본 건 흑흑이였고, 그다음이 파워 워리어 길드였다.

"너 지금 레벨이 몇이지?"

-265입니다!

태현의 얼굴이 구겨졌다. 뭔 놈의 레벨이 저렇게 빨리 올라?

"하, 하하…… 블랙 드래곤이라 성장이 빠른 모양이군."

-예? 아닙니다. 주인님. 딱히 드래곤이라서 그런 게 아니라 이번 습격에서 워낙 어마어마하게 악명을 쌓으셔서…….

"시끄러."

태현의 기분이 더럽다는 것만 제외한다면, 흑흑이의 레벨이 265라는 것은 기쁜 소식이었다.

훨씬 늦게 소환됐는데도 용용이와 거의 비슷한 수준!

그만큼 이번 깽판 규모가 컸던 것이다.

'아무리 생각해도 선 성향인 용용이보다는 악 성향인 흑흑이가 내 플레이랑 잘 맞는 거 같기도 하고……'

태현은 복잡한 기분으로 흑흑이를 쳐다보았다. 직업은 〈아키서스의 화신〉인데 어떻게 된 게 사디크의 신수와 더 잘 맞는 기분이었다.

'그나마 레벨 업을 두 번 했다는 게 다행이군. 다른 놈들에 비하면 턱도 없는 수준이지만……'

언제나 볼 때마다 느끼는 압도적인 스탯창. 거기에 랜덤 배분으로 인한 기묘한 균형감도 별개였다. 보통 이런 식으로 균형 맞춰서 스탯을 키우는 사람은 아무도 없었다.

'명성하고 악명은……'

명성 10,100, 악명 18,160.

태현은 살짝 아찔해졌다. 나쁜 짓을 할 때는 이상하게 신이 나서 뒷일은 생각 안 하고 팍팍 저지르게 됐다.

그러고 나서 악명 스탯을 보니 아득해졌다.

'8천…… 8천 차이는 좀……'

게임 캐릭터를 삭제하기 전에는 다시 뒤집을 수 없을 것 같은 수준의 스탯 차이!

태현은 아득해지려는 마음을 다잡고 고개를 흔들었다.

'지금 할 수 있는 것에 집중하자. 일단 오단 성은 괜찮고……'

포위를 당했지만 공격은 시작되지 않고 있었다.

서로 알고 있는 것이다. 오단 성은 나름 튼튼한 성이고, 태현이 이끄는 언데드 군세가 멀쩡하게 있다는 것을.

괜히 공격 잘못했다가는 더 큰 피해를 입을 수 있었다.

게다가 태현이 누구인가. 기계공학 대장장이 메타의 아버지 아닌가! 이런 공성전에서 가장 무서운 게 태현의 함정일 수밖에 없었다.

'보아하니 한동안 안 오겠군. 일단 성물부터 써야겠다.'

한동안 깽판 치느라 정신이 없어서 미뤄두고 있었는데,

[신성, 명성이 오릅니다.]

[화신으로서의 힘이 점점 강해지고 있습니다. 다른 교단이 당신의 정체를 확실하게 짐작하기 시작합니다. 이에 대비해야 할 겁니다. 화신의 힘이 강해짐에 따라, 아키서스의 원수들이 당신의 위치를 찾기 쉬워집니다.]

[<아키서스의 권능: 저주>를 얻었습니다.]

오싹!

스킬을 얻었다는 건 보이지도 않았다.

'아키서스의 원수들이 당신의 위치를 찾기 쉬워집니다.'

이 메시지창 하나가 워낙 압도적이었던 것!

'이제 권능도 생각하고 써야 하나?'

태현은 입맛을 다셨다. 아키서스는 태현만큼이나 원한을 이곳저곳에서 사고 다닌 신이었다.

원수가 지금 당장 나타나도 전혀 놀랍지 않은 상황!

'앞으로는 권능도 쓸 타이밍을 잡아야 하나……'

어쨌든 이미 권능은 사용했고, 뒷일은 나중에 생각할 일이었다. 지금 중요한 건 권능을 확인하는 것!

<아키서스의 권능: 저주>
아키서스의 저주를 겁니다. 한 명에게만 걸 수 있으며, 풀기 전까지는 다시 사용할 수 없습니다.
-저주는 행운 스탯의 영향을 받습니다.
-시전자가 풀기 전에는 해제할 수 없습니다.
-사용할 경우 지속적으로 행운이 소모됩니다.

태현은 고개를 갸웃거렸다. 이제까지 얻었던 스킬들과는 방향성이 다른 저주 스킬!

'효과가 좋긴 한데, 이걸…… 어떻게 써먹지?'

행운 스탯에 영향을 받고, 쓰는 순간 행운이 소모되는 권능 스킬. 딱 봐도 저주의 위력이 어마어마하다는 것 정도는 알 수 있었다. 그러나 한 명한테만 쓸 수 있다니.

'뭐 어떻게 쓰라는 건지 감이 안 잡히는데…… 에반젤린이 당한 것 비슷하게 효과가 나오는 건가?'

행운이 마이너스로 고정된 덕분에 내내 고생한 에반젤린.

그나마 직업 특성 덕분에 버틸 수 있었지, 패시브 스킬도 없었다면 예전에 접었을 것이다.

행운이 마이너스라면? 길을 가다가도 걸려 넘어지고, 간단한 아이템 제작이나 수리도 실패하고, 몬스터를 잡을 때도 제대로 퀘스트 아이템이 안 나오고…….

하여튼 사람 성질나게 만드는 데에는 제격!

만약 태현의 저주가 그런 류의 스킬이라면…….

'한 명 골라서 판온 접게 만들라는 건가?'

미운 놈 하나만 골라서 정말 끝까지 괴롭혀라!

그거 말고는 딱히 떠오르지 않았다.

"그런데 여러분들은 긴장 안 되세요?"

바허와 친구들은 파워 워리어 길드원들에게 물었다. 아무리 태현이 믿음직스러워도 그렇지, 긴장이 안 되는 건 아니었다. 바깥을 포위하고 살벌하게 버티고 있는 길드 동맹의 군대! 굳이 성벽 밖으로 고개를 내밀지 않아도 볼 수 있었다. 게시판만 들어가면 [길드 동맹의 분노! 이번에야말로 김태현을 잡겠다!], [길드 동맹 공성전 준비], [이제까지 본 적 없던 규모의 군대가 온다! 길드 동맹 군대 분석!] 같은 동영상들이 우르르 올라오고 있었다.

물론 핵심적인 정보나 랭커들의 위치는 거기에 나오지 않았지만, 그런 정보를 제외해도 충분히 압도적이었다.

그러나 파워 워리어 길드원들은 태연했다.

"긴장?"

"뭘 긴장?"

파워 워리어 길드원들은 아무것도 두려워하지 않았다. 이미 충분히 본전을 뽑고도 남은 것이다.

이제 로그아웃 당해도 두렵지 않다! 다른 길드와 달리, 파워 워리어 길드는 죽음을 두려워하지 않았다.

다른 길드에서는 '어떻게 하면 PVP를 잘할 수 있는지', '숨겨진 명당 사냥터는 어디인지', '좋은 퀘스트는 무엇인지'에 대해 이야기하는 동안, 파워 워리어 길드는 '어떻게 하면 남들이 PVP 할 때 옆에 끼어들어서 콩고물을 얻어먹을 수 있는지', '주운 아이템을 언제 경매장에 올려야 할지', '남한테 걸려서 죽을 때 어떻게 죽어야 가장 피해가 없을지'에 대해 이야기했다. 실전 특화형 길드!

"전혀 긴장이 안 되세요?"

"당연하지!"

"그럼!"

이미 영지를 약탈하면서 잽싸게 주운 아이템들을 처리한 그들이었다. 물론 그런 뒷사정을 바허나 친구들이 알 리는 없었다.

'대단해……!'

'정말 겁을 먹질 않는구나!'

'김태현하고 매번 같이 다니니까 이 정도는 껌이라는 건가?'

바허와 친구들은 존경의 눈빛으로 파워 워리어 길드원들을 쳐다보았다.

"뭐, 뭐야? 왜 그런 눈빛으로 날 보는 거지?"

생전 처음 받아보는 눈빛에 파워 워리어 길드원들은 당황했다.

"그런 눈빛을 보낸다고 우리가 챙긴 아이템은 안 나눠줘! 너희가 알아서 챙겼어야지!"

"네?"

후다다닥!

파워 워리어 길드원들은 잽싸게 도망갔다. 더 있다가는 발목이 잡힐 거라고 예상한 것이다. 바허와 친구들은 고개를 갸웃거렸다.

"왜 저러시지?"

"잘 모르겠는데……."

"어쨌든 대단하다! 조금도 긴장하지 않다니. 파워 워리어 길드, 말로만 들어봤는데 정말 대단한 길드야! 나도 들어가고 싶어!"

"나도!"

옆에서 걸어가던 이다비가 그들의 대화를 듣고 깜짝 놀랐다. 무슨 대화를 하고 있는 거지?!

"왜 그래?"

"태, 태현 님. 저기 저 마법사들이 파워 워리어 길드에 들어오고 싶다고……."

탁-

태현은 이다비의 어깨에 손을 올렸다. 그리고 진지하게 말했다.

"아무리 그래도 그렇지 그런 거짓말은 좀 아닌 것 같다."

"거짓말 아니거든요?! 저도 안 믿기는데, 진짜로 그렇게 말했다고요!"

"정말로? 미친 건가?"

이다비는 살짝 상처받았다. 그러거나 말거나 태현은 진지하게 고민했다.

"음…… 생각해 보니 대회 이후에 파워 워리어 괜찮냐고 물어보는 사람들이 몇몇 있었지."

"괜찮다고 말해주셨겠죠?"

"물론이지."

그 말을 듣고 이다비는 생긋 웃었다. 그리고 태현의 등을 탁탁 두드렸다.

"역시! 믿고 있었어요!"

"쟤네들도 그런 거 아닐까? 원래 밖에서 보면 다 좋아 보이고 그렇잖아."

쉬이이이잉-

그러는 사이 멀리서 날카로운 바람 소리가 들려왔다.

콰직!

그리고 성벽 위에 작렬하는 돌덩이!

"어……."

"공격이다! 공격이다!"

-카르르륵! 카륵!

-일어나라, 내 군대들이여! 적들을 막아라!

조용했던 오단 성이 순식간에 시끄러워졌다. 플레이어들은 빠르게 움직이고, 흑마법사들은 재빨리 언데드들을 대기시켰다. 바로 싸울 수 있도록!

"공격 시작이군. 어디서 오냐?"

"사, 사방에서……."

"그래. 보인다."

태현은 성벽 위로 뛰어오른 후 주변을 확인했다. 작정을 하고 준비를 했는지, 길드 동맹은 사방에서 천천히 조여오고 있었다.

'저건 공성 병기군.'

공성전의 수단은 크게 두 가지였다. 마법사들을 동원해서 강력한 마법을 퍼붓거나, 대장장이들을 동원해서 공성 병기를 만들거나. 후자는 비용과 시간이 많이 들지만, 대신 마법사들을 아낄 수 있다는 장점이 있었다. 공성전에 쓸 만한 마법이 가능한 마법사는 흔치도 않고, 소모도 심했던 것이다.

'길드 동맹이니 대장장이는 당연히 구했을 테고……'

태현은 멀리서 다가오는 공성 병기를 훑어보았다. 거대한 투석기가 바퀴를 굴리며 다가오고 있었다.

'그나마 폭탄은 없군.'

사실 폭탄을 쓰려면 기계공학 대장장이가 필요한데, 지금 기계공학 대장장이들은 대부분 다 태현의 영지에 있으니 당연한 일이었다.

"김태현! 항복해라!"

길드 동맹의 랭커, 검투사 마이크는 군대 앞에 서서 외쳤다. 지금 수많은 사람들이 그를 보고 있을 것이다. 그걸 알기에 폼을 잡는 그였다. 그러나 태현은 시큰둥했다.

"저놈들 진짜로 내가 항복할 거란 기대를 하고서 저런 말을 하는 건가?"

"글쎄……."

태현이 대답도 하지 않자, 마이크의 얼굴이 붉어졌다.

"김태현! 듣고 있는 걸 안다! 대답하지 않는다면……."

태현은 계속 마이크를 무시했다.

'저런 놈 상대하는 건 무시가 최고지.'

태현은 마이크 같은 사람을 잘 알았다. 수많은 사람들의 눈을 의식하고, 폼을 잡고 싶어하는 놈!

태현이 안 받아주면 스스로 화를 낼 놈이었다.

"이 성벽 밑에 바위 좀 더 깔아라."

-크르륵. 알겠습니다.

마이크를 무시하고 언데드들을 부려 성벽을 더 보강하는 태현! 그 모습이 멀리서 눈에 들어오자, 길드원들은 수군거리기 시작했다.

"뭐야, 무시당한 거야?"

"지금 무시당하고 있는 것 같은데……."

"쉿. 크게 말하지 마. 마이크 님 귀에 들어가면 화내신다."

"맞아. 무시당하지 않으신 척하려고 하시잖아. 이해해 주자."

빠드득!

"공격! 공격! 모두 다 공격해라!"

쐐애애애애액!

투웅, 투웅-

투석기들이 거대한 바윗덩어리를 쏘아내기 시작했다. 그러나 태현 일행도 만만치 않았다.

"데스 나이트들은 모두 언데드 와이번을 타고 날아올라라! 날아오는 공격을 격추시켜라!"

-죽음의 바람, 심연에서의 붉은 눈, 광폭한 손의 강림!

흑마법사들은 재빨리 언데드들을 강화시켜 격추에 나섰다.

"데스 나이트들까지 있어?!"

"진짜 더럽게 많이 죽었나 보네."

"얼마나 강화를 한 거야……?"

허공을 날아다니는 언데드 와이번들과 데스 나이트!

데스 나이트는 네크로맨서 계열의 흑마법사가 부릴 수 있는 언데드 중 정예에 속했다. 소환 스킬도 얻기 어려웠지만, 소환하려면 일단 시체의 레벨도 어느 정도는 높아야 하는 것! 그런 데스 나이트들을 저렇게 부리고 있으니 놀라울 수밖에 없었다. 최근 본 언데드 군세 중 가장 규모 있는 군세!

-죽음의 창!

콰직! 콰지지직!

데스 나이트들은 스킬을 써서 날아오는 바위를 격추시켰다.

"정화시켜!"

"무리입니다! 거리가 너무 멀어요!"

"더 접근해서 마법을 쓰라고!"

"그건 좀……."

성기사나 사제 플레이어들은 난색을 표했다. 물론 언데드에게는 상성상 매우 유리했지만, 지금 저 성안에는 쌩쌩한 태현과 흑마법사 파티가 있었다. 뒤에서 받쳐주지 않는데 먼저 앞으로 갔다가는 죽을 게 분명!

"으음, 으음……."

"잠깐!"

성벽 위에서 들려오는 태현의 목소리. 마이크는 고개를 들었다.

"쑤닝! 이렇게 의미 없는 소모전을 벌일 필요가 있나!"

"누가 쑤닝이냐! 난 마이크다!"

"쑤닝! 정정당당하게……."

"난 마이크라고 이 ×××야!"

"아, 알겠다. 그래! 마이콜!"

"마이크라고!!"

"저, 마이크 님. 저 김태현이 놀리고 있는 것 같은데……."

보다 못한 길드원이 작게 말했다. 그 말에 마이크의 얼굴이 붉어졌다.

"김, 김태현 이 ××…… 감히 날 속여? 속임수를 잘 쓴다는 말은 들었지만 나까지 속일 줄이야……."

'그걸 속였다고 할 수 있나?'

'그냥 마이크가 멍청한 것 같은데…….'

마이크가 얼굴을 붉히는 동안, 태현은 다시 말을 이었다.

"어쨌든 이런 식으로 해봤자 답이 안 나올 것 같은데. 그렇지 않나?"

"흥. 무슨 소리냐! 벌써 겁을 먹은 거냐!"

마이크는 그렇게 외쳤지만, 속으로는 복잡하게 머리를 굴리고 있었다.

'지금 만든 공성 병기로는 답이 안 나올 거 같은데, 이걸로 계속해도 성벽을 부술 수 있나? 바로 김태현이 수리할 텐데…… 그렇다면 총공격을 한 다음 성벽을 때려야 하나? 다른 방법이 없어 보여. 그렇지만 총공격을 하면 피해가 커지고…….'

길드 동맹 입장에서도 성안에 박힌 태현은 부담스러운 존재였던 것!

"어때, 자신 있으면 지금 밖으로 나갈 테니 한 번 일대일로 붙어볼까?"

마이크는 깜짝 놀랐다. 이 상황에서 나와서 붙겠다고?

이 상황에서 저런다는 건 바보거나, 아니면…….

길드 동맹을 엄청나게 만만하게 보고 있다는 거였다.

"누구를 뭐로 보고……."

"잠깐, 마이크. 나온다는데 굳이 뭐라고 할 필요는 없잖아?"

성기사 랭커, 곤잘레즈가 마이크를 말리고 들었다. 곤잘레즈는 이번에 언데드 대군세 때문에 발언권이 확 높아진 랭커였다. 언데드 상대할 때 빼놓을 수 없는 게 성기사와 사제!

"그렇지만 저놈이 우리를 무시하잖아!"

"뭐든 어때. 나올 자신 있으면 나오라고 해봐. 자기가 알아서 무덤을 파겠다는데."

"……그것도 그렇군. 좋아! 김태현! 어디 자신 있으면 나와서 붙어보자!"

말을 하면서도 마이크는 설마 태현이 나올 거란 생각은 하지 않았다. 어디까지나 허세 한 번 부려본 거 아닐까?

지금 수많은 사람들이 여기를 보고 있었으니까…….

끼이익-

그러나 성문은 바로 열렸다.

"진짜 나왔다?!"

길드 동맹 측에서 웅성거림이 터져 나왔다. 아무리 그래도 그렇지 정말로 나올 줄이야! 태현과 케인, 그리고 선별된 언데 드들이 성문으로 나오고 있었다. 흑마법사들이 부리는 정예 해골마를 타고서, 태현은 당당하게 말했다.

"자, 나왔다. 마이크. 설마 이제 와서 못 붙겠다는 말은 하지 않겠지? 이렇게나 사람이 많은데…….

"무슨 소리! 좋다. 어디 한번 붙어보자!"

[싸움 전 1:1 신청이 받아들여집니다.]
[패배할 경우 아군 측의 사기가 크게 하락합니다.]
[승리할 경우 적군 측의 사기가 크게 하락하며, 추가로 보상이 있습니다.]

"누가 갈까?"

"내가 간다! 저놈 한번 밟아주고 싶었어!"

"으음…….

랭커들 사이에서는 누가 나갈지 회의가 벌어졌다. 다들 PVP 에는 자신이 있었다. 그렇지만 상대는 태현. PVP에서는 따라

올 사람이 없다고 소문이 자자한 바로 그 태현이었다.

만약의 경우도 생각해야 했다.

"싸움이 끝나면 결과와는 상관없이 무조건 총공격이다."

"그래. 저쪽에서 저렇게 나와 줬는데 굳이 우리가 사정 봐줄 필요가 없지."

"어, 그건 좀 비겁하지 않나?"

"비겁은 무슨…… 야, 너 김태현이 이제까지 한 짓들을 생각해 봐라!"

모두가 고개를 끄덕였다. 평소라면 몇 명 정도는 '아니, 그래도 그건 좀 비겁하니까 정정당당하게 하자'라고 했겠지만, 아무리 생각해도 태현한테는 그럴 필요가 없었다.

"그 자식이 판온 1 때 얼마나 악랄하게…… 아니다, 됐다. 지금 이걸 이야기할 필요가 없지."

여기에는 판온 1 때 태현에게 당했던 랭커도 있었던 것이다.

"뭐, 마이크가 나가고 싶어 하는데 마이크가 나가지?"

"마이크가 자신 있는 것 같은데 마이크가 나가면 되겠네."

"흥. 어지간히도 자신이 없나 보군. 좋다. 내가 나가지."

마이크도 대충 눈치를 챘다. 다른 랭커들이 그를 희생양으로 쓰려는 것을.

태현을 상대하는 건 큰 부담이었다. 잘못하면 한 방에 훅 갈 수 있었으니까. 일종의 독이 든 성배!

'멍청하기는, 그렇게 겁이 많아서는 아무것도 못 해.'

그러나 역으로 생각해 보면 이건 기회였다. 수많은 사람들

앞에서 이름을 알릴 기회! 판온의 랭커라고 하면 엄청나게 강하고 유명할 것 같은 이미지지만, 사실은 아니었다.

엄청나게 많은 판온 플레이어 숫자. 랭커도 그만큼 많았다. 무언가 특별하지 않으면 랭커도 이름 알리기 힘든 시대였다. 그런 면에서 굵직굵직한 퀘스트를 혼자서 해내고, 처음 열린 판온 대회에서 우승한 태현은 가장 유명한 랭커 중 하나! 게다가 판온 1의 이야기까지 겹치니 태현의 이름을 모르는 사람은 없을 정도였다.

지금 이렇게 수많은 사람들의 시선이 모인 공성전에서 태현과 맞붙게 된다면? 마이크의 이름도 그만큼 알려질 게 분명했다.

'이기면 좋고…… 이기지 못하더라도 상관없다. 어차피 버티기만 해도 본전이니까.'

마이크는 머릿속에서 계산을 마쳤다.

공격보다는 수비로 간다! 버티기만 해도 마이크에게는 남는 장사였다. 이기려는 것보다는 시간을 끌어서 '헉, 저 마이크란 플레이어는 누구지? 김태현하고 호각으로 붙잖아?'라는 이미지를 사람들에게 주는 게 나았다.

다그닥다그닥-

마이크는 애마를 불러낸 후 멋지게 앞으로 달려 나갔다.

"좋다! 나와라!"

멀리서 상대방이 해골마를 타고 달려 나왔다.

케인이었다.

"……뭐냐?! 김태현!! 일대일로 붙자고 했을 텐데!"

"일대일이잖아. 숫자 못 세냐?"

태현은 뒤에서 심드렁하게 대답했다.

어쨌든 일대일은 일대일! 해골마 위에 앉아 있는 케인의 표정은 무표정했다. 마치 저승사자 같은 얼굴!

위압감이 대단한 얼굴이었지만, 속마음은 복잡했다.

'김태현 이 개××······.'

이 상황에서 일대일 하라고 내보내다니. 설마 희생양으로 쓰려고 내보낸 건 아니겠지?

'아니, 아닐 거야. 희생양으로 쓰려고 했다면 나한테 그 폭탄 스킬을 썼겠지. 안 썼으니까······.'

생각하던 케인은 문득 서글퍼졌다. 이런 걸로 안심하는 스스로가 갑자기 싫어졌다.

'내가 뭘······.'

혼자서 살아온 인생을 되돌아보는 케인. 그런 케인을 보며 길드 동맹 플레이어들은 감탄했다.

"와, 저 자식은 무섭지도 않나? 눈 하나 깜박이지를 않네."

"진짜 배짱 하나는 대단하다니까. 김태현보다 더 대단한 거 같아."

꿈틀-

마이크는 뒤에서 들리는 목소리를 듣고 눈썹을 찌푸렸다.

지금 상황은 그대로 둬서 좋을 게 없었다. 괜히 상대방만 더 주목을 받게 해주는 상황!

"좋다. 어디 한번 붙어보자!"

마이크는 으르렁거리며 말의 배를 찼다. 그러자 말이 앞으로 달려 나갔다.

'흥, 김태현이면 모를까 케인이면……!'

마이크는 케인을 무시했다. 사실, 다른 랭커들도 케인을 어느 정도 무시하는 면이 있었다.

태현과 달리 케인은 PK 플레이어 출신이었다. 그것도 유명한 것도 아니고 흔해 빠진 PK 플레이어.

김태현을 안 만났으면 혼자서는 아무것도 아니었을 놈!

그게 바로 케인에 대한 평가였다.

다그닥, 다그닥-

두 사람이 서로를 향해 멀리서 돌진하기 시작했다.

중갑 계열의 탱커형 전사, 케인. 경갑 계열의 딜러형 검투사, 마이크. 스타일이 완전히 달랐기 때문에 어떻게 싸우게 될지는 지켜보는 랭커들도 궁금해했다.

'그래도 마이크가 PK 특화 직업인데 케인한테 질 것 같지는 않은데.'

'설마 마이크가…….'

둘이 만나기 10초 전.

케인은 마이크를 향해 스킬을 조준했다. 마이크는 두 개의 버프 스킬을 사용했다. 언제든지 말 위에서 뛰어오른 후 케인에게 덤벼들 수 있었다.

둘이 만나기 5초 전.

'쇠사슬 먹인 다음 앞으로 끌고 들어와 스턴 상태에 빠뜨린다.'

'쇠사슬 스킬 쓸 것 같은데 그럴 경우 말을 방패로 쓰고 뒤로 돌아간다.'

다다다다-

그리고 둘이 만나기 1초 전.

콰르르르르르륵!

땅이 갈라지고, 주변의 토끼들이 우르르 튀어나왔다.

"!?!?"

밖에서 의미 없는 공성 병기 공격을 벌이는 동안, 태현은 토끼들과 언데드 토끼들을 시켜 땅 밑을 파고들게 했다.

일단 공성 병기들을 파괴는 해야 했으니까! 지금이야 저것만 공격하니 막을 수 있지, 만약 상대방이 피해를 감수하고 총공격에 들어오면 이쪽도 피해가 커질 것이다.

'문제는 저걸 어떻게 부수냐인데.'

태현이 접근해서 부수는 건 너무 위험했다.

'역시 토끼가 좋겠어.'

몇 번의 도시 공격으로 깨달은 것. 그것은 토끼들이 건축물이나 시설을 부수는 데 정말 탁월한 재능을 보인다는 점이었다. 게다가 하도 숫자가 많아서 몇십 마리는 죽어도 별 타격이 없었다.

'공성 병기 가까이만 붙이면 되는데…… 방법이 없나?'

고민하던 태현의 눈에 케인이 들어왔다. 태현은 씩 웃었다.

"……왜 날 보며 웃는 거지?"

"하하. 잠깐 이리 좀 와봐."

"김태현!! 이 비겁한 자식이 또……!"

"아, 일대일에는 안 끼어들었으니까 걱정하지 말라고."

마이크의 외침을 무시하고, 태현은 앞으로 달려 나갔다. 갑자기 땅에서 튀어나온 토끼 떼를 본 길드 동맹은 긴장했다.

"조심해라! 저거 저렇게 보여도 보통 사나운 게 아니다!"

이미 다른 영지에서 털린 적이 있었기에 소문이 돌고 있었다. 태현이 웬 미친 토끼 부대를 몰고 다닌다고!

게다가 태현까지 저렇게 달려오고 있지 않은가.

"모두 앞으로! 랭커들은 김태현을, 나머지는 저 토끼들을 잡는다!"

"……진짜 내 마법 저 토끼들한테 써야 한다고?"

"야. 시끄러워. 하라면 하는 거야."

토끼의 위력을 모르는 고렙 플레이어들은 투덜거렸지만 길드는 냉정했다.

-아키서스의 축복!

태현은 바로 스킬을 사용했다. 토끼들을 공성 병기 밑까지 파고들지 않고 중간 지점에서 튀어나오게 한 이유는 두 가지였다.

하나는 들킬까 봐. 다른 하나는 이 버프 스킬을 걸어주기 위해!

화르르륵! 콰직! 콰지직!

몰려드는 토끼들에게 온갖 마법들과 스킬들이 작렬했다.

그러나 토끼들은 대부분이 무사했다.

무시무시한 행운으로 인한 회피 효과!

그리고 태현은 바로 몸을 돌렸다. 버프도 걸어줬으니 이제 할 건 끝낸 상황.

'다시 성으로 돌아간다!'

보낸 토끼들은 쿨하게 버리는 태현!

"어, 어?"

"저건 뭔……."

앞에서 달려드는 토끼들의 파도를 마주하게 된 플레이어들. 그들은 순간 멍해졌다. 살면서 이렇게 많은 토끼들을 상대해 본 적은 없었던 것이다.

"별 같잖은……."

"토끼들이 덤벼봤자 토끼들이지!"

그러나 토끼들은 그들을 지나쳤다.

그들이 노리는 건 하나, 공성 병기!

두두두두두두두-

"어딜 가는 거야?!"

"이것들이?! 왜 자꾸 회피가 떠!"

무기를 휘둘러도 태현의 축복 때문에 '공격이 빗나갔습니다'

만 계속 떴다. 그사이 토끼들은 공성 병기들에 달라붙었다.

"저, 저거!"

"투석기를 노린다! 막아! 막아!"

쾅!

"어떤 미친놈이 투석기 옆에서 범위 스킬 쓰냐! 죽고 싶냐?!"

"죄, 죄송합니다!"

이미 다른 영지에서 벌어졌던 일들이 다시 한번 벌어지고 있었다. 토끼들이 공성 병기에 달라붙자, 보통 떼어내기 성가신 게 아니었다. 하도 숫자가 많아서 범위 공격을 해야 하는데, 그러면 공성 병기도 공격에 맞았다.

이미 버프가 끝났는데도 쉽게 잡을 수 없는 이 곤란함!

"이게 대체 어떻게…… 컥!"

상황을 파악하려던 마이크는 둔한 충격을 느끼고 이를 갈았다. 케인이 그를 보며 히죽 웃고 있었다.

"이 자식이!"

마이크의 눈에 불꽃이 확 튀었다. 자존심이 유난히 강한 마이크였다. 다른 놈이면 모를까 케인한테 저런 비웃음을 사다니!

탓!

-검투사의 의지!

"!?"

먼저 뒤에서 선공을 가해 스턴에 빠뜨렸는데도 움직이다니.

케인은 살짝 당황했다. 그걸 본 마이크는 비웃듯이 외쳤다.

"먼저 선공 가해서 이긴 줄 알았냐, 이 자식아!"

"속박의 쇠사슬!"

마이크는 이를 악물었다. 지금 왔다!

케인의 트레이드마크나 다름없는 저 스킬. 쇠사슬 스킬!

한번 잡히면 시전자 앞으로 끌려오는 사악함 때문에 여러모로 유명한 스킬이었다.

'이미 대비하고 있었다!'

대회에서 많이 봤고, 어떻게 상대해야 할지도 생각해 두고 있었다.

-사라지는 잔상!

마이크의 몸이 흐릿해지더니, 원래 있던 곳 반대쪽으로 마이크가 빠르게 이동했다. 짧은 거리를 이동하는 검투사의 요긴한 탈출기!

"어?"

쇠사슬을 피하고, 케인의 뒤를 잡았다고 생각한 마이크의 입에서 멍청한 소리가 나왔다. 쇠사슬이 나와야 하는데 쇠사슬이 나오지 않은 것이다.

"뭐……."

-노예의 쇠사슬!

촤르륵!

콱!

케인은 〈노예의 쇠사슬〉 스킬을 정확하게 마이크에게 적중시켰다.

"설, 설마……."

"내가 김태현한테 얼마나 당하고 산 줄 아냐! 너 같은 놈하고는 차원이 달라, 이 자식아!!"

케인은 분노의 일갈을 퍼부으며 마이크에게 덤벼들었다.

처음에 쓴 〈속박의 쇠사슬〉이란 스킬은 그냥 외친 것이었다. 그런 스킬은 없었다. 그 이름만 듣고 마이크는 바로 피했던 것! 그다음이 진짜 스킬이었다.

-이야, 용케 스킬을 맞췄네? 질 줄 알았는데.

태현은 성으로 도망치면서 그렇게 말했다. 케인은 못 들은 척하기로 마음먹었다.

픽! 퍼픽! 퍼퍼픽!

케인은 대검을 휘두르며 연속으로 공격을 꽂아 넣었다. 마이크는 비틀거리며 물러섰다.

'큰일 났다……!'

마이크의 머릿속에서 비명이 들려왔다. PVP에서는 한 번 실수가 치명적이었다. 레벨이 비슷한 사람들끼리의 싸움에서는 한 번 실수하면 회복하기도 전에 끝장나는 것이다.

마이크는 입술을 깨물었다. 그리고 길드 채팅으로 말했다.

-도와라! 지금 당장!

태현과 싸우는데(사실 태현과 싸우지는 못했지만), 마이크는 당연히 대비를 하고 있었다. 그중 하나가 몇몇 길드원들에게 미리 말을 해놓은 것이었다.

'1:1 싸움이지만 만약의 경우 죽을 수는 없으니까…… 내가 신호 보내면 바로 나와서 도와라.'

[1:1 싸움에서 명예롭지 못하게 타인의 도움을 받았습니다. 명성이 크게 하락합니다. 악명이 오릅니다.]
[칭호: 비겁한 결투자를 얻었습니다.]

'아니, ×× 김태현은 저 짓을 해놨는데 왜 나한테만?!'
마이크는 억울했지만 판온 시스템한테 따져봤자 의미가 없었다.
슈숙-
케인은 갑자기 달려오는 길드원들을 보고 깜짝 놀랐다.
"뭐야, 1:1이라며?!"
"시끄러워! 김태현 따라다니는 놈이 어디서!"
궁지에 몰린 마이크는 부끄러움을 잊고 오히려 적반하장 식으로 화를 냈다.

"지금 이러기 있냐? 어?"

"네가 어쩔 건데?"

카카캉!

케인은 공격을 멈추고 한 걸음 물러섰다. 바로 앞에 나타난 길드원들은 마이크를 보호하듯이 둘러쌌다.

"너희가 그렇게 치사하게 나오면 나도 생각이 있지."

"흥. 그래 봤자……."

"야! 김태현!! 도와줘! 얘네들이 치사하게 다구리 치려고 해!"

길드원들은 식겁해서 고개를 들었다. 아까 먼저 성으로 도망쳤던 태현이 성벽에서 다시 뛰어내리고 있었다.

"지금 당장! 전부 앞으로! 김태현 잡아!"

이미 1:1이 깨진 상황. 토끼들을 잡느라 정신이 없었지만 길드 동맹은 기민하게 반응했다.

대기하고 있던 랭커들 모두 총출동!

그들은 태현만 노리며 앞으로 달려들었다.

그러나 태현이 한발 빨랐다.

-행운의 일격, 행운의 일격, 행운의 일격, 행운의 일격……

랭커들이 오기 전에 끝낸다.

스팟!

처음 공격에 가장 앞에 있던 길드원 한 명이 로그아웃 당했다. 다음 길드원은 재빨리 스킬을 써서 태현을 치려고 했지만, 오히려 〈반격의 원〉으로 역으로 당했다.

여기까지 1초.

"케인, 잡아라!"

"오케이!"

서로 눈빛만 봐도 뭔 짓을 하려는지 이제 알 수 있었다. 케인은 재빨리 쇠사슬을 뿌렸다. 저렇게 뭉쳐 있으면 한 명은 걸린다!

탁!

아쉽게도 마이크는 피했지만, 다른 길드원이 걸렸다.

"안 돼……!"

-완벽에 가까운 연격!

푹찍푹찍! 2초. 길드원은 세 명이 로그아웃 당했다. 태현은 힐끗 고개를 돌렸다.

랭커들이 빠르게 접근하고 있었다.

"언데드들은 전부 나와서 공격해라! 저놈들을 막아라!"

-예, 주인님!

부르지도 않은 흑흑이가 데스 나이트들을 태우고 재빨리 성벽 위에서 튀어나왔다.

-사디크의 응축 화염!

화르르륵!

터져 나오는 화염 공격. 생각지도 못한 신성 공격을 퍼붓는 블랙 드래곤의 모습에 랭커들은 당황했다.

"저거 왜 사디크 스킬을 쓰는 거야?!"

쿵쿵쿵-

랭커들이 잠깐 멈춘 틈을 타 언데드들이 튀어나와 자세를 갖추었다.

"마이콜. 이 비겁한 놈! 일대일을 하자고 해놓고 이렇게 치사한 수를 쓰다니!"

"닥쳐! 적어도 너한테 들을 소리는 아니야!!"

뻔뻔하게 '난 너한테 실망했다'는 표정을 짓는 태현을 보고 마이크는 분노했다.

-어둠의 화살!

"허어억!"

마이크는 어둠의 화살을 보고 기겁해서 몸을 굴렀다.

태현과 케인은 고개를 갸웃거렸다. 저거 그냥 흘려 내거나, 막았어도 마이크 정도 레벨이면 크게 대미지가 없었을 텐데? 애초에 견제용으로 쓴 스킬이었다.

'아, 저놈 영상을 봤구나.'

태현은 피식 웃었다. 마탑 퀘스트. 그 퀘스트에서 태현이 쓰는 마법을 보고 괜히 겁을 먹은 것이다.

이미 스킬 다 끝나서 효과는 사라진 지 오래였는데!

-어둠의 화살, 어둠의 화살, 어둠의 화살!

"헉! 허억! 허어억!"

마이크는 감히 맞거나 흘려낼 생각은 하지도 못하고 이리 뛰고 저리 뛰고 공중제비를 돌았다.

"아차. 이럴 때가 아니지."

태현은 퍼뜩 정신을 차렸다. 스킬 하나에 농락당하는 마이크를 보자 신이 나서 그만 갖고 논 것이다.

"케인! 튀자!"

"그, 그래!"

잡을 만큼 잡았고, 공성 병기들도 부쉈으니 이제 원하는 건 달성한 셈이었다. 남은 건 후퇴!

차르르르륵-

-발사, 발사해라! 살아 있는 놈들에게 죽음을!

몇 겹의 버프를 받고, 온갖 스킬로 강화 떡칠이 된 언데드들이 공격을 퍼붓자 랭커들도 쉽게 뒤를 쫓지 못했다. 소수의 인원으로 돌파하는 건 랭커들에게도 큰 부담이었던 것!

결국 태현과 케인은 원하는 걸 다 챙기고 성안으로 후다닥 돌아갈 수 있었다. 남은 길드 동맹은 이를 갈며 뒷모습만 지켜볼 뿐이었다.

CHAPTER 3

사실 첫 번째 싸움에서 길드 동맹이 입은 피해는 거의 없었다. 공성 병기들이 토끼들에게 파괴됐지만, 그 이후 토끼들은 바로 제압당했다.

길드원 몇 명이 태현에게 당한 게 피해의 전부!

그러나 겉으로 보기에는 누가 봐도 태현 측의 승리였다. 아주 제대로 상대를 농락한 승리!

그래서 분노의 고함이 여럿 튀어나오고 있었다.

"애초에 이렇게 인원 모아놓고 아끼는 게 멍청한 짓이지! 총공격 가자! 총공격 가야 한다고!"

"공성 병기 있을 때도 안 했는데 무슨…… 좀 기다렸다가 해! 다시 만들면 되잖아."

"어느 세월에? 그사이에 성벽 더 보강하고 함정 몇 개는 더 깔겠다. 우리가 지금 유리하니까 지금 쳐야 한다고!"

"맞아. 나도 저 의견에 동의."

"이 인원이면 솔직히 공성 병기 없어도 돼. 그냥 확 밀어붙여야 저놈들이 수작을 못 부린다니까?"

대부분의 랭커들이 총공격을 주장했다. 방금 당한 개망신을 빠르게 잊기 위해서는 총공격이 필요했다. 그렇지 않으면 한동안 내내 [길드 동맹vs토끼] 같은 동영상이 게시판 1위를 계속 차지하고 있을 테니까!

"좋아. 그러면 명령을 내려! 공격 준비한다!"

둥둥둥둥-

"어, 들어오나 본데요?"

"해보라 그러던가."

공성 병기도 부순 상태. 태현은 별로 겁을 먹지 않았다. 물론 상대방의 숫자도 어마어마하기는 했지만 태현 쪽 언데드도 보통 정예가 아니었다.

"마법 다 깔고 있지?"

"예!"

오단 성 바닥은 어둡고 칙칙한 색의 오오라가 퍼져가기 시작했다. 언데드들에게 버프를 주는 장판이 몇 겹이고 깔리고 있는 것이다. 온갖 버프가 중첩된 언데드들은 사제나 성기사들의 신성한 공격에 맞아도 버틸 수 있었다.

"어느 놈부터 먼저 팰까요…… 음?"

태현은 눈을 깜박였다.

"왜 그러세요?"

"아니, 저 밑에서 방금…… 내가 잘못 본 거겠지."

태현은 스스로의 눈을 의심했다. 저 멀리서 모여 있는 플레이어 중 익숙한 얼굴들이 보인 것이다.

어디서 많이 본 것 같은 오크들! 김태산과 아저씨들이었다. 그들은 주변 플레이어들 사이에 섞여서 떠들다가 재빨리 다시 복면을 썼다.

너무 잠깐 사이의 일이어서 아무도 보지 못한 것 같았지만, 태현의 예리한 눈은 확실하게 잡아냈다.

"아니…… 아니…… 잠깐만?"

태현은 혼란스러워했다. 설마 아버지가 뒤통수를 쳤나? 이 상황에서? 김태산이라면 할 수도 있었지만 그럴 것 같지는 않았다. 왜냐하면 길드 동맹이 강해지면 가장 직접적으로 피를 보는 게 김태산이었으니까.

바로 옆에 영지를 두고 다투는 사이 아닌가. 그렇지만 김태산이 뒤통수를 친 게 아니라면 저기에는 어떻게?

'길드 동맹이 아무리 호구여도 그렇지 이 자리에 아버지가 아저씨들 데리고 낄 수는 없을 텐데?'

아무리 사기의 달인이어도 그렇지, 사기를 칠 수 있는 게 있고 없는 게 있었다. 태현도 김태산이 대체 어떻게 저기에 들어간 건지 상상이 가질 않았다.

그 순간 김태산에게서 귓속말이 날아왔다.

-녀석. 긴장 좀 되냐?

-해당 플레이어는 현재 귓속말을 받을 수 없는 상태입……

-네가 네 입으로 말하는 거 알고 있다!

-아니, 그보다 거기는 어떻게 계시는 거예요?

-어? 넌 어떻게 알았냐?

-눈으로 봤죠.

-이런 멍청한 놈들. 복면 벗지 말라니까.

-아버지도 복면 잠깐 벗으셨는데요.

-그, 그러냐? 하하. 이 복면이 은근히 답답해서…… 오크 종족이 참 좋은 게, 이게 얼굴 알아보기가 은근히 힘들어.

인간 종족과 달리, 오크 종족은 플레이어 간 얼굴 구별이 은근히 까다로웠다. 다 거기서 거기 같아 보이는 얼굴!

게다가 복면이나 투구까지 쓰면 더욱 알아보기 힘들었다.

-그래서 거기는 어떻게 계시는 건데요?

-으하하하. 녀석. 궁금한가 보구나. 그래. 궁금하겠지! 어때. 너라면 할 수 있겠……

-끊습니다. 참고로 지금 드래곤 브레스 준비 중인데 아버지 있는 곳으로 꽂아 넣고 시작합니다.

-이놈이 진짜! ……진짜 브레스 준비 중은 아니지?

김태산은 은근히 걱정이 되어서 물었다. 태현이 저런 걸 준비하고 있어도 전혀 놀랍지 않을 것 같았다.

-아니에요. 그래서 뭔데요? 뭘 한 건데요?

-아들아. 내가 몇 번을 말하지만, 세상은 가끔 단순한 방법이 최고란다.

태현은 점점 더 알 수 없어졌다. 뭔 방법을 썼길래 저러는 거야?

-너는 절대 하지 않을 방법을 썼거든.

-……?

-돈으로 매수했다.

태현은 한심하다는 눈빛으로 저 멀리 있는 김태산을 쳐다 보았다. 김태산의 주특기 중 하나. 돈지랄!

그 돈지랄은 단순히 비싼 아이템을 현질하는 데에서 끝나 지 않고, 다양한 방법으로 사용되었다. 상대방 길드원 매수는 김태산이 즐겨 쓰는 전략이었다.

리×지 때부터 종종 봐왔던 모습 중 하나!

-크크크…… 내일 '그 길드' 놈들이 선전포고를 한다고 하더군. 멍 청하기는. 이미 거기 간부 둘 매수를 끝냈다!

-역시 형님이십니다!

-돈 좀 쥐여주니까 전부 다 팔더라고. 역시 돈이 최고야! 내일 공성전은 끝났다!

김태산의 길드를 깨겠다고 벼르고 벼르던 상대방 길드는 정작 공성전 당일 날 내부 분열로 허무하게 무너졌다.

정정당당한 승부가 아닌, 이런 방식에 허무하게 무너진 상대 길드의 분노와 허탈감은 대단했다.

싸움은 끝났지만 게시판에 글을 올려서 고발할 정도!

물론 김태산은 그런다고 그만둘 사람이 아니었다. 사람들이 눈치챘다면 더욱더 교묘하고, 더욱더 악랄하게 방법을 진화시킬 뿐! 태현이 어디서 가정교육을 받았는지 생각해 보면 당연하다고 볼 수 있었다.

태현이 언데드 군세를 이끌고 길드 동맹의 영지를 폭풍처럼 휩쓸고 다니는 동안, 김태산과 아저씨들도 신이 나서 움직였다.

"김태현 만세!"

"김태현의 이름으로!"

"우리가 지금부터 하는 건 김태현이 시킨 거야! 알겠지?!"

오크 아저씨들은 그렇게 외치며 평소에 눈여겨봤던 곳들을 습격했다. 그 모습에 김상철은 부끄러워져서 고개를 푹 숙였다.

'그냥…… 조용히 입 다물고 습격하면 안 되나?!'

그러나 아저씨들은 신이 나서 즐겁게 웃어대고 있었다. 김상철은 말릴 엄두가 나지 않았다.

'으으, 김태현하고는 다시 제대로 승부를 내고 싶은데…….'

저번의 체육관에서 겪었던, 충격적인 패배. 그 패배 이후로 김상철은 정신적으로 많이 성장했다.

"상철아, 괜찮냐? 얘 맛 간 것 같은데?"

"설마 은퇴하겠다고 하는 건 아니지? 야. 너무 걱정하지 마라. 피디한테 물어보니까 그거 편집한다고 하더라. 네가 너무 개처럼 두들겨 맞아서……."

"야, 그걸 위로라고 하는 거냐?"

"아차. 미안. 어쨌든 편집됐으니까 아무도 모를 거야!"

김상철이 걱정된 양성규까지 거들었다.

"너희들 상철이 기운 못 차리면…… 너희들도 전원 다 태현이하고 붙게 한다."

"네?!"

"아니 왜요?! 저희가 뭘 잘못했다고요, 관장님!"

"연대책임이야. 연대책임! 선배란 놈들이 후배한테 태현이를 떠넘겨?! 너희가 그러고도 선배냐!"

할 말이 없어진 선수들은 고개를 들지 못했다. 그러나 김상철은 맛이 가지 않았다. 오히려 정신을 차렸다.

"아닙니다. 관장님. 제 잘못입니다."

"뭐? 아냐, 그 색…… 아니, 태현이놈 잘못이지!"

"제가 싸우자고 했는데 왜 그 친구 잘못이겠습니까. 부끄러워할 건 저죠. 프로로서 일반인한테 이렇게 깨지다니…… 제가 얼마나 자만하고 건방을 떨고 있는지 깨달았습니다."

"아니, 걔가 일반인은 아닌……."

"초심으로 돌아가, 앞으로 더욱더 노력하고 힘내겠습니다. 그런데 방금 뭐라고 하셨죠?"

"아니다. 파이팅! 난 널 응원한다 상철아!"

"맞아! 우리는 널 응원해!"

"짜식, 그런 기특한 생각을 하다니! 저 자식은 두들겨 맞고 핑계만 대던데!"

"야, 쉿쉿!"

선배들의 말은 귓등으로 흘리고, 김상철은 다짐했다.

다시 처음부터 연습하자.

그리고 언젠가 다시 한번 김태현과 붙어보자!

원망이나 증오 같은 감정은 생기지 않았다. 오히려 깨달음 비슷한 상쾌함만이 가득했다.

그랬는데…….

'이게 뭐야!'

김태현하고 정정당당하게 붙고 싶었지, 이런 식으로 김태현의 이름을 빌려서 비겁하게 굴고 싶지는 않았다. 만약 김태현이 나중에 이걸 알기라도 한다면 어떻게 생각하겠는가! 싸움에서 져서 비겁하게 구는 놈이라고 생각하지 않겠는가!

'으아아…… 으아아아아……!'

부끄러움은 부끄러움이고, 지금은 일단 싸워야 했다.

"저놈들 잡아라!"

"김태현이 보낸 놈들이냐!"

김상철은 얼굴을 복면으로 가리고 달려드는 길드원 한 명을 쓰러뜨렸다.

퍼퍼퍼퍽!

김상철은 판온에서 무기를 쓰지 않고 근접 격투로 싸우는 무투가 직업을 갖고 있었다. 현실의 격투기 경험이 있는 김상철이었기에, 이런 컨트롤에서는 다른 플레이어들보다 훨씬 유리했다.

-오크의 철주먹! 끌어들이는 걸음! 분노의 투혼!

쾅! 쾅! 콰과쾅!

"상철이 녀석 실력이 부쩍 는 거 같다?"

"그러게. 혼자서 세 명을 상대하네. 뭐지? 뭐 잘못 먹었나?"

"요즘 열심히 연습해서 그래."

"역시, 젊은 놈들이 좋다니까."

"로이 인마. 넌 열심히 안 해?"

"맞아, 로이. 비싼 돈 받으면 더 열심히 해야지! 요즘 젊은 놈들은 말이야!"

갑자기 구박을 받게 된 로이는 어이가 없어서 오크 아저씨들을 쳐다보았다. 지금 길드 동맹 플레이어들을 쓰러뜨린 게 누군데!

"아이템 챙기고, 건물 부순 다음 빠지자."

"역시 길마님!"

김태산도 김태현과 비슷하게 생각하고 있었다. 점령해 봤자 오래 버티는 건 무리일 테니, 치고 빠지자!

어차피 김태산과 아저씨들은 정체도 숨기고 있는 상황이었다. 점령이고 뭐고 할 게 없었다.

"비싼 것부터 먼저! 꼼꼼하게 부숴! 그리고 목책이나 벽은 다 부수고 가자! 그래야 나중에 수습하기 어려워지니까!"

"다 됐습니다!"

"좋아, 빠지자!"

김태산과 아저씨들은 우르르 빠져나갔다. 길드 동맹이 소식을 듣고 급히 몰려왔을 때에는 이미 탈탈 털린 마을만이 남아 있었다.

"이, 이…… 김태현…… 죽여 버리겠다!!"

"근데 김태현이 지금 언데드 이끌고 있는데 여기까지 올 시간이 없지 않습니까?"

"다른 놈 시켰겠지!"

"누구요?"

"케인 같은 놈!"

"흠. 확실히 케인이라면……."

"케인 그 자식도 같이 죽여 버리겠다!!"

그렇게 치고 빠지고 치고 빠지며 신나는 약탈 생활을 즐기고 있던 김태산에게 정보 하나가 들어왔다. 길드 동맹의 인원이 어마어마하다 보니, 안에서 정보는 계속해서 새어 나왔다. 김태산은 그런 정보를 돈 주고 샀다.

적을 상대하기 위해서는 적을 알아야 하는 법!

태현은 파워 워리어 길드원들을 잠입시켰지만 김태산은 그냥 돈으로 매수하는 걸 더 선호했다.

-한곳으로 모이고 있다고? 이유는 안 나왔고?

-이유는 일반 길드원들한테 안 말해줬나 본데요.

길드 동맹도 바보는 아니었다. 유출될 만한 정보는 간부들끼리만 공유했다.

-설마 우리 잡으려고 저렇게 모이는 건 아니겠지.

-에이, 설마…… 태현이 잡으려고 하는 거 아니겠습니까?

-그렇긴 한데 우리한테도 괜히 불똥 튈 수 있다. 저 정도 인원이 모이면 어지간한 건 다 잡고 가려고 할 수도 있으니까.

-맞는 말입니다.

대량의 언데드 군대를 이끌고 길드 동맹의 본거지로 치고 올라가는 태현만큼은 아니었지만, 복면 쓴 김태산 무리는 이미 충분히 길드 동맹의 원한을 사고 있었다.

-듣자 하니 웬 악마 종족 놈들도 날뛰고 있다던데, 그거 우리 아니지?

-우리 보고 악마로 착각한 거 아닐까요?

-어떻게 착각을 해야 우리를 악마 종족으로…… 음, 착각할 수 있긴 하겠네.

-어떻게 하시겠습니까?

-음…… 거기 길드원들 많이 모인다고 했지?

-예.

-우리도 거기 합류하자.

-예??

-매수할 수 있는 놈들 몇몇 있잖아. 게네들 좀 찔러보자고. 게네 길드원인 척하면 들어갈 수 있을 거야.

길드 동맹은 원래 여러 개의 길드가 합쳐진 길드였다. 거기에 또 추가로 작은 군소길드들이 계속해서 합쳐졌고. 그러다 보니 길드 안에서도 원래 길드원들끼리 뭉쳐 다니는 경우가 많았다. 구 길마 한 명만 매수하면, 그 길마가 이끄는 길드원인 척하고 끼어들 수 있었다.

-끼어들어서 뭐 하시게요?

-일단 우리가 가장 안전하고, 그놈들이 뭐 하는지도 바로바로 볼 수 있고…… 기회를 보다가 슬쩍 빠져서 대박도 노릴 수 있지. 그리고 무엇보다 재밌지 않겠냐?

-그건…… 확실히 그러네요!

-재밌긴 하겠습니다!

그래서 김태산은 매수를 시도했다. 평소에 골드를 주면 정보를 팔던, 길드 동맹의 길마 중 한 명이었다.

-미쳤냐!? 여기 사람이 몇 명인데?!

-그러니까 오히려 티 안 나지. 당당하게 활동하면 아무도 의심 못 할걸? 누가 그걸 의심하겠어?

-말 같지도 않은 소리를…… 안 돼! 어쨌든 안 돼!

-아이 참. 섭섭하게 왜 이래? 골드 준다니까! 골드 주면 되잖아!

-걸리면 난 길드에서 쫓겨난다고! 이건 그냥 정보 파는 거랑은 차원이 다른 일이잖아!

-안 걸리면 그만이지. 그러면 이렇게 하자고.

-?

-내가 주는 돈을 안 받으면 내가 많이 섭섭해져서 이제까지 우리가 한 거래를 남들한테 흘릴지도 모르겠는데…….

-이, 이, 이…… 악마 같은 놈!

그렇게 김태산과 아저씨들은 다른 길드원인 척하고서 무리에 끼어들 수 있었다.

"딱히 다른 곳 안 가네요? 오단 성 간다는데요?"

"우리를 노리는 게 아니었군. 일단 따라가자."

"오단 성 공성전이면…… 태현이 노리는 게 확실하군요."

"그놈도 호된 맛을 볼 때가 되긴 했지."

"맛을 본다면 말이죠. 안 질 수도 있어요."

"이렇게 많이 모였는데?"

"태현이가 이끈 전력도 만만치 않더라고요. 뭔 놈의 데스 나이트를 그렇게 많이 소환했는지……"

김태산은 턱을 긁적였다. 일단 잠입에는 성공했는데, 다음에 어떻게 해야 할지 딱히 떠오르지 않았다.

태현이를 돕기 위해 공격을 방해한다? 그럴 의리도 없을뿐더러 그러기도 힘들었다. 그랬다가는 대번에 들킬 것이다.

'그냥 적당히 간 보다가 이길 것 같으면 같이 싸워서 이기고, 질 것 같으면 슬슬 빠져서 약탈이나 가야겠군.'

김태산은 그러기로 마음먹었다. 가장 현실적인 방법!

"제발 좀 얌전히들 있으라고……!"

김태산에게 매수당한 길마는 필사적으로 속삭였다. 다들 변장하고 있어서 아무도 의심하지는 않았지만, 그래도 조마조마한 건 어쩔 수 없었다.

"알겠어. 얌전히 있겠다니까. 그보다 이길 자신은 있나?"

"이렇게 모였는데 김태현이라고 무슨 수가 있겠어? 저번에 길드 동맹 랭커들 모이니까 김태현도 도망갔잖아."

"그리고 그다음에는 드래곤 소환에서 쓸어버렸고."

"……그렇긴 하지만 지금은 다르지! 이번에는 드래곤 소환해도 잡을 수 있다!"

매수당한 길마는 갑자기 불안해졌는지 그렇게 허세를 떨었다. 그리고 공격 시작.

토끼들의 습격, 마이크의 패배. 1차전은 길드 동맹의 망신이나 다름없는 패배였다.

"이, 이건…… 아직 시작도 안 한 거니까. 그렇지?"

"왜 나한테 변명을 하고 그래?"

길마의 변명과 상관없이, 길드 동맹은 단단히 독이 올라서 전투 준비에 나섰다.

"총력전으로 간다! 전부 다 전투 준비! 한 번에 몰아붙이는 거다!"

그걸 본 김태산은 궁금해져서 태현에게 귓속말을 보냈다.

과연 여기서 어떻게 할지 생각을 해놓은 걸까?

-돈으로 매수하는 더러운 방법을 쓰니까 맨날 그렇게 원수가 생기는 거죠. 게시판 가면 맨날 아버지 욕하는 글만 보이던데.

-너한테 들을 소리는 아니다. 이 아버지는 적어도 100명이 죽이려고 쫓아오지는 않았어!

-그야 아버지 원수분들은 다들 나이가 지긋하신 분들이니까 그렇겠죠.

'이, 이 자식이⋯⋯.'

김태산이 울컥했다. 태현을 떠보려고 귓속말을 보낸 건데 정작 하려던 이야기는 못 하고 다른 얘기만 하고 있었다.

-그래서! 어떻게 할 건지 생각이나 있냐? 없으면 아무리 너라도 위험할 거다.

김태산은 거만하게 말했다. 실제로도 그랬다. 지금 이를 갈고 총공격을 준비하고 있는 전력은 정말 어마어마했으니까. 처음 싸움에서 태현이 공성 병기를 부수고, 상대를 제압했다고 하지만 그건 아주 일부분일 뿐. 아직 수많은 전력들이 남아 있었다.

-아. 원래 저 혼자 튈까 싶었는데요.

김태산은 어이가 없어서 입을 다물었다.

이런 뻔뻔한 놈!

'이래놓고 나를 욕해? 이런 사악한 놈⋯⋯ 부모 얼굴을⋯⋯ 아차. 또 내 얼굴에 침을 뱉을 뻔했군.'

김태산은 진정했다. 어이가 없기도 했지만, 가장 억울한 건 지금 게시판을 보면 다들 태현을 칭찬하고 있다는 점이었다. 모르는 사람들이 보면, 길드 동맹이라는 거대한 악에 저항하는 정의로운 영웅 그 자체!

-세만어리워워파 : 진짜 랭커 중에서 다른 플레이어들 생각하는 거 김태현밖에 없지 않아요?
-님아비다이 : 맞아요! 진짜 길드 동맹 사람들 세금도 많이 걷고 온갖 통행료는 다 걷고…… 앞으로 오스턴 왕국 더 점령하면 더 심해질걸요? 태현 님 응원합니다!

물론 사정을 아는 사람들 입장에서는 웃기는 소리였다.
그냥 저놈이 성격 더러워서 시비 붙은 거지!!
뭔가 억울해진 김태산은 태현을 자극해 보려고 말했다.

-저기 널 따라온 사람들은 안 보이냐?
-뭐 자기 인생인데 자기가 알아서 책임을 져야겠죠?

물론 그런 도발에는 절대 흔들리지 않는 태현!
그리고 거기서 멈추지 않았다.

-그리고 잘됐네요. 원래 방법 없으면 그냥 혼자 빠져나가려고 했는데, 방법이 생각났어요.
-?
-아버지 도움 좀 받으면 되겠네요.
-도움 맡겨놨냐?

-협조하기로 하지 않았습니까?

-같이 싸우는 것까지가 협조지, 지금 목숨 간당간당한 놈 구해주는 건 범위 밖이야!

-아, 네. 알겠습니다.

태현이 순순히 수락하자 김태산은 갑자기 불안해졌다.

이럴 놈이 아닌데?

-너 뭐 생각이냐? 진짜 안 도와준다?

-아, 지금 길드 동맹 사람들한테 '저기 최강지존무쌍 길마 있습니다' 라고 소리칠 준비 하고 있느라 바빠서요. 나중에 얘기하죠.

……하하. 아들아. 무슨 도움을 원하니?

김태산은 길드 동맹 길마를 협박하고, 태현은 김태산을 협박하고, 세상일은 다 돌고 돌게 되어 있었다.

"공격! 공격!!"

길드 동맹의 신호와 함께, 온갖 종류의 버프가 시작되었다. 사제들의 각종 버프는 물론이고, 음유시인들의 노래부터 시작해서 각종 북, 나팔 등의 연주 버프까지. 플레이어들의 숫자가 워낙 많다 보니 버프의 숫자만 해도 압박이 될 정도였다. 그러나 성안의 플레이어들은 흔들리지 않았다.

"우리에게는 김태현이 있다!"

"맞아! 우리에게는 김태현이 있어!"

그 모습을 보며 이다비는 불안한 표정을 지었다.

'나중에 아무 생각 없다는 거 들키면 반란 일어나는 거 아닐까?'

NPC들이야 괜찮겠지만 플레이어들은 정말로 반란이 일어날지도 몰랐다. 그런 이다비의 마음도 모르고, 태현은 태연하게 움직였다.

"김태현 백작님. 적들이 다가오고 있습니다! 명령을 내려주십시오."

"체세도. 난 너를 믿는다. 여기까지 올 수 있었던 건 마탑의 흑마법사들을 솔선수범해서 이끌었던 네 능력 덕분이지."

"아, 아니…… 그 정도는……."

흑마법사 NPC, 체세도는 태현의 말에 부끄럽다는 듯이 겸손한 자세로 손을 흔들었다. 그러나 태현은 멈추지 않았다.

필요하다면 언제든지 할 수 있는 폭풍 칭찬!

"내가 마탑의 후계자라고 해봤자 나는 아직 배워야 할 게 많은 미숙한 마법사. 네 마법을 보면서 많이 배웠다. 솔직히 존경스러웠다!"

"백…… 백작님!"

[고급 화술 스킬을 갖고 있습니다. 대화에 보너스를 받습니다.

체세도가 당신을 향해 갖고 있던 공포 수치가 사라집니다. 친밀도가 급격히 상승합니다.]

　[에랑스 왕국 마탑 흑마법사들의 사기가 상승합니다.]

　와락!

　태현은 흑마법사들을 껴안고 감동적인 장면을 연출하고 있었다. 피도 눈물도 없어 보이던 태현이 갑자기 진심 어린 말을 하자 비뚤어진 흑마법사 NPC들도 감동한 눈치!

　이다비는 그걸 보며 경악했다. 다른 사람들은 눈치채지 못했지만 이다비는 눈치챘다. 지금 저럴 이유는 하나.

　'저, 저 사람……! 도망치려고 하고 있어!'

　"이야. 김태현도 저런 면모가 있네."

　태현의 시꺼먼 속셈을 눈치채지 못하고, 케인은 흐뭇하다는 듯이 코밑을 쓱 훔쳤다.

　"저, 저걸 보면서 뭔가 이상하다는 게 안 느껴져요?"

　"어…… 김태현이 이상하게 훈훈하다? 뭐 여기까지 같이 왔고 이런 상황이다 보니, 김태현처럼 피도 눈물도 없는 녀석도 감상적이게 되는 거겠지."

　탁탁-

　태현은 흑마법사 NPC들을 화술로 완전히 관리를 끝냈다. 이제 이들은 태현이 없어도 최선을 다해 싸울 것이다.

　"케인."

　"응?"

"난 너를 믿는다……."

"허억!"

케인이 감동한 눈빛으로 태현을 쳐다보자, 이다비는 한심하다는 듯이 케인을 쳐다보았다. 정말 나중에 사기당하기 딱 좋은 사람! 그러거나 말거나 태현은 케인에게도 화술을 쓰기 시작했다.

'와, 화술 스킬이 플레이어한테도 통할 줄은 몰랐네.'

"……알겠냐. 케인?"

"물론! 네가 날 믿어준 만큼 난 최선을 다해 싸울 거다! 으하하하!"

"그래. 바로 그거다. 그거면 된 거야. 그래야지 우리가 나중에 자선대회 나갈 준비도 할 수 있고 말이야."

"그렇지!!"

순식간에 기분이 좋아진 케인은 싱글벙글 웃으면서 흑마법사들을 따라 성벽으로 이동했다. 태현은 바하-바허 부자와 친구들에게도 똑같은 방식을 썼다.

에반젤린은…….

"너 지금 무슨 속셈이야!!"

'다행이다. 제정신인 사람이 한 명은 있었구나.'

무기까지 겨누면서 질색하는 에반젤린! 그걸 본 이다비는 속으로 안도했다. 여기 사람들이 다 바보는 아니었구나!

"다가오지 마! 너 지금 뭔가 꾸미고 있어!"

"하하. 에반젤린. 그게 무슨 소리야? 나는 정말 아무 속셈도 없는데?"

"거기! 옆에! 그쪽이 말해봐요!"

에반젤린은 이다비를 노려보며 말했다. 물론 이다비는 이런 면에서는 태현 편이었다.

"무슨 소리인지 모르겠는데요?"

"이잇……!"

"아니, 진짜 응원하러 온 거라니까? 저기 쟤네들이 치고 들어오기 전에 다들 손 모아서 화이팅 한번 하려고 한 거였는데. 됐어, 나 빈정 상했어."

태현은 홱 몸을 돌렸다. 그 모습에 에반젤린은 살짝 약해졌다. 그녀가 정말 오해한 것 아닐까?

"아, 아니. 미안해. 네가……."

"나 때문이라고? 됐어."

"아니…… 그게…… 열심히 싸우자! 응!"

에반젤린은 안절부절못하며 태현을 달래려고 들었다.

그리고 이다비는 똑똑히 볼 수 있었다.

등 돌리고 사악하게 웃는 태현의 모습을!

"이제 무슨 생각인지 말해주세요!"

"후. 말할 수밖에 없나."

둘만 남게 되자 태현은 어쩔 수 없다는 듯이 말했다.

"저기 오크들 보이지?"

"네."

"저 사람들 우리 아버지하고 아버지 친구분들이야."

"드디어 태현 님을 상대하려고 길드 동맹에 가입까지 한 건 가요?!"

"그건 아니고, 그냥 어쩌다 보니 저쪽 길드로 위장하고 숨어들어오시게 됐나 봐. 말씀드렸더니 저쪽으로 도망치게 해준대."

"정말 어쩌다 보니 그렇게 된 건지 궁금하지만, 지금 중요한 건 그게 아니니까 넘어가죠. 정말요?"

"어. 공성전 시작하면 정신없을 테니까 쉽겠지. 토끼 쫙 풀고, 난 토끼로 변신할 거야."

"저는요?"

"너도 오게?"

"……태현 님이 혼자 도망치려고 읍읍읍!"

태현은 재빨리 이다비의 입을 막았다.

"알겠어. 알겠어. 같이 가자."

"그러실 줄 알았어요!"

"너는 나하고 달리 별로 티도 안 나겠다."

공격을 하는 모두가 태현을 찾아 눈에 불을 켜겠지만, 기껏해야 상인 직업의 겉모습인 이다비는 아무도 신경 쓰지 않을 것이다. 적당한 상황에 빠져나가면 될 것이다.

콰콰쾅! 콰쾅!

"온다!"

"언데드들은 모두 들어라! 내 의지로 너희에게 명령을 내리노니……!"

마탑 흑마법사들이 대형 마법을 준비하는 소리가 들려왔다. 태현은 그 소리를 들으며 재빨리 움직였다.

-토끼 조종, 토끼 광폭화, 일반 토끼로 변신!

[토끼 지배 스킬이 오릅니다. <독이빨 부여> 스킬이 <사악한 맹독이빨 부여> 스킬로 바뀝니다.]

"앗!"
"왜 그래?"
이다비가 놀라자 토끼로 변신한 태현은 의아해하며 물었다.
"귀여워요!"
"……귀여운 건 알겠는데 나중에 이야기하고. 일단 성벽 쪽으로 가자!"

파파파파파파팍!
"탱커들 앞으로!"
언데드들이 쏘아내는 화살들을 방패로 막아내며, 전사들은 굳건하게 앞으로 전진했다. 판온에서도 흔히 볼 수 없는, 대규모 인원이 참가하는 공성전!
수많은 눈이 이 공성전을 지켜보고 있었다.

"성벽을 공격해! 넘어가려면 성벽을 부숴야 한다!"

"마법 준비 중! 10초 남았습니다!"

-카르르르륵!

-죽음을! 죽음을!

그 순간 성벽 위에서, 성벽 사이에서 언데드들이 닥치는 대로 튀어나오기 시작했다. 각종 인간형 언데드들부터 시작해서 비행형 언데드들까지! 보통 정예 언데드들이 아니었기에, 플레이어들도 긴장했다.

"언데드들 튀어나온다! 사제들 턴 언데드 준비해줘!"

-정화의 빛! 턴 언데드! 재에서 재로!

각종 신성 마법이 작렬했지만, 언데드 군세는 견뎌냈다. 그만큼 흑마법사들의 버프가 강력했던 것이다.

콰콰콰쾅!

달라붙는 언데드들! 플레이어들은 이를 악물고 맞서 싸웠다. 그 순간 언데드들 사이에서 작고 귀여운 것들이 튀어나왔다.

"토끼다!!"

"오기 전에 쓸어버려! 저것들 붙으면 진짜 무섭다고!"

플레이어들은 질색을 하며 외쳤다. 태현이 부리는 토끼 떼는 이미 악명이 높을 대로 높아져 있었다.

약한 토끼 몬스터라고 얕봐서는 절대 안 됐다.

'한 번 토끼 떼에게 잘못 습격당하면 큰일 난다!'

HP도 낮고 공격력도 낮지만, 작고 민첩해서 무리로 우르르 덤벼들면 광역기를 써야 했다. 토끼 떼가 달라붙으면 다른 플레이어들의 광역기에게 죽을 확률이 더 높은 것!

상대하기 여간 까다로운 게 아니었다.

"우오오오오!"

"와, 저 오크들 뭐야?"

"실력이 대단한데? 우리 길드에 저런 전사들도 있었나?"

한참 언데드들과 치열하게 싸우던 길드원들은 감탄하는 눈빛으로 오크 아저씨들을 쳐다보았다. 묵직한 중병기들을 휘두를 때마다 덩치 큰 언데드 전사들이 퍽퍽 날아갔다.

특히 가장 앞에 선 오크 전사가 엄청나게 사나웠다.

마치 아들한테 사기당하고 뒤통수 맞은 것처럼!

"나를 따라라! 성벽을 뚫는다!!"

"예!!"

"대, 대단하다……!"

"저쪽을 따라가 보자!"

김태산과 아저씨들이 성벽을 뚫기 위해 돌진하는 걸 보자, 매수당한 길마는 절망한 표정을 지었다.

'미친놈들아……! 너희들이 눈에 띄면 어쩌자는 건데……!'

그 사이 김태산은 성벽을 주문서로 날려 버리고 가장 먼저 돌입했다.

"안녕하세요?"

"태현이는?"

"여기 있어요!"

김태산은 복잡한 눈으로 토끼를 쳐다보았다.

'확 지금 공격을 해버리면……'

"아버지. 시간 없으니까 빨리 움직이시죠."

"그, 그래."

토끼로 바뀌어도 얄미운 건 여전했다. 김태산은 그렇게 말하며 이다비에게 오크 장비들을 건넸다.

"이거 돌려드려야 하나요?"

"아니, 그럴 필요는 없다만……."

"감사합니다!"

이다비는 신이 나서 장비들을 챙겼다.

"이 방패도 가져가도 되나요?"

"어, 그렇지……?"

"감사합니다! 혹시 이 벨트는요?"

"그것도 가져가도 되는데……."

김태산은 고개를 갸웃거렸다. 지금 상황을 알고 있는 건가? 사방에서 마법이 날아들고, 수백 명에 가까운 플레이어들이 눈에 불을 켜고 성벽을 향해 달려들고 있는 상황.

잠시만 귀를 기울여도 온갖 시끄러운 소리가 다 들려왔다. 게다가 여기서 가장 초조해야 할 게 이 둘 아닌가!

그런데 이다비는 전혀 긴장하지 않은 모습이었다.

'역시 태현이랑 같이 다니는 녀석들은 머리에 나사 하나가…….'

김태산은 그렇게 생각하며 장비들을 건넸다. 어차피 김태산

입장에서는 푼돈에 불과한 장비였다.

"이 단검은요?"

"여기."

아이템을 내주던 김태산은 순간 의심이 들었다. 설마 이 녀석, 이 상황에서 이득 좀 보겠다고 이러는 건 아니겠지?

'에이, 설마…… 아무리 그래도 그럴 리가…….'

이다비가 싱글벙글 웃으면서 태현에게 말했다.

"태현 님! 이거 보세요!"

"오. 많이 챙겼네."

"더 달라고 해도 되나요?"

"그럼, 그럼. 더 달라고 해. 내 거 아닌데 뭘. 이번 기회에 팍팍 뜯어내야지."

상황을 깨달은 김태산의 얼굴이 딱딱하게 굳었다.

"의외로 밀어붙이는데요?"

"이상한데……."

길드 동맹의 플레이어들과 고용한 NPC들이 오단 성을 향해 총공격을 퍼붓는 상황. 당연히 랭커들도 가장 최전선에서 그 힘을 보여줘야 했다. 그러나 그들은 그러지 않았다.

뒤에서 일단 상황을 지켜보는 그들! 랭커들이 이기적이고 자기만 챙기는 사람들이긴 했지만, 사실 이 정도 규모의 공성전은 랭커들도 직접 나서는 게 보통이었다.

이 정도로 규모가 커지면 얼굴 내밀고 멋진 모습을 보여주는 게 훨씬 더 이익이었던 것!

한번 모습을 보여주면 몇 달은 우려먹을 수 있었다. 랭커들이 뒤에서 기다리고 있던 이유는 하나, 두려움 때문이었다.

'지금 김태현 놈이 쌩쌩하잖아.'

'아까 1:1로 인기 좀 얻어 보겠다고 나선 마이크 놈이 개망신당한 걸 봤을 때, 괜히 먼저 나섰다가는 손해만 본다.'

'아무리 김태현이라도 이렇게 포위된 상황에서 계속 버틸 수는 없지. 싸우다 보면 점점 지칠 거고, 그때 나가서 막타를 치는 놈이 승자다.'

태현에 대한 두려움! 이렇게 수많은 사람들이 섞여서 치고받는 공성전에서는 랭커도 잘못 꼬이면 한 방에 훅 갈 수 있었다. 게다가 태현은 탱커나 힐러로 이름이 높은 게 아닌, 폭딜로 이름이 높은 딜러형 플레이어! 두려워할 수밖에 없었다.

그런데 상황이 이상하게 흘러갔다. 랭커들은 빠지고, 고수급 플레이어들만 전면에 나섰는데 벌써 성벽을 뚫고 진입한 게 보인 것이다. 김태현은 보이지도 않는 상황.

"설마 이대로 이기는 거 아닙니까?"

"말도 안 되는 소리! 김태현이 호구인 줄 아나?"

"맞아. 이래서 판온 1도 안 해본 뉴비 놈이랑은 대화가 안 통한다니까."

"김태현한테 당해본 적도 없는 놈이 판온을 알겠어?"

'이런 개××들이…… 살다 살다 자랑할 게 없어서 김태현한 테 당한 걸 자랑이냐?'

눈치 없이 말 한마디 했다가, 구박을 받은 랭커는 속으로 욕 했다. 그는 판온 2 때부터 시작한 랭커였던 것이다.

"어! 저기 후퇴하는데요?"

"내가 말했잖아. 초반에 벌써 뚫리겠냐?"

"저것도 김태현의 함정일 수 있지."

'너네 길드원이야. 이 ××들아……'

저 멀리, 성벽을 뚫고 들어갔던 오크 전사들이 우르르 도망 쳐 나오고 있었다.

"후퇴! 후퇴!"

"으아악! 함정이 가득해! 거기에 언데드들까지! 완전히 당했 어! 힐 좀! 힐 좀 해줘!"

오크 아저씨들은 실감 나게 외치며 당한 척을 했다. 그 말을 들은 근처의 플레이어들은 잔뜩 겁을 먹고 물러섰다. 구멍이 뚫린 성벽이 마치 지옥의 입 같았다.

"역, 역시 함정이었나?"

"김태현……! 이 사악한 놈!"

움찔!

구멍에서 튀어나온 토끼 중 한 마리가 움찔했지만, 플레이 어들은 눈치채지 못했다.

"이야, 살았다."

"진짜 끝까지 눈치를 못 채네요?"

"원래 저런 놈들은 자기 기준으로 세상을 보는 놈들이
라…… 순간이동 막고 각종 마법만 막아놓으면 완전히 포위했
다고 착각을 하는 법이지."

태현은 어깨를 으쓱거리며 말했다.

사실 길드 동맹 입장에서는 억울한 말이었다. 물론 그들이
각종 순간이동 마법을 차단하고서 포위한 탓에 안심하기는 했
다. 그렇지만 이렇게 대규모로 일을 벌여놓고 혼자 튀는 놈이
세상에 어디 있단 말인가!

태현이 이상한 거지 그들이 이상한 게 아니었다.

"그러면 이대로 튈까요?"

"너는 참 현실적이어서 좋아."

"앗, 그, 그런가요? 그 정도까지는 아닌데…… 헤헤……."

이다비는 얼굴을 붉혔다. 태현은 근처 숲까지 도망치고 나
서 발걸음을 멈췄다.

"잠시만 생각 좀 해보고 가자."

토끼 상태야 해제했지만 둘 다 변장하고 있어서 정체를 의
심할 사람은 없었다. 이 상황에 태현이 여기 있으리라고 의심
하는 사람이 있을 것 같지도 않고…….

타타타탁-

멀리서 들리는 발걸음 소리. 태현은 이다비를 쳐다보았다.

"길드 동맹 사람일까요?"

"아마 그럴 수도 있겠다. 안 싸우고 도망치고 싶은데."

"안 들키면 가능할 것 같아요. 최대한 착한 표정으로 있죠."

"난 언제나 착한 표정이야."

"……네!"

"너 방금 대답이 좀 늦은 것 같은데."

말하는 사이 나무 사이에서 한 무리의 사람들이 나타났다.

"엇!"

"여기 왜 사람이……"

태현은 고개를 갸웃거렸다. 길드 동맹의 사람치고는 너무 놀라는 것 같았던 것이다.

'있을 수도 있지, 왜 저렇게 놀라는 거지?'

"하, 하하…… 안녕하십니까! 길드 동맹 만세!"

"만세! 김태현을 죽이자! 김태현을 죽이자!"

태현은 그 모습에 더욱 의아해졌다. 그걸 본 이다비는 속삭였다.

"길드 동맹 사람들은 저러고 놀아요?"

"몰라. 좀 불쌍하다."

태현은 눈을 가늘게 뜨고 그들을 훑어보았다. 사기의 고수인 태현인 만큼, 태현의 눈에는 보이는 게 있었다.

저들은 길드 동맹의 길드원이 아니었다. 길드 동맹의 길드원인 것처럼 보이려는 사람들일 뿐!

'그렇다면 왜?'

이 상황에서 길드 동맹의 길드원인 척하고 다닐 사람은 누구일까?

1. 태현처럼 길드 동맹의 적.

2. 그냥 길드 동맹의 길드원인 척하고 다니면서 위세 부리는 놈.

'아니, 위세 부리는 놈이 저럴 것 같지는 않고. 1번인가?'

"그, 그러면 저희는 이만 가보겠습니다……."

"잠깐. 너희 길드 동맹 아니지?"

"……들켰다!"

"죽여…… 억!"

말하기도 전에 태현은 달려들어서 상대의 무기를 〈고대의 망치〉로 찍어버렸다.

콰지직!

[정확하게 상대의 무기를 파괴하는 데 성공했습니다!]
[힘이 오릅니다.]

싸우기도 전에 상대방의 기세를 꺾어버린 태현.

단순한 한 방이었지만 이것만으로도 충분했다.

상대방에게 실력 차이를 확 느끼게 할 수 있었으니까.

그러나 태현이 놓치고 있는 게 있었다.

태현은 생각보다 훨씬 더 유명하다는 것을.

"저, 저 망치……."

"김태현이잖아?! 어떻게 여기 있는 거야?!"

"젠장. 잊고 있었군."

태현은 투덜거리며 바로 무기를 바꿔 끼었다. 이렇게 된 이상 다 PK해버리고 나서 빠져나가는 수밖에……

"아냐! 김태현! 우린 네 편이야!"

"그래. 나한테 죽을 놈들은 꼭 그렇게 말하더라고. 내 경험치가 될 테니까 내 편이 맞긴 하지."

"그게 아니라! 우드스탁! 우드스탁 길드 몰라?"

"몰라. 인마. 죽어."

쿨하게 무기를 휘두르려는 태현! 그때 이다비가 속삭였다.

"그, 우드스탁 길드는 거기잖아요. 예전에 태현 님이 이용해 먹…… 아니, 같이 싸웠던 길드요. 길드 연합에 있다가 나와서……."

"웅? 아, 거기."

태현은 기억을 되살리고 아차 싶었다. 김태산에게는 영지를 빼앗기고 길드 연합에서는 쫓겨나고…… 태현이야 덕분에 쉽게 잘 풀렸지만 우드스탁 길드는 악마 종족으로 변신까지 한 상태에서 처음부터 다시 시작해야 했으니, 보통 고생이 아니었을 것이다.

"아. 우드스탁 길드! 알고 있지~ 내가 모를 리가 있나."

우드스탁 길드원들은 의심스럽다는 듯이 쳐다보았다.

'방금 정말 죽이려고 한 것 같은데?'

'기억하고 있었던 거 맞아?'

"하하. 방금은 농담이었어. 그런데 여기는 왜?"

"흠흠. 너한테 도움이 되려고 같이 움직이고 있었지!"

"오단 성에서 엄청 떨어진 곳인 여기에서?"

"엄, 엄청은 아니잖아…… 어쨌든 우리도 나름대로 싸우고 있었다고!"

우드스탁 길마는 당당하게 말했다. 물론 태현에게는 속이 뻔히 보였다.

'빈집털이 하고 다녔었군.'

태현도 자주 한 짓이었다. 상대 길드가 바쁠 때 찾아가서 빈집털이! 상대방을 가장 기분 나쁘게 할 수 있는 짓이었다.

'어? 잠깐만…….'

태현은 문득 스치고 지나가는 생각이 있었다. 현재 길드 동맹의 본거지로 유명한 것은 아레네 시.

그리고 아레네 시는 여기서 가까웠다.

'얘네 랭커들 지금 다 여기 있으니까……. 아레네 시에 가서 깽판 좀 쳐도 오는 데에는 시간 걸리겠지?'

여기까지 3초. 태현은 계획을 세우고 말했다.

"잘됐네. 이번에도 같이 싸우자고."

"응? 어, 오, 오단 성에 가자고……?"

우드스탁 길마는 겁먹은 표정이었다. 지금 오단 성에 있는 적들의 숫자를 알고 있기에 당연한 반응이었다.

"아니. 다른 곳에 갈 건데."

"그래?! 그러면 같이 가야지! 하하!"

"길, 길마님. 물어보고 가시는 게 낫지 않을까요?"

"멍청아, 김태현이 어련히 알아서 하겠냐."

우드스탁 길마는 길드원을 구박했다.

김태현이 어련히 알아서 할까! 그렇게 믿고 있는 다른 플레이어들은 지금 오단 성에 갇혀 있었다.

"……김태현 어디 갔지?"

가장 먼저 깨달은 건 케인이었다. 성벽 위에서 기어오른 도적 플레이어 하나를 골로 보내고 나서, 케인은 뭔가 이상하다는 걸 깨달은 것이다.

-야, 야. 어딨냐?

[현재 플레이어는 귓속말을……]

케인은 무릎을 꿇었다. 태현과 함께한 시간이 있는데, 이제 이 정도는 바로 눈치챌 수 있었다.

'이 자식…… 어쩐지 칭찬을 하더니……!'

버리고 튀었구나!

'와, 진짜 뭐 이런 놈이 다 있냐?! 진짜 체면이나 인기는 신경도 안 쓰냐?!'

케인이었다면 여기서 싸우다 죽을지언정 혼자 튀지는 못했을 것이다. 지금 여기는 수많은 사람들이 보고 있었으니까.

튀는 순간 엄청난 비웃음이 뒤따를 게 분명! 차라리 죽더라도 멋있게 죽는 게 나았다. 그런데 태현은 정말 뒤도 돌아보지 않고 튀었다.

"근데 태현 님은 어디 계세요?"

"아까부터 안 보이시네?"

케인은 침을 삼켰다. 사실대로 말하고, 같이 김태현을 욕하고 싶었다. 그렇지만…….

'절대 안 돼!'

케인의 이성이 본능을 붙잡았다. 지금 말했다가는 성안의 플레이어들은 집단으로 절망할 것이다. 게다가 잘못하면 케인까지 화풀이 당할 수 있었다. 여기서 가장 태현과 가까운 사람이 그였으니까!

케인도 사기당한 입장이었지만, 원래 이런 상황에서는 이성적인 판단이 나오기 힘들었다.

"……김태현은 지금 변장하고서 길드 동맹의 길드원들을 암살하고 있지!"

"오오……! 역시!"

"역시 태현 님이야!"

케인은 울고 싶었지만 참았다. 지금 울면 끝이다!

여기서 책임을 질 사람은 그밖에 없었으니까!

'크흑흑흑…….'

다른 사람들은 케인의 속마음도 모르고 '와! 김태현!' 하면서 좋아하고 있었다.

"헉!"

"왜 그래?"

"나, 나 지금 생방송 켜놓고 있는데……."

"……이 자식이 진짜! 너 저번에도 그랬잖아!"

바허는 울컥해서 친구의 멱살을 잡았다. 지금 상황이 어떤 상황인데 이걸 생방송으로 중계한단 말인가!

"맞아! 나도 이걸 중계하고 싶었…… 아니, 이게 아니지. 지금 얼마나 아슬아슬한 상황인지 몰라! 길드 동맹 놈들이 당연히 찾아보겠지!"

"미, 미안……! 태현 님한테는 말하지 말아주라!"

"으음……."

바허는 친구의 애절한 부탁에 갈등하는 기색을 보였다.

그래도 친구 아닌가! 태현이 다른 건 몰라도 저런 실수에는 냉정했다. 저번에도 저 친구는 저런 실수를 했다가 마법사인데 탱커 자리에 서게 되지 않았던가.

그러나 바허는 고민할 필요가 없었다.

"응? 이미 보고했는데?"

파워 워리어 길드원 중 한 명이 잽싸게 이다비한테 보고를 했던 것!

"그, 그걸 말하면 어떡해요?!"

"이놈이 저 혼자 생방송으로 꿀 빨고서 나한테 화내는 거 봐. 야, 뭐든지 혼자 먹으면 탈 나는 법이야. 오늘 일로 교훈을 얻었겠지? 네가 혼자 생방송만 안 했으면 우리도 조금 고민을 했겠지만…… 넌 혼자 먹었으니 대가를 치러야 해!"

"맞아. 그리고 여기 눈이 몇 개인데 그런 걸 숨겨? 들켰다가 는 연대 책임이라고!"

"그, 그런……!"

파워 워리어 길드원들은 태현의 성격을 그나마 잘 알고 있 는 사람들이었다.

-오늘도 케인이 또 케인했냐?

-말도 마. 케인은 왜 그렇게 케인한지 모르겠어. 괜히 케인해서 더 케 인당한다니까.

이미 수많은 사례를 보고 들은 그들! 괜히 엮이기 전에 바로 이다비에게 보고를 올린 것이었다.

바허 친구는 애절한 눈길로 쳐다보았지만 이미 끝난 일.

"이번에 새로 온 그 바하-바허-바흐 사람들 있잖아요."

"바흐란 사람은 없었던 것 같은데? 있었나?"

"어쨌든 그 중 한 명이 눈치 없이 생방송 켜고 있었다는데 요. 덕분에 성안 상황이 알려졌을 거 같아요. 어떡하죠?"

"알 게 뭐야. 난 이미 밖으로 나왔는데. 내가 이럴 줄 알고 탈출 계획을 공유 안 했지."

"그런 말을 당당한 얼굴로 하지 마세요……."

쓰레기 같은 말을 당당하게 하는 태현!

이다비는 어이없다는 듯이 쳐다보았다.

"그러면 괜찮다고 말할까요?"

"그래, 마음대로 해. 어차피 거기 상황 알려져 봤자…… 그보다 거기 아직 잘 버티고 있나?"

"네, 나름 잘 버티고 있네요."

"랭커들이 안 나서서 그렇군. 조금만 더 시간을 끌어줬으면 좋겠는데……."

태현은 입맛을 다셨다. 말을 하면서도 스스로가 무리한 걸 바라고 있다는 생각이 들었다. 현재 오단 성은 언제 깨져도 이상하지 않을 상황. 가장 커다란 전력인 태현은 사라졌고(말을 들어보니 케인이 알아서 잘 한 모양이지만), 남은 사람들은 신기할 정도로 사기가 높긴 했지만 적이 워낙 많았다.

적들도 지금 대규모 전투에 긴장을 하고 살짝 겁을 먹어서 그렇지, 그들이 유리하다는 걸 깨닫는 순간 폭풍처럼 덤벼들 것이다. 특히 길드 동맹의 랭커들은 아예 뒤에서 대기를 하며 상황을 보고 있다고 하니…….

그러나 태현은 모르고 있었다. 오단 성에 남겨진 사람들의 잠재력을!

"괜찮다는데요?"

"뭐?! 그놈이 미쳤나?!"

그 말에 다들 케인을 쳐다보자 케인은 멋쩍은 표정으로 헛기침을 했다.

"아, 흠흠. 그게 아니라."

파워 워리어 길드원들은 따뜻한 눈빛으로 케인을 쳐다보았다.

'다 이해한다.'

'그래, 그럴 수 있지.'

그러거나 말거나 케인은 머리를 굴렸다.

'잠깐만……? 파워 워리어 길드원들은 이다비한테 보고를 했다고 했는데? 이다비는 김태현한테 어떻게 물어본 거지? 지금 이다비는 어디 있고? 앗. 앗……!!'

번개처럼 머리를 스치고 지나가는 한 가지 사실!

'같이 튀었구나!!'

케인은 바득바득 이를 갈았다.

'이 치사한 것들……!'

정말 울고 싶어졌다. 착한 사람들만 손해를 보는 이 더러운 판온!!

-야! 이다비!!

[현재 플레이어는 귓속말을……]

'××××××××××! 이 두 사기꾼이 진짜!'

케인은 분노를 삼키며 길드원들에게 물었다.

"이다비한테 어떻게 연락한 거야?"

"네? 길드 채팅으로요."

"헉, 혹시 파워 워리어 길드에 가입하고 싶어지신 건가? 케인 님이라면 언제든지 환영이죠!"

"역시 케인 님! 보통 케인이 아니라더니 우리 길드에 가입까지 하려고 할 줄이야!"

파워 워리어 길드원들은 케인의 말에 김칫국부터 마셨다. 케인은 고개를 저으며 오해라고 말하려고 했다. 그러다가 멈칫했다.

"아니, 그게 아니라…… 잠깐만, 너희 방금 내 이름을 이상한 방식으로 쓰지 않았냐? 뭔 뜻으로 쓴 거야?!"

"하하. 잘못 들으신 겁니다."

"저희가 호구 대신 케인이란 단어를 쓸 리가 없잖습니까!"

파워 워리어 길드원들은 재빨리 잡아뗐다.

케인은 확 한 대 후려칠까 생각했지만 간신히 참았다.

"이다비한테 말 좀 전해줄 수 있나?"

"뭐라고요?"

"어……."

그제야 케인은 깨달았다. 여기 있는 사람들한테 태현이 도망쳤다는 걸 들키지 않고서 말을 전할 수가 없다는 것을.

'이, 이…… 비겁하고 사악하고 지독하고 악랄한 것들……!'

케인은 당했다는 마음에 부들부들 떨었다.

"왜 귀가 간지럽지?"

"헉. 저도 간지러웠는데."

"음, 누가 내 욕을 하는 줄 알았는데 너도 간지러운 걸 보니 아닌가 보다."

"우리 둘 다 욕하는 걸 수도 있잖아요."

"그런 사람이 있을…… 생각해 보니 많겠군. 너도 참 원한 많이 샀다."

"태현 님하고 비교하면 별거 아니죠!"

화기애애한 둘의 대화를 뒤에서 듣던 우드스탁 길마는 고개를 절레절레 저었다. 지금 상황에 저렇게 태평한 대화나 하고 있다니!

"저기, 김태현."

"왜 부르나?"

"지금 우리가 아직 위험한 곳에 있다는 건 알고 있지?"

우드스탁 길마는 초조했다. 여기서 그리 멀지 않은 곳에 길드 동맹의 대군이 있었던 것이다.

최대한 빨리, 먼 곳으로 이동하고 싶다! 그게 본심이었다.

"알고 있지."

"그러면 빨리 가야 하지 않을까?"

"알겠어. 네가 그렇게 싸우고 싶다면 빨리 가주지. 난 네가 그렇게 싸우고 싶어 하는 줄은 몰랐는데. 확실히 악마 종족이 되고 나서 사람이 좀 달라진 거 같다?"

태현의 말에 우드스탁 길마는 뭔가 이상하다는 걸 깨달았다. 자신도 모르게 함정 깊숙이 발을 디디고 있는 것 같은 기분!

"저, 저기. 김태현. 우리 어디 가고 있는 거지?"

"아, 어련히 알아서 갈까. 나 못 믿냐?"

"믿지, 믿는데……."

"그러면 조용히 믿고 있어."

"아니 그래도……."

"쓰읍!"

우드스탁 길마는 조용히 입을 다물었다.

"김태현이 은신하고 암살 뛴다는데?!"

"뭐 시×?!"

뒤에서 대기하고 있던 랭커들은 깜짝 놀랐다.

"그거 어떻게 얻은 정보인데? 진짜로? 정말이야?"

"확실해. 저기 오단 성에 있는 플레이어 중 한 명이 생방송을 하다가 급히 껐어. 멍청하게 지금 상황 중계하다가 깨닫고 끈 것 같은데, 그전에 이 정보가 나왔어."

"100% 확실한 정보로군."

"쯧쯧. 이런 멍청이가 있다니. 김태현도 어쩔 수 없었겠군."

무능한 아군만큼 무서운 것도 없었다. 랭커들은 모두 고개를 끄덕였다.

"그러면……."

"……조심해야겠군."

오싹!

김태현이 은신하고 암살 뛴다면 누구를 노릴지는 뻔했다.

강해 보이고, 타격이 클 상대 아니겠는가! 저 어두컴컴한 오단 성이 태현이 숨어 있는 마왕성으로 보일 지경이었다.

"흠흠. 앨콧, 너 슬슬 간다고 하지 않았냐? 암살자니까 먼저 가서 애들 좀 잡아보지?"

"아니…… 난 배가 아파서…… 맥필, 너는? 애 어디 갔어?"

케인은 성벽 위에서 고개를 갸웃거렸다.

"이상하다? 왜 이렇게 안 오지?"

길드 동맹의 연속 공격. 오단 성을 수성하는 입장에서는 정말 아찔한 공격들이었다. 더 절망적인 건 길드 동맹에게는 나서지 않은 전투원이 아직 많다는 것!

마탑 흑마법사들의 언데드는 강력했지만, 작정하고 언데드 상대를 하기 위해 준비를 한 길드 동맹 앞에서는 역시 시간이

지나면 밀릴 수밖에 없었다. 성벽 앞 대형 언데드들도 사제들과 성기사들의 집중 공격에 쓰러지고, 정예 언데드 병사들은 몸으로 밀고 들어오는 길드원들의 공격에 밀렸다.

태현이 설치해 둔 함정들과 폭탄들도 거의 다 사용하고, 오단 성의 성벽도 몇 군데는 구멍이 뚫린 상황.

케인이 봐도 지금이 총공격을 할 때였다. 그런데 오지 않았다.

"??"

와야 할 공격이 안 오니 오히려 더 불안해지는 게 사람 마음. 뒤에서 도와주지 않자 길드 동맹의 길드원들은 오히려 슬슬 물러섰다. 그들도 성벽을 공격하느라 피해가 컸던 것이다.

"뭐지……?"

그사이, 에랑스 왕국 마탑의 흑마법사들은 커다란 사고를 치려고 하고 있었다.

"체세도 님! 그건 너무 위험합니다!"

"맞습니다! 그 금단의 비술을 쓰시려고 하시다니!"

"맞다. 이 비술은 위험한 비술이다. 하지만…… 세상에 위험을 겪지 않고서 얻을 수 있는 건 없는 법! 김태현 백작은 우리 흑마법 학파의 미래다! 말해봐라! 그렇지 않느냐!"

"……맞습니다!"

"크흑흑! 체세도 님! 마탑의 미래를 생각하는 그 모습에 저는 감격을 했습니다!"

서로 얼싸안은 흑마법사들! 태현이 보면 '너희 뭐 하냐?' 하고 황당해했을 모습이었다.

"김태현 백작은 우리를 믿는다고 말했다!"

"예! 기억합니다!"

"그 믿음에 걸맞게 뭔가 보여줘야 합니다!"

체세도는 벌떡 자리에서 일어섰다. 그의 주변에는 어지러운 문양의 마법진이 가득했다.

"가자! 내가 오늘 힘을 받아들이겠다! 죽음의 정수를 내게 모아라!"

"예! 체세도 님!"

콰르르르릉!

오단 성 위에 검은 구름이 엄청나게 몰려오더니 그 근처로 어두운 기운이 폭발적으로 솟구치기 시작했다.

길드 동맹은 경악했다. 이미 충분히 흑마법사들과 언데드들 때문에 어두컴컴했던 오단 성이 정말 시커멓게 물들기 시작한 것이다.

"뭐야? 도대체 뭐야?!"

길드 동맹이 동원한, 사제들과 성기사 NPC들은 비명을 질렀다.

"이 사악한 의식을 멈춰야 합니다! 지금 당장 공격을 해야 합니다!"

"아, 아니. 근데 그게…… 김태현이…… 암살을…….'

그리고 케인도 놀랐다.

"뭐냐?!"

자기네 성에서 웬 이상한 의식이 벌어지고 있는 상황!

"뭐 하는 거야 너희! 뭘 할 거면 말을 하고 해줘야지!"

"쉿! 조용히 하십시오, 중요한 의식입니다!"

"아니 지금 내가 책임자거든 이 자식들아?! 안 그래도 김태현이 없…… 아니, 나한테 맡겨서 부담되어 죽겠는데!"

"이걸 보시면 그런 걱정은 싹 사라지실 겁니다. 후후후!"

나름 마탑의 레벨 높은 마법사 NPC들이 이렇게 말하니 케인도 살짝 흔들렸다. 대체 뭘 하고 있길래 저러지?

"뭔데? 뭔데? 엄청 짱 센 언데드라도 소환하냐?"

"바로…… 리치가 되는 의식입니다."

케인은 귀를 의심했다.

리치? 사악하고 강력한 흑마법사가 타락할 대로 타락하다 보면 김태현이 되거나…… 아니, 보통 리치가 됐다.

리치가 되면 살아 있는 육신을 버리는 대신 엄청난 힘을 얻게 되었다. 물론 강력한 힘을 얻으려면 강력한 대가도 치러야 하는 법. 보통 리치가 되면 살아생전에 있던 인간성을 잃어버리고 점점 더 사악해지고 악랄해졌다. 김태현처럼…… 아니.

'내가 왜 자꾸 이러지?'

케인은 고개를 흔들었다.

'지금은 김태현을 욕할 때가 아니야! 더 급한 게 많아! 나중에 욕하자!'

어쨌든 리치는 언데드 몬스터 중에서도 손꼽히는 강력함을 자랑했고, 리치가 되는 건 뛰어난 흑마법사이니만큼 엄청난 마법을 갖고 있었다. 한번 대륙에 소환되면 대륙을 벌컥 뒤집는 수준! 판온 1 때도 리치 한번 소환됐다고 작은 왕국 하나가 무너진 적이 있었다.

"아니…… 그건 좀 아니지 않나?"

아직 정신줄을 조금 붙잡고 있는 케인이었기에, 상식적으로 의문을 제시했다. 아무리 급하다고 해도 자기 본진에 리치를 소환하는 게 과연 옳은 짓일까? 지금 당장이야 그들의 편을 들어주겠지만 리치가 나중에 돌아선다면 재앙이 될 것이다.

"아닙니다! 이 방법밖에 없습니다!"

"그 방법밖에 없다니. 그건 편견이야! 다시 생각해 보자고! 그, 그럴 힘이 있으면 언데드를 더 소환하고 강화해서 차라리 포위망을 뚫어보는 게?"

케인은 모르는 사이 자기 무덤을 파고 있었다. 길드 동맹은 이미 그런 상황을 대비해 함정까지 다 파놓고 있었으니까. 포위당한 상태로 공격받다 보면 언젠가는 한계가 올 것이고, 그때 탈출을 위해 튀어나오는 놈들을 일망타진한다!

그게 길드 동맹의 계획이었다.

다급하기에 케인의 시야도 좁을 수밖에 없었다.

그러나 흑마법사들은 아니었다.

"포위망을 뚫는다고요?"

"그래!"

"그건 도망치는 거잖습니까?"

"······도망치면 안 되나?"

"안 됩니다!"

"왜?!"

케인은 정말로 이해가 가지 않았다.

"도망치면 명예가 꺾입니다."

"누구 명예가 깎여?!"

"김태현 백작, 에랑스 왕국 마탑 흑마법사들의 명예!"

"아니, 이런 씨······."

케인은 답답해서 죽을 것 같았다.

김태현이 너희를 버리고 튀었다고!!

그렇게 둘이 실랑이를 벌이는 사이, 의식은 시작되었다.

콰르르르릉!

검은 번개가 내리치더니, 체세도의 몸에서 어두운 기운이 파도처럼 쏟아져 내려왔다.

[에랑스 왕국 마탑의 흑마법사, 체세도가 리치화 의식을 시도합니다. 리치는 언제나 대륙을 위협한 강력한 적이었으며, 질서를 파괴하는 악이었습니다. 리치가 태어나는 것을 막아야 합니다.]

[정의로운 아키서스의 노예인 당신이 나서야 합니다.]

〈리치의 탄생을 막아라-아키서스의 노예 퀘스트〉

'나보고 어쩌라고!!'

케인은 퀘스트창을 꺼버렸다. 판온의 모든 놈들이 케인을 괴롭히는 기분! 지금 들어가서 체세도를 죽인다면?

가능할지 모르겠지만, 가능하다고 하더라도 절대 안 됐다.

언데드들이 무너지고 흑마법사들도 케인의 말을 듣지 않을 테니, 길드 동맹이 케인의 목을 따러 올 테니까.

[퀘스트를 거부하셨습니다.]

[아키서스가 당신에게 실망합니다. 명성이 하락합니다.]

[신성이 하락합니다.]

"후……."

케인은 하늘을 쳐다보며 깊게 한숨을 내쉬었다. 오늘따라 하늘이 시커멨다. 마치 자신의 기분 같았다.

리치가 탄생한다는 메시지창은 케인에게만 뜬 게 아니었다. 밖에 있는 길드 동맹에게도 떴다.

"리, 리, 리치가 나온다고?"

"김태현이 리치 되는 건가?!"

"막아! 지금 당장 들어가!"

"저, 죄송하지만 지금 길드원들 사이에서 불만이 많습니다."

"무슨 불만!"

"랭커분들께서 자꾸 뒤에만 계시고 자기들만 피 본다고……."

랭커들의 얼굴이 붉어졌다. 반박할 수 없었던 것이다. 물론 모든 랭커들이 다 얼굴 가죽이 얇은 건 아니었다. 얼굴 가죽이 두꺼운 랭커들도 있었다.

"무슨! 뒤에서 상황을 보고서 있었던 거야! 앞에서 싸우다 보면 큰 상황을 볼 수 없다고!"

"아, 예. 그러시겠죠. 어쨌든 지금 길드원들은 랭커분들이 앞장 안 서시면 안 들어가겠답니다."

"길드원들 관리 이렇게밖에 못해?!"

"말조심하시죠. 지금 최선을 다해서 관리하고 있으니까. 랭커분들이 대접 많이 받는 건 알고 있지만 그렇다고 뭐든 마음대로 해도 되는 건 아닙니다. 받은 게 많으면 그만큼 해야 하는 거 아닙니까?"

"뭐야?!"

"제가 틀린 말 했습니까? 다 불러서 한번 따져볼까요?"

"야, 야. 그만해."

다른 랭커들이 나서서 발끈한 랭커를 말렸다. 지금 일이 커지면 곤란한 건 그들이었다. 명분은 길드원들한테 있었으니까. 실제로 랭커들은 랭커라는 이유만으로 길드의 가장 좋은 지원만을 받고 있었다.

길드원 중에서는 거기에 불만을 가진 이들도 꽤 있었고.

이런 상황에서 일이 커지면 그런 불만까지 겹쳐서 덤터기를 쓸 가능성이 높았다.

"미안하게 됐습니다. 우리가 좀 상황을 보려던 게 오해를 샀네요. 지금이라도 나서죠."

"그래 주시면 감사하고요."

길드원은 싸늘하게 대답하고 돌아갔다. 그걸 본 랭커 하나가 성질난다는 듯이 중얼거렸다.

"저 자식이 짜증 나게……."

"야. 그만하라니까. 너 때문에 우리까지 다 같이 피 보고 싶냐?"

"피 볼 게 뭐가 있어! 저딴 놈들한테!"

"이 자식은 진짜 머리가 없나…… 길드원들이 몇 명인데, 게네가 손잡고 덤비면 네가 버텨낼 수 있을 거 같냐? 얌전히 있으라고!"

"그보다 어떻게 나서지?"

"글쎄…… 가위바위보라도 할까?"

"주사위로 하자."

한시라도 빨리 성벽을 넘을 생각은 안 하고, 이 와중에도 순서를 정해 자기는 빠지려는 이 모습! 덕분에 체세도는 수월하게 리치가 될 수 있었다.

"아주 잘 하고 있군."

쑤닝은 길드 상황을 보며 중얼거렸다. 그는 이번 공격에 참가하지 않았다. 쑤닝이 원하는 건 하나. 그의 경쟁자들이 실수하는 것! 그것 때문에 이번 공성전은 그들에게 맡겼다. 다른 사람들이 실수하는 만큼, 쑤닝의 입장은 강해질 것이다.

그리고 지금 보니 거의 절반은 성공한 기분이었다. 랭커 마이크는 일대일로 이름 좀 알려보겠다고 나대다가 망신이나 당하고, 다른 랭커들은 길드원들이 앞장서서 길을 뚫는데 김태현이 암살한다고 몸을 사리고…….

벌써 곳곳에서 불만이 튀어나오고 있는 상황.

"어? 리치?"

만족스럽게 보고 있던 쑤닝은 당황했다. 뭔 리치?

"아니, 저건 막아야지! 이런 멍청이들이…….'

쑤닝이 원하는 건 적당히 실패하는 거지, 아주 크게 실패하는 원하지 않았다. 왜냐하면 태현도 똑같이 싫었으니까!

쑤닝이 원하는 건 대충 '엄청나게 피해를 입고 공성전을 성공하긴 했는데 잡으려는 김태현은 못 잡은 그런 상황'이었다. 그런데 갑자기 오단 성에서 리치가 튀어나온 것이다.

'……설마 저 병력 가고 지지는 않겠지? 저 멍청이들이?'

그런 쑤닝도 지금 태현이 아레네 시를 향해 움직이고 있다는 건 상상치 못했다.

〈리치의 탄생을 막아라-아키서스의 화신 퀘스트〉

"뭐야?"

태현은 귀찮다는 듯이 메시지창을 꺼버렸다.

"왜 그러세요?"

"대륙에 리치 나왔나 봐. 어딘지는 모르겠지만 거기 있는 플레이어들 고생 좀 하겠군."

"리치가 나왔어요?! 하긴, 나올 때가 되기는 했죠."

이다비는 신기하다는 듯이 말했다.

"플레이어들이 리치를 잡을 수 있을까요?"

"플레이어들끼리 싸우면 힘들지 몰라도, 리치 뜨면 보통 NPC들도 나서서 잡으려고 하니까 아마 가능하겠지."

아키서스의 화신인 만큼, 태현에게도 리치를 막으라는 퀘스트는 떴다. 물론 바빠 죽겠는 태현은 가볍게 퀘스트창을 간단하게 무시했다.

"어, 저기, 김태현?"

"아. 진짜. 어련히 알아서 할까. 왜 자꾸 귀찮게 해?"

"아니, 그게…… 리치는 오단 성에 나왔다는데?"

"뭐?! 길드 동맹이 리치까지 불렀어?! 이런 사악한 놈들……

케인의 명복이나 빌어줘야겠군."

태현은 고개를 절레절레 저었다. 아무리 태현이 에랑스 왕국 마탑 흑마법사들을 동원했다지만, 맞불 작전으로 리치를 들고 오다니. 길드 동맹도 정말 단단히 독이 올랐구나 싶었다. 이번에 할 짓을 보면 더 독이 오르겠지?

"아니. 그게 아니라…… 오단 성의 흑마법사들이 불렀다는데."

태현은 깜짝 놀랐다. 정말 오랜만에 놀란 것 같았다.

"누가?"

"오단 성 흑마법사들이."

"말도 안 되는 소리를. 게네들이 사악하고, 성격 더럽고, 지금 사람 많이 죽어서 죽음의 정수도 많이 모은 상태긴 하지만 갑자기 리치가 되는 의식을 할 정도로 미치지는……."

말하던 태현은 멈칫했다. 말하다 보니 왠지 모르게 그럴듯했던 것이다.

"……정말 오단 성에서 불렀어?"

"지금 생중계하고 있는 영상을 봐라!"

"으음……."

태현은 고민에 잠겼다. 사실 최악의 경우, 마탑의 흑마법사들은 다 버려야 할 수도 있다고 각오하고 있었다.

물론 그럴 경우 에랑스 왕국 마탑과의 관계는 매우 안 좋아질 테지만, 태현은 어차피 마법사 직업이 아니었다. 권능도 얻었고 마탑이랑 사이 안 좋아지면 거기 안 가면 그만!

다른 마법사들과 달리 태현은 이런 짓이 가능했다. 그런데 거기 흑마법사들이 궁지에 몰리다 보니 리치까지 되고 만 것이다.

'이게 좋은 건지 나쁜 건지 모르겠네…….'

태현은 입맛을 다셨다. 일단 지금 상황에서는 좋긴 했다. 리치가 된 흑마법사는 어마어마한 전력이었으니까.

문제는 나중이었다. 리치가 된 흑마법사가 계속 태현 편을 들어줄까? 리치가 됐는데도?

'길드 동맹 상대하겠다고 더 큰 적을 부른 거 아닐까 모르겠는데…… 에이, 뭐 됐다. 어차피 내 영지 주변도 아닌데. 길드 동맹이 알아서 하겠지.'

고민하던 태현은 쿨하게 결론을 내렸다.

어차피 여기는 길드 동맹의 땅! 리치가 미쳐 날뛰어도 길드 동맹이 피해를 입지 그가 피해를 입지는 않았다.

"어떻게 된 거야? 이거 이래도 되는 거야?"

"흠, 괜찮을 거다."

"괜찮다니, 헉, 설마 여기까지 계산하고 있었던 건가? 리치를 통제할 수 있다니…… 말도 안 돼!"

우드스탁 길마는 경악한 눈빛으로 태현을 쳐다보았다. 그게 사실이라면 태현은 정말 차원이 다른 플레이어였다.

"아니, 통제할 자신은 없고, 나중에 날뛰어도 일단 나한테 피해는 안 올 테니까 괜찮다는 거지."

정말 차원이 다르기는 했다.

"다 왔다."

"어…… 김태현?"

"아, 너 왜 자꾸 날 부르는 거야? 나 좋아하냐? 응?"

"아, 아니. 그게 아니라…… 여기는 아레네 시 아니야?"

"그래. 아레네 시지."

"왜 여기가 다 왔다는 거…… 아! 여기서 이동 수단을 타고 다른 곳으로 이동하려는 거구나!"

아레네 시는 길드 동맹이 작정하고 가꾸는 도시다 보니, 각종 이동 수단이 많았다.

"아. 이동 수단도 파괴해야겠군. 좋은 포인트를 지적했어, 스톤스탁."

"우드스탁이에요."

이다비가 속삭였다. 그러나 우드스탁 길마와 길드원들은 화낼 정신도 없었다. 지금 그들이 여기에 왜 온 건지 깨달았기 때문이었다.

'김, 김태현 이 자식…… 여기를 공격하려고 우리를 데리고 온 거야……!'

'미친놈 아니냐?!'

'지금이라도 도망쳐야 해!'

"어이쿠."

태현은 갑자기 검을 뽑았다.

"실수로 손이 미끄러져서 검을 뽑았네. 한 번 더 미끄러지면 도망치려는 놈을 공격할 수도 있겠어."

-길마님? 제가 뭐라고 했…….

-닥쳐.

우드스탁 길마와 길드원들은 좋게 좋게 태현을 설득하려고 했다. 물론 안 좋게 설득할 자신이 없어서였지만.

"김태현, 있잖아……."

"없다."

"그게, 지금 여기를 공격하는 게 꼭 좋은 생각일까?"

"널 공격하란 뜻인가?"

"넌 왜 이렇게 사람이 극단적이냐!"

무슨 말을 해도 다 칼 같이 잘라버리는 태현! 자꾸 우드스탁 길드원들이 귀찮게 굴자, 태현은 설득할 필요성을 느꼈다.

'귀찮은 놈들.'

태현은 어깨를 으쓱거리며 말했다.

"잘 들어봐. 지금 길드 동맹에서 강한 놈들은 다 저기 오단성에 가 있지?"

"다는 아닐걸……."

"다는 아니더라도 남은 놈들은 자기 퀘스트 깨느라 멀리 있겠지. 지금 당장 아레네 시에 있는 랭커가 몇 명이겠냐? 기껏해야 제작 직업이나 도시 잠깐 들리러 온 플레이어가 전부겠지."

-길마님, 저거 들으시면 안 됩니다! 우리 저번에도 저거 들었다가…….

우드스탁 길드원 중 한 명이 급하게 말했지만, 우드스탁 길마는 이미 솔깃한 표정이었다. 언제 들어도 그럴듯한 게 태현의 저 말!

"하, 하지만 아레네 시에는 경비병도 있고…… 길드 동맹이 고용한 NPC 병사들도 있을 거 아니야."

"누가 게네들하고 다 싸우겠대? 야, 내가 바보냐? 게네들하고 다 싸우다가 시간 끌면 잡힐 게 뻔한데. 들어가서 쟤네 중요한 곳만 치고 빠지는 거야."

"어떻게 치는데? 우리 숫자로는……."

"내 장기가 뭐냐?"

태현의 말에 동시다발적으로 대답이 튀어나왔다.

"사람 엿 먹이는 거?"

"사람 뒤통수 치는 거?"

"아, 폭탄!"

"그래. 폭탄. 중요한 곳에 가서 폭탄 터뜨리고 튀는 거지. 그다음에 빠져나가면 어떻게 잡겠어?"

"쫓아올 텐데?"

"쫓아와도 날 쫓아오겠지 널 쫓아오겠냐? 저번에 기억 안나? 내가 도망쳤더니 길드 동맹 놈들이 날 쫓아왔잖아."

조용히 듣고 있던 이다비는 고개를 갸웃거렸다. 그녀의 기억이 맞다면, 태현은 우드스탁 길드와 날개 악마들을 '버리고' 간 것이었다. 거기에 길드 동맹 플레이어들이 태현만 쫓아온 거였고.

"그, 그랬지!"

그러나 우드스탁 길마는 이미 스스로를 보호하기 위해 기억을 왜곡한 지 오래였다. 난 버려진 게 아니라 김태현이 희생한 거다!

"그러면…… 정말 해볼 만한……."

-길마님! 정신 차려요!

-아냐, 진짜 해볼 만한 거 같은데?

-자잘하게 다른 곳 터는 곳보다 김태현이랑 이런 거 하는 게 훨씬 더 남는 거 아냐?

뒷감당을 두려워하는 길드원도 있었지만, 다른 길드원들에게 묻혀 버렸다.

"어때. 할 거지?"

"한다! 물론!"

태현은 만족스럽게 고개를 끄덕였다. 한 손이 열 손 못 당하는 법. 빠르고 정확하게 치고 빠지려면 숫자가 좀 있어줘야 했다.

"언제 들어갈 거지?"

"잠깐. 올 사람이 있는데……."

다그닥다그닥-

아레네 시 안에서 몇 명의 플레이어들이 말을 타고 튀어나왔다. 장비를 보니 레벨 50도 안 되는 수준의 장비!

우드스탁 길드원들은 의아해했다. 쟤네들은 누구지?

"어, 어, 어……!"

길드원 중 한 명이 얼굴을 알아보고 벌벌 손을 떨었다.

"야. 왜 그래?"

"저, 저, 저거…… 가브리엘이잖아! 그 미친 폭탄마 놈!"

"미친 폭탄마는 김태현 아냐?"

"쉿. 김태현 옆에 있잖아."

가브리엘!

태현이 기계공학 대장장이라는 대장장이 메타의 시작을 열었다면, 기계공학 대장장이의 악명을 높인 건 가브리엘이었다. 구박받는 기계공학 대장장이들을 모아서 온갖 테러를 벌이고 다닌 가브리엘!

자폭도 서슴지 않고 덤비는 대장장이들 때문에 고렙 플레이어도 한동안 대장장이들에게 고개 숙이고 다녀야 했다.

"저놈이 왜 저기……."

"태현 님!"

가브리엘은 반갑게 인사하며 말에서 내렸다. 태현이 부르자마자 아탈리 왕국의 다른 도시로 가 마법 포탈을 타고 아레네 시로 온 것이다. 태현의 영지에는 마법 포탈이 없었다.

'있어봤자 공격하려는 놈들이나 오겠지.'

"이야. 고마워. 다들 바쁠 텐데."

"무슨 소리! 언제든지 태현 님이 불러주시면 갑니다!"

"여기 폭탄 챙겨왔습니다!"

대장장이들은 등에 커다란 배낭 하나씩을 메고 있었다.

그걸 본 우드스탁 길드원들은 소름이 돋았다.

'저거 다 폭탄이야?!'

그랬다. 아레네 시로 향하며 가브리엘을 부른 것이다.

-가브리엘. 폭탄이 필요한데 혹시 남는 거 있니?

-지금 당장 들고 가겠습니다!

-아니, 그렇게 많이는…… 필요할 거 같긴 한데 꼭 부담 가질 필요는 없고…….

-아닙니다! 꼭 돕고 싶습니다! 태현 님의 도움을 받아 악마의 대장간에서 올린 폭탄 제조 스킬! 이번에 뭔가 보여 드리겠습니다! 안 그래도 동상에 설치된 폭탄을 쓸 일이 없어서 아쉬웠는데 잘됐습니다. 어떤 폭탄을 원하십니까! 화력이 높은 거? 다양한 효과가 붙어 있는 거? 퍼지는 효과가 오래 가는 거?

-잠깐만, 동상에 설치된 폭탄이라니. 그게 뭔 소리지?

-다 들고 가겠습니다!

-가브리엘? 가브리엘?

CHAPTER 4

"어디를 터뜨려야 잘 터뜨렸다고 소문이 날까……."

우드스탁 길드원들은 어이가 없어서 조용히 입 다물고 있었지만, 대장장이들은 아니었다. 각자 손을 들더니 뜨겁게 의견을 내놓기 시작했다.

"저는 거대 대장간을 추천하고 싶습니다!"

"왜지?"

"그냥 꼭 한번 터뜨려 보고 싶었습니다!"

"저는 마법 포탈에 터뜨리고 싶습니다! 터뜨리면 복구하는데 꽤 큰 비용이 들 겁니다!"

"저는 날아다니는 탈 것 마구간을 추천합니다. 거기도 터뜨리면 상당히 귀찮아지는 곳입니다!"

밥 먹고 '야, 폭탄을 터뜨린다면 어디가 좋을까?'만 이야기하는 인간들. 그게 바로 태현의 영지에 있는 대장장이 플레이어들이었다. 급기야 서로 멱살을 잡으며 다투는 그들!

"아니야 이 자식아! 거기보다는 여기가 좋아!"

"아니거든?! 누구 폭탄이 더 센지 겨뤄볼까?"

"좋다! 러시안 룰렛 하자!"

"자. 모두 진정하고."

태현은 대장장이들을 진정시켰다. 그러고는 가브리엘을 쳐다보았다.

"넌 뭐 의견 없냐?"

"지금 의견 나온 곳 다 터뜨립시다!"

자리에 있던 모든 사람들이 가브리엘을 빤히 쳐다보았다.

'역시 미친놈이 맞았어!'

'저거 현실에서도 저러고 다니는 건 아니겠지?'

'현실에서는 멀쩡한 놈이라던데……'

다른 사람들과 달리 태현은 가브리엘의 의견을 진지하게 받아들였다.

"지금 나온 곳을 다 터뜨리기는 인력이 좀 부족하지 않나? 아레네 시가 그래도 대도시라 각 곳에 NPC들이 있어. 폭탄 한 번 터지면 NPC들이 움직여서 어려워질 텐데?"

"동시에 터뜨리면 됩니다."

"어떻게 동시에 터뜨린다는 거지? 인원 나누면 뚫고 들어가기도 힘들 텐데?"

태현이야 NPC 한둘 정도는 쉽게 제치고 들어갈 수 있다지만, 나눠지면 다른 사람들은 막힐 수 있었다.

"뚫고 들어갈 필요가 뭐가 있습니까?"

"?"

"그냥 들고 거기서 자폭하면 되는데요."

"……농, 농담이지?"

우드스탁 길마는 그렇게 물었다. 그러나 대장장이들은 진지했다.

"좋은 방법입니다."

"그러면 되겠네요."

"뭐 어차피 사망 페널티 받을 것도 없어서……"

쿨한 대장장이들! 우드스탁 길드만 놀라워할 뿐이었다.

'이것들 대체 뭐 하는 놈들이야?!'

"그러면 믿고 맡기지. 좋아. 그러면 난 어디 갈까……"

"태현 님, 저기 어떻습니까?"

가브리엘은 손가락으로 먼 곳을 가리켰다.

아레네 시 중앙 광장, 시계탑!

아레네 시가 자랑하는 건축물 중 하나였다. 마탑만큼 안이 넓지는 않지만, 높게 솟아 올린 저 시계탑 건물은 건축가 플레이어들이 공을 들인 건물이었다. 저런 건축물들은 설치된 것만으로도 영지 전체에 버프 효과를 줬다.

우드스탁 길마가 시계탑을 확인하고는 말했다.

"저기 길드원들만 들어갈 수 있을걸?"

"뭐 그건 치우고 들어가면 되고……"

태현은 고개를 끄덕였다. 다른 건 몰라도 중앙 광장에 설치된 저렇게 멋진 건물을 날려 버린다는 게 마음에 들었다.

상징성이 있지 않은가!

"역시 태현 님. 좋아하실 줄 알았습니다!"

"잘 골랐네, 가브리엘."

"그래서 태현 님이 좋아하실 만한 폭탄도 갖고 왔습니다."

"하하, 뭘 이런 걸 다……."

개조된 끓어오르는 궁극의 역병 폭탄:

끓어오르는 궁극의 역병은 대륙에서 사라지지 않았습니다.

정신 나간 기계공학 대장장이가 심혈을 기울여서 개조한 이 폭탄, 끓어오르는 궁극의 역병을 제한적으로 퍼뜨립니다. 사용할 경우 악명 대폭 증가.

"……저기, 가브리엘?"

"예?"

"이거 아직도 갖고 있었냐?"

"예! 버리긴 아깝잖습니까!"

해맑은 얼굴로 외치는 가브리엘!

태현은 한숨을 쉬며 말했다.

"음, 이것도 좋긴 한데 다른 거 없냐?"

"어, 어째서입니까?!"

"이건 나중에 쓰자. 아깝잖아."

사실 잘못 썼다가는 태현 제외한 전원이 걸릴 테니 쓰지 않는 것이었지만, 가브리엘은 태현의 말을 철석같이 받아들였다.

"그렇군요!"

검은 역병 폭탄:

정신 나간 기계공학 대장장이가 만든 이 사악한 폭탄은, 터뜨릴 시 <검은 역병>을 주변에 퍼뜨립니다.

붉은 역병 폭탄:

……

밖에 나가지 않고 악마의 대장간에서 폭탄만 파고든 가브리엘의 집념은 무서울 정도였다. 끓어오르는 궁극의 역병에서 많은 것을 배운, 가브리엘의 역병 폭탄 시리즈!

"이건 어떻습니까?"

"……좋, 좋네."

이쯤 되자 태현도 말을 더듬을 정도였다.

다른 대장장이들은 각자 자기가 좋아하는 곳으로 폭탄 한 아름을 껴안고 이동했다. 그리고 남은 태현과 이다비, 가브리엘과 우드스탁 길드원들은 시계탑 앞에 섰다.

"길드원 외 출입 금지입니다. 아, 진짜 몇 번을 말하는 건지 모르겠네. 여기 들어가서 구경을 하든, 버프를 받든, 뭐든 간에 길드에 가입을 해야…… 컥!"

푹 찍 푹 찍!

바로 로그아웃을 시켜 버린 후 시계탑의 문을 찼다.

"습격이다!! 습격이다!!"

"습격…… 컥!"

"시끄러워, 이 자식들아!"

우드스탁 길마는 소리치며 덤벼들었다. 겉을 감쌌던 망토가 날아가자 악마 종족의 겉모습이 드러났다.

"김태현! 우리가 길을 뚫겠다!"

우드스탁 길마는 비장하게 외쳤다. 시계탑 1층에는 길드 동맹의 길드원들이 나름 여럿 있었던 것이다.

지금 같은 때 점수를 따두자!

"응?"

그러나 태현은 이미 나머지 길드원들을 땅에 눕힌 상태였다. 행운의 일격으로 대미지를 폭발적으로 높인 다음 가까운 거리에 있는 길드원들에게 연속적으로 폭딜을 꽂아 넣은 것이다. 한 치의 오차도 없는 화려한 연격!

이렇게 되자 민망해진 건 우드스탁 길마였다.

"……올라갈까?"

"그, 그래."

태현을 따라가며, 가브리엘은 아직 포기하지 못한 표정으로 설득에 나섰다.

"태현 님. 끓어오르는 궁극의 역병 폭탄도 터뜨려도 되지 않을까요?"

"안 된다니까."

"정말 괜찮습니다! 저희는 모두 걸려도 괜찮다고 각오하고 있습니다. 영지에 가면 해독도 할 수 있고……."

"거기 가기 전에 죽을 수도 있으니까 그렇지. 너희야 죽는 게 안 아쉽다지만 이다비 같은 경우는 영지 가기 전에 계속 PK 당할 수도 있다고."

"그렇군요……."

가브리엘은 시무룩해졌고, 이다비는 살짝 기쁜 표정이었다. 그리고 1층 카운터 구석에 숨어 있던 길드 동맹의 길드원 하나는 기겁했다. 우드스탁 길드가 놓치고 넘어간 것이다.

'뭘…… 폭탄을 터뜨린다고……?!'

태현은 안 터뜨린다고 했지만, 멀리서 들은 탓에 길드원은 잘못 들었다.

-김태현이 궁극의 역병 폭탄 터뜨리려고 아레네 시에 왔습니다!!
-뭐??
-그게 무슨 소리야? 김태현이 두 명이라도 되는 거냐? 김태현은 여기 있다고.

오단 성을 포위한 길드원들은 처음에는 말을 받아들이지 못했다. 분명 김태현은 저기 안에 있는데 무슨 소리를 하는 거란 말인가!

-너 이 자식, 설마 습격당했는데 쪽팔려서 이러는 거면…… 나중에 조사하면 다 나오게 되어 있다!

길드원들은 오해하고 있었다. 종종 이런 일이 있었던 것이다. 판온하다가 PK를 당하거나, 퀘스트를 실패했을 때 '김, 김태현이 와서 방해했어요!'라고 거짓말을 하는 일!

그냥 실패했다고 하거나 다른 평범한 플레이어한테 당했다고 하면 망신이지만, 태현한테 당했다고 하면 다들 '음…… 그러면 어쩔 수 없지. 김태현이 나쁜 놈이지' 하고 이해해 줬던 것이다.

그러나 물론 이번 일은 그런 게 아니었다. 정말 태현이 나타났던 것!

-아니라니까요! 지금 아레네 시 중앙 광장 탑에 누가 습격했는데, 그 중에 한 명을 김태현이라고 불렀고, 〈끓어오르는 궁극의 역병 폭탄〉을 터뜨리겠다고…….

길드원들은 침묵했다. 뭔가 묘하게 섬뜩하고 현실적인 말이었던 것이다. 특히 김태현이라면 분명 저렇게 할 것 같은 느낌이 확 왔다.

-잠…… 잠깐, 이게 어떻게 된 일이지? 김태현 오단 성에 있는 거 아니었어?

-은신하고 암살 뛴다며? 그래서 우리도 이렇게…….

말하던 랭커들은 멈칫했다. 그러고 보니 정작 김태현의 모습은 한 번도 보지 못했던 것이다.

'속, 속았다……!'

'김태현 이 악랄한 자식!'

사실 태현이 판 함정은 아니었다. 오단 성에 남은 플레이어들이 알아서 오해한 것이지만……. 상대하는 길드 동맹 입장에서는 정말 소름 끼치는 일이었다.

-김태현이 아레네 시로 갔다!

-뭐라고요!? 지금 그걸 말해주면 어떡하란 겁니까!

-우리도 지금 알았어! 아레네 시에 있는 길드원들은 전부 탑으로…… 아니, 아니다. 랭커들만 가! 괜히 거기 길드원만 가봤자 피해만 커진다.

-지금 아레네 시에 있는 랭커들이 몇 명 없는데…….

-무조건 가라고 해! 안 가면 최대한의 페널티를 주겠다. 지금 같은 상황에서 자기 욕심 챙기는 놈이 있으면 가만두지 않겠어!

아레네 시의 길드원들에게 명령을 내리긴 했지만, 지금 오단 성에 와 있는 길드원들은 오단 성을 더 우선해야 했다.

이번 공성전을 계획한, 길드 동맹의 길마들은 분노의 외침을 터뜨렸다.

"으아아아아! 김태현! 죽일 놈!"

다 잘 되어가고 있다고 생각한 찰나에 이런 역습을 당하다니! 굴욕도 굴욕이지만 머릿속이 복잡해졌다. 이 상황에서 공성전을 계속해야 하나? 김태현은 아레네 시로 튀었는데?

"어떻게 하지?"

"저거라도 잡아야지. 여기서 물러서면 정말 최악이다."

랭커들은 한쪽 성벽이 부서진 오단 성을 가리켰다.

거기에서는 웬 미친놈이 미친놈처럼 날뛰고 있었다.

물론 케인이었다.

길드 동맹의 길마들과 랭커들은 바보가 아니었다. 물론 바보처럼 당할 때가 많긴 했지만 그래도 바보는 아니었다.

태현이 암살을 뗀다고 하고 한 번도 모습을 보이지 않았지만, 그래도 그들이 의심하지 않은 이유는 하나. 오단 성에 그보다 더 신경 쓸 게 많았기 때문이었다.

그것은 물론 갑자기 튀어나온 리치와…… 케인이었다.

"저, 저거 미친 거 아니냐?"

"크아아아! 크아아아아아! 크아아아아아아아!"

케인은 맛이 간 것처럼 괴성을 지르며 성벽 위에서 날뛰었다. 성벽 위를 기어오른 플레이어들은 기겁하며 물러섰다.

마치 모든 것을 포기한 것 같은 저 기백!

'강, 강하다! 케인이 이 정도 플레이어였나?'

흑마법사 체세도가 리치가 되었지만, 그 뒤 가장 눈에 띈 것은 케인이었다. 강화된 언데드보다 더 날뛰는 케인!

"너희들만! 어! 너희들만 없었으면! 어!!"

오단 성에서 가장 마음고생을 심하게 하고 있는 케인.

결국 케인은 정신줄을 놓아버렸다.

'에이 ××. 죽으면 죽는 거지! 사망 페널티 받고 만다! 나중에 김태현 멱살이나 잡아야지!'

그런 마음과 함께 케인은 덤벼들었다.

"저, 저거…… 너무 위험하다. 마법 날려라."

"네? 저기 길드원들 올라가서 붙었는데……."

"지금 다섯이서 케인한테 밀리는 거 안 보이냐?! 갈겨! 어차피 저대로 내버려 두면 케인한테 죽을 거야!"

기세에 눌린 길드원들은 케인 주변으로 마법을 난사했다.

콰콰쾅! 콰쾅! 콰콰쾅!

불덩이와 벼락이 작렬하고, 거대한 바윗덩어리까지 날아오자 케인이 있던 성벽은 그대로 무너져 내렸다.

그러나 케인은…….

[<굳건한 신체> 스킬로 보너스를 받습니다. 스탯이 오릅니다.]

많이 맞으면 맞을수록 스탯이 성장하는 강력한 패시브 스킬. 물론 케인은 쪽팔려서 싫어했다.

[<노예의 근성> 스킬로 화염 저항에 성공합니다.]

[<강철 같은 신앙심> 스킬이 저항력을……]

[<내 믿음은 흔들리지 않는다> 스킬이……]

케인은 눈을 깜박였다. 마법이 날아왔을 때만 해도 죽는 줄 알았는데, 의외로 버틴 것이다.

'내가 이렇게 강했었나?'

케인은 그렇게 생각하며 바로 스킬을 사용했다.

죽지 않는다면 끝까지 싸울 뿐!

-노예의 각성!

화르륵!

"날 죽여봐라! 어! 죽여보라고! 자신 있으면 덤벼봐!"

"으아아! 케인 저놈 미친 거 아냐?!"

탱커가 하라는 방어는 안 하고 칼 들고 덤벼드는 모습에 플레이어들은 기겁해서 물러섰다. 약간 맛이 간 것 같아서 더 무서웠던 것이다.

그 순간 리치가 된 체세도가 모습을 드러냈다. 온몸을 로브로 감싸고 있어서 안은 보이지 않았지만, 허공에 둥둥 떠서 사악한 오오라를 사방에 퍼뜨리는 분위기는 장난이 아니었다.

[리치 체세도를 목격했습니다. 공포 상태에 빠집니다.]

"아, 안 돼!"

저항력이 낮은 플레이어들은 공포 상태에 빠져 페널티를 입었다. 체세도는 오만하게 손가락으로 가리키며 말했다.

-보아라! 저 김태현 백작의 하인, 케인이 저렇게 열심히 싸우고 있다.

"누가 하인이야 ×××들아!"

케인은 울컥해서 외쳤다.

지금 그가 이렇게 반쯤 포기하고 날뛰는 이유가 뭔데!

저놈들이 갑자기 리치가 된다고 해서 그런 것 아닌가!

-아. 실례. 노예였군.

반박하고 싶지만 반박할 수 없는 상황.

-가서 도와라, 나의 군사들아! 콜 데스 나이트! 영예로운 죽음의 오오라! 필멸자의 돌격!

'리치가 됐는데 쓰는 스킬은 별 차이가 없는…… 헉!'

케인은 그렇게 생각하다가 눈을 깜박였다. 무너진 성벽을 뚫고 나오는 데스 나이트들의 숫자가 차원이 달랐던 것이다.

이건 데스 나이트 기사단 수준!

와르르르르-

푸른 안광을 내뿜는 유령마를 탄 데스 나이트들이 다짜고짜 돌격을 시도했다.

콰콰콰쾅!

그 돌격은 길드 동맹에게 커다란 타격을 입혔다.

"위험해! 마법사를 지켜!"

"서쪽 부대! 돌아와!"

길드 동맹은 이를 악물고 피해를 수습했다. 간신히 돌격은 막아냈지만 그럼에도 피해가 어마어마했다. 덕분에 오단 성 안의 플레이어들은 다시 한숨을 돌릴 수 있었다.

"지금 몇 차 공격이지?"

"7차."

길드 동맹 길마들의 분위기는 무거웠다. 7차까지의 공격으로 성을 무너뜨리지 못할 것이라고는 아무도 예상하지 못했다. 다들 안일하게 자기 몸을 챙기는 사이 안의 흑마법사는 갑자기 리치가 됐고, 케인이란 놈은 뭘 잘못 먹었는지 미친 듯이 날뛰고 있었다.

덕분에 공격하는 측인 길드 동맹의 기세도 많이 죽었다.

게다가 가장 큰 문제는, 태현이 아레네 시의 중앙 광장 시계탑을 점령하고 폭탄을 터뜨리려고 올라가고 있다는 것이었다. 그것도 그냥 폭탄이 아닌, 더럽게 강력한 폭탄!

"랭커들 전부 모여봐. 안 되겠다. 모두 힘을 합쳐서 저 성벽을 뚫는다. 아니, 정확히 말하자면 케인을 잡는다."

암살자 랭커, 앨콧이 가리킨 건 케인이 있는 성벽이었다.

"왜 갑자기?"

"다 모여서? 굳이 그럴 필요가 있나?"

"지금 그렇게 여유 부릴 때가 아니야, 이 멍청이들아! 김태현의 속셈이 뭔지 깨달았다."

"?"

"왜 김태현이 기껏 빠져나갔는데 아레네 시로 갔겠냐?"

갑작스러운 일들 때문에 혼란에 빠졌지만, 생각해 보니 그건 이상했다. 태현을 제외한 다른 플레이어들은 오단 성 안에 갇혀 있지 않은가?

김태현 입장에서도 그건 상당히 부담일 것이다.

"왜 그런 폭탄을 들고 갔을까…… 생각해 봤더니 답은 하나다. 놈은 협상하려고 간 거야."

"협상?"

"그래! 우리한테 아레네 시가 얼마나 중요한 건지 잘 알고 있을 테니, 거기에 〈끓어오르는 궁극의 역병〉 폭탄을 터뜨리려는 협박을 하려는 거다! 그걸 터뜨리지 않는 대신 자기 동료들 목숨을 구하려는 거겠지!"

길마들은 안도의 한숨을 내쉬었다. 차라리 그게 나았다.

일단 아레네 시는 지킬 수 있었으니까.

"그런데 지금 우리는 예상보다 훨씬 더 공격이 늦어지고 있지 않나. 엄청나게 위험한 상황이라고!"

"맞는 말이다."

태현이 협상하려고 폭탄을 준비했는데, 정작 길드 동맹 입장에서는 성 하나 공략 못 하고 있다면 김태현의 생각이 달라질지도 몰랐다. 물론 길드 동맹은 시간만 더 주면 이 오단 성을 함락할 수 있다고 생각하고 있긴 했지만, 시간은 그들 편이 아니었다.

"최소한 대등한 입장에서 협상을 하고, 우리가 망신당하지 않게 일을 끝내려면 최대한 빠르게 성을 점령하고 김태현 놈의 동료들을 인질로 잡아야 해. 특히 케인은 무조건이다!"

"케인…… 그래. 확실히 가장 친한 친구라고 들었다."

모두 고개를 끄덕였다. 아직 혼란스럽고 걱정은 많았지만 머릿속은 정리가 되었다. 김태현이 미친놈처럼 그냥 폭탄을 터뜨리러 간 게 아니라, 협상을 위해 간 것이라고 하니 일단 안심할 수 있었던 것이다. 바로 터뜨리지는 않겠지!

"랭커들, 이제 더 이상 늑장 부릴 때가 아니야. 진짜 위험한 상황이라고."

"잔소리 그만해. 알아들었으니까."

"맞아. 실력을 보여주지."

랭커들은 자신만만하게 자리에서 일어섰다. 상황이 급하기도 했지만 사실 더 중요한 건 태현이 여기 없다는 것이었다.

그러면 저쪽 랭커는 잘해봤자 케인이나 에반젤린 정도.

눈 깜박할 사이 기습당해서 죽을 일은 없었다.

"가자! 일단 케인부터다!"

"케인 놈 잡으러 가자!"

"아, 거치적거리네. 너희 덩치 좀 못 줄이냐?"

"그, 그게…… 저희는 이게 한계라서……."

날개 악마는 기가 죽어서 태현에게 고개를 숙였다. 시계탑 꼭대기로 올라간 태현은 어디에서 폭탄을 터뜨리면 좋을지 위치를 잡고 있었다. 그런데 탑 위로 올라갈수록 공간이 좁아지다 보니, 날개 악마들의 덩치가 거슬리기 시작한 것이다.

"날개를 접어도 저 정도면…… 음?"

태현은 탑 안에 설치된 조각상을 발견했다. 조각상이나 예술품은 볼 때마다 일시적인 스탯 버프가 붙었다. 그렇기에 설치한 거겠지만…….

"꽤 크군."

"앗. 가져갈까요?"

"그래. 일단 가져가고."

이다비는 능숙한 동작으로 커다란 조각상을 들어 가방에 넣었다. 영웅 직업, 〈죽음의 황금 상인〉인 이다비인 만큼 이런 짐 옮기는 건 손쉬운 일이었다. 커다란 조각상들이 빠지자 그 빈 공간이 크게 느껴졌다. 태현은 그걸 보고 생각에 잠겼다.

"흠……."

그러고는 날개 악마들을 쳐다보았다.

"흐으음……."

"주, 주인님. 왜 그렇게 쳐다보시는 거죠?"

"너희 그러고 보니 특기가 조각상으로 위장하는 거였지?"

"예!? 아닙니다!"

날개 악마들이 손을 흔들며 부정했다. 그런 특기라니. 그런 특기를 가진 악마는 없었다. 저번에 계속 조각상으로 위장하고 있긴 했지만, 그건 그들 혼자만 성에 남아 있었기에 어쩔 수 없이 그랬던 것이었다. 들키면 죽었으니까!

"저번에 잘 숨어 있었잖아?"

"그, 그건 비슷하게 생긴 조각상이었고 모험가 놈들도 신경을 안 써서 그랬던 겁니다. 신경을 썼다면 들켰을 겁니다!"

"에이, 아니야. 자신감을 가져."

"아니, 그게 아니……."

"자신감을 가지게 만들어줄까?"

[고급 화술 스킬을 갖고 있습니다. 날개 악마들을 완전히 협박하는 데 성공합니다.]

"……아닙니다……."

"흐으음, 흐으음. 아주 좋아. 자. 여기 딱 서봐. 좋네. 딱 맞아. 너희들을 위한 곳 같은데?"

태현이 예술가적 모습으로 각도와 구도를 맞추고 있는 사이, 밑에서 기다리고 있던 우드스탁 길마가 소리를 질렀다.

"야! 김태현! 우리 올라가도 되냐!"

"좁아서 이 인원으로 충분해. 그만 올라와!"

"야! 연락이 왔어! 협상하자는데?"

"협상?"

태현의 기준으로 '협상'은 보통 '하하, 우리 서로한테 필요한

걸 들어주자. 물론 난 네가 필요한 걸 들어주지 않을 테지만'이
었다.

"누가 협상하자고 연락했어? 잘 해봐."

"아, 아니. 길드 동맹 쪽에서 연락이 왔다고."

"뭐? 너 이 자식. 스파이였냐?"

"아니야! 지금 같이 뛰고 있는 거 보면 모르겠냐! 내가 길드
연합 출신이니까 나한테 온 거지!"

태현은 잡상인들을 사절하기 위해 몇 명 빼고 귓속말을 대
부분 차단하고 있었다. 지금은 케인도 차단한 상태!

"그래서 뭔 협상?"

"네 속셈을 알고 있다는데?"

태현은 어깨를 으쓱했다.

"허, 대단한데? 내가 이 도시를 불바다로 만들려는 걸 어떻
게 알고 있지?"

"눈이랑 귀만 있으면 다 알지 않을까요?"

"하긴, 그것도 그렇다. 이다비. 거기 있는 망치 좀 줄래?"

"여기요."

상인 직업인만큼, 이다비는 평소에 안 쓰는 장비나 아이템
들도 많이 갖고 있었다.

"음. 미술 스킬을 안 올려놓은 게 아쉽군. 반성해야겠어."

"······보통 사람들은 그렇게 스킬들을 많이 안 올려요······."

태현의 말에 이다비는 어이없다는 듯이 말끝을 흐렸다.

카테란드 해적단의 일을 도우며 미술 스킬을 익혀서 망정이

지, 그것도 아니었다면 더 부족했을 것이다.

"흠, 부족한 건 대장장이 기술 스킬과 신의 예지로 해결을 볼 수밖에 없나."

태현이 지금 하려는 건, 날개 악마들을 조각상으로 위장시키려는 것이었다. 저번에 했던 것보다 훨씬 더 정교하게!

"저도 도울게요. 저는 미술 스킬 좀 익혀놨으니까요."

"오. 역시. 케인보다 낫다."

"진짜요?"

"걔는 스킬 올리는 걸 귀찮아하더라고."

"케인, 항복해라!"

"싫다!"

"항복하지 않으면 죽인다!"

"죽이라고! 몇 번을 말하냐!"

케인은 발악하듯이 랭커들에게 덤벼들었다. 무려 6명이 케인 한 명만을 노리고 있는 상황! 완전히 궁지에 몰린 상황이었지만 케인은 꺾이지 않고 오히려 덤벼들었다.

"이, 이 자식. 진짜 미쳤냐?"

"그냥 죽이면 안 돼? 위험하다고."

"아니, 무조건 포로로 만들어야 해!"

랭커들은 이를 악물었다. 지금 상황을 만들기 위해 그들은 많은 것을 감수해야 했다. 먼저 리치가 이끄는 언데드 군단들이 끼어들지 못하도록 사제들을 총동원해서 이 성벽 근처에 강력한 신성 결계를 쳤다. 다행히 케인은 그러거나 말거나 미친 듯이 날뛰었기에 포위하기 쉬웠다.

그렇지만 케인을 제외한 나머지 전력은 멀쩡한 상황. 빨리 케인을 잡고 성벽에서 빠져야 했다. 그렇지 않으면 역습을 당할 수 있었다. 그런데 케인 저놈이 뭐 잘못 먹은 것처럼 한사코 항복을 거부하고 끝까지 싸우려고 하는 것 아닌가.

"저 자식 보는 눈 있어서 저러는 거 아니야?"

"짜증 나게……."

현재 싸우는 장면은 완전히 생중계되고 있었다. 랭커들 입장에서는 여섯 명이 케인을 공격하는 거 자체가 망신이었다.

태현도 아닌데 이게 무슨 개망신이란 말인가.

다른 사람들 눈에는 분명 케인이 이 여섯 명과 대등하게 싸우는 것으로 보일 것이다.

"케인 님! 도우러 가겠습니다!"

"올 필요 없다!"

"어떻게 그럽니까!"

"아, 올 필요 없다고! 혼자 죽을 거야!"

케인은 짜증을 냈다. 바허와 마법사 친구들의 부름이 지겨웠던 것이다.

너희는 속 편해서 좋겠다! 나는 속이 까맣게 타들어 간다!

케인은 더욱더 날뛰었다.

"야! 죽여봐! 죽여보라고!"

"피디님, 어때요?"

"이야, 대단한데? 지금 판온 개인방송 조회 1위부터 3위까지 다 여기네?"

케인은 자신도 모르는 사이 신기록을 세우고 있었다.

절정을 향해 달려가는 오단 성 공성전!

랭커 마이크와의 1:1, 리치 등장, 케인 합공…….

이 모든 사건에는 케인이 있었다. 물론 본인은 정신이 없어서 눈치도 못 채고 있었지만, 지금 케인은 전 세계 판온 플레이어들에게 확실하게 눈도장을 찍고 있었다.

"그러고 보니 케인은 알려진 것에 비해서 섭외가 거의 안 들어오네요? 개인 방송도 안 하는 것 같고."

"김태현 만나기 전에 레드존 길마일 때가 컸지."

케인이 레드존 길마였을 때, 케인은 나름 개인 방송을 진행했었다. 그 방송은 또 나름 유명했었고. 더럽게 재미없는 걸로! 개인 방송은 결국 압도적인 콘텐츠를 보여주거나, 아니면 하는 사람이 재밌게 말을 해야 하는데 케인은 둘 다 아니었던 것이다. 그나마 레드존 길드가 깽판 칠 때나 보려고 사람들이 가끔 모였는데, 판온에서 그 정도 깽판 치는 사람은 수도 없이 많았다.

"그래도 지금은 유명했는데 개인 방송이라도 다시 시작해도 되지 않나 싶은데요. 그 정도 이름값은 되잖아요?"

"되지."

"그런데 왜 안 하는 거죠?"

"으음…… 그럴 필요가 없어서 아닐까 싶은데."

"네?"

"케인 저 선수가 이제 생각이 좀 깊어진 거지. 예전이랑 달리, 이제는 자기가 뭘 잘하고 뭘 못하는지 아는 거야. 대회에서 우승했잖아? 선수로서 커리어를 관리하는 게 우선이지, 굳이 잘하지도 못하는 개인 방송을 다시 시작할 필요가 있을까 하고 생각하는 게 아닐까?"

물론 아니었다. 케인은 그냥 개인 방송을 하면 태현에게 원수진 놈들이 케인을 찾아와서 화풀이할까 봐 무서워서 못 하고 있는 것이었다. 케인은 스스로가 개인 방송을 더럽게 못 한다는 걸 모르고 있었다.

"와, 생각이 깊네요. 저라면 바로 했을 거 같은데. 제 팬들이 다 보러 올 거 아니에요."

"하하. 원래 어느 곳이든 간에 탑급 정도 되는 선수들은 다 그렇지. 김태현도 눈빛부터가 다르더라."

"어떤데요?"

〈혼자 사는 인간들〉 피디는 말끝을 흐렸다. 김태현과 만난 걸 자랑하려고 했는데 정작 말하려고 하니 말이 궁했다.

'김춘식 알지? 김춘식이 다니는 체육관에 운동하는 거 찍으러 갔다가 김태현을 만났거든. 그래서 김태현이 운동하는 것도 찍으려고 연습 경기를 시켰는데 김태현이 선수를 두들겨 패더라고 말하기는 좀 그랬다!

"……멋, 멋있었지. 남자답고."

"오오, 저도 다음에 보고 싶네요! 그런데 저번에 김태현 선수하고 같이 파티 플레이하게 됐다고 하지 않으셨어요?"

"이상하게 답장이 없네. 무슨 오류인가?"

섭섭했다는 건 상상도 못 하는 피디였다.

"피디님! 회의 시작입니다!"

"어. 지금 들어갈게."

쉬는 시간에 틈틈이 새로 올라온 판온 영상을 보는 것.

그것이 판온 플레이어들의 습관이었다. 그리고 그건 다른 곳에서도 마찬가지였다.

"어때요, 언니. 대단하지 않아요?!"

"어…… 음…… 어? 하연아, 네가 그렇게 판온을 좋아하는 줄은 몰랐는데……."

"예전에는 재미를 몰랐는데, 이제 알 것 같아요!"

"그, 그래. 잘됐네?"

이세연은 당황한 눈빛으로 하연을 쳐다보았다. 하연은 케인이 날뛰고 있는 영상을 가리키며 기뻐하고 있었다.

"정말 의리 있고 실력 있고……."

'……사기당한 사람이 악에 받쳐서 날뛰는 거 같은데?'

하연과 달리 이세연은 케인의 상황을 정확하게 눈치챘다. 이건 믿고 있는 구석이 있어서 이러는 게 아니라, 그냥 자포자기 식으로 날뛰는 것이었다. 실제로 곧 무너질 게 분명!

'아니, 그보다 김태현 얘는 어떻게 리치를 소환한 거야?'

이세연에게 더 흥미가 가는 건 리치였다.

"흠, 어때?"

"조금만 더 팔을 오른쪽으로 꺾는 게 나을 거 같아요."

"그래. 네 말이 맞는 거 같다. 보는 눈이 있어."

"헤헤……."

이다비는 쑥스러운 듯이 고개를 숙였다. 그 훈훈한 모습에 날개 악마가 용기를 냈다.

"저, 주인님……."

"어허. 가만히 있어. 조각상이 말을 하면 쓰나!"

태현은 여기에 날개 악마를 두고 갈 생각이었다. 언젠가 써먹을 수 있지 않을까? 하는 마음으로. 사실 깊은 생각과 웅대한 포부를 가지고 하는 계획은 아니었다. 태현은 언제나 이런 식으로 써먹을 수 있는 수단을 몇 개 만들어놨다.

운 좋으면 이런 수단을 쓸 수 있을 때가 찾아왔다. 그러면 다른 사람들은 '김태현의 계략은 대체 어디까지인가!' 하고 오해하게 되고…….

"한 번 통했고, 두 번 통했으니 세 번도 통하지 않을까?"

"그런데 태현 님. 아무리 그래도 세 번이 통하겠어요?"

"하긴 나도 그렇게 생각하긴 해. 뭐, 안 되면 어쩔 수 없지. 피 보는 건 내가 아니니까."

"저, 주인님? 주인님??"

"어허. 조각상. 조용히 하라니까. 예술적으로 가만히 있어. 자. 다 됐다."

[작업을 마쳤습니다. 미술, 대장장이 기술 스킬이 오릅니다. 작품명을 지어주십시오.]

"여기 있던 거랑 똑같이 짓고…… 이 정도면 감쪽같지?"

"네. 어지간하면 모를 거 같아요."

"나중에 쓸 일이 있기를 빌자."

태현은 날로 먹을 일이 있기를 기대하며 일을 마쳤다. 날개 악마들의 애절한 눈빛은 쿨하게 무시했다.

"자, 이제 할 것도 다 했고 이 근처를 날려 버릴까?"

그러자 밑에서 가브리엘이 대답했다.

"네! 너무 좋습니다!"

"……쟤한테 한 말은 아니었는데."

가끔 태현도 가브리엘이 좀 무서워질 때가 있었다. '어떤 사람들은 그저 세상이 불타는 걸 보고 싶어 할 뿐'이라는 말에 가장 잘 어울리는 사람!

"야! 협상하자는 말은 무시할 거야?"

"멍청한 놈. 테러리스트와 협상은 없다!"

"……우리가 테러리스트 아닌가?"

우드스탁 길마는 고개를 갸웃거렸다. 그 사이 이다비는 파워 워리어 길드원들에게 상황 보고를 받고 깜짝 놀랐다.

"태현 님. 케인 씨가 잡혔대요!"

"뭐?! 이제야?!"

"……."

"하하. 생각보다 오래 버텼네. 근데 케인만 잡혔어? 다른 사람들은?"

"케인만 잡혔다는데요."

"아. 그렇게 된 거군."

태현은 바로 상황을 알아차렸다. 길드 동맹 쪽에서 바로 성을 점령할 여유는 없으니 일단 케인만 잡은 것이다.

'에이, 그냥 안에서 조용히 버티지.'

케인이 들으면 뒷목 잡을 생각을 하며, 태현은 입맛을 다셨다.

"좋아. 한번 이야기나 들어보도록 하지. 귓속말을 허락한다. 해보도록."

"……우리가 테러리스트 맞지? 그치? 내가 착각하고 있는 거 아니지?"

우드스탁 길마는 혼란스러워져서 길드원들에게 물었다. 어찌 되었든 태현이 허락을 해줬으니, 우드스탁 길마는 둘의 귓속말을 연결시켜 주었다.

길드 동맹의 협상을 맡은 사람은 랭커, 마이크였다.

-김태현. 케인이 잡혔다는 소식은 들었겠지?
-어.

마이크의 속은 복잡했다. 현재 공성전에 참가한 길드 동맹 측은 어떻게든 이 상황을 잘 해결해 나가야 한다는 압박감이 있었다. 이만큼 인원과 자원을 동원했는데도 아무 결과도 얻지 못한다면? 참가한 플레이어들이 책임을 져야 했다.

게다가 아무 결과도 얻지 못했는데, 거기서 추가로 태현한테 역습이라도 당한다면?

'그건 정말 위험해!'

마이크는 갑자기 쑤닝이 떠올랐다. 비웃듯이 '그래, 너희가 한번 해봐라'라고 말했던 쑤닝. 그때는 '어휴, 패배자 ××가 입은 살아가지고……'라고 생각했는데, 지금 생각하니 쑤닝이 갑자기 거대하게 느껴졌다.

'쑤닝, 너는 이걸 알았던 거냐……!'

후회해 봤자 늦었다. 지나간 일은 지나간 일. 어떻게든 수습해야 했다. 마이크가 노리는 것은 하나. 포로로 잡은 케인과 성 안에 남은 플레이어들을 이용해 태현을 얌전히 물러서게 만드는 것이었다. 원래 원하는 것과는 엄청나게 거리가 있기는 했지만, 지금은 어쩔 수 없었다.

-그래. 케인이 잡혔다는 것 정도는 당연히 들었겠지. 케인이 말했을 테니까.

……물, 물론 그렇지.

태현이 말을 더듬었지만 마이크는 눈치채지 못했다.

-그렇다면 우리가 어떤 제안을 할지도 이미 알고 있겠군.

-모르겠는데? 무슨 제안이지?

-케인을 풀어줄 테니, 아레네 시에 설치한 폭탄을 치우고 얌전히 꺼져라.

협상의 기본은 약점을 보여주지 않는 것. 마이크는 초조했지만 강한 척을 했다. 아직 겉으로만 보면 유리한 건 마이크였다. 리치가 됐다고 하지만 오단 성은 여전히 포위되어 있었고, 태현도 빨리 빠져나가지 않으면 포위당할 테니까.

-어? 이런. 내 주변이 시끄러워서 잘 못 들었는데, 네 조건이 케인을 풀어줄 테니까 폭탄을 치우라는 거 맞지?

-그래! 잠깐만, 왜 주변이 시끄럽지?

마이크는 당황했다. 지금 태현 일행은 혼자 탑을 점령하고 있는 상태일 텐데? 그 대답은 다른 길드원들이 했다.

"마이크 님! 아레네 시의 마법 포탈이 폭발했습니다!!"

"뭐?!"

"지금 그쪽에 있는 플레이어들이 당황해하고 있는데, 이건 아무리 봐도 김태현이……."

"일단 조용히 시켜! 동영상 같은 거 올리지 말게 하고! 빠르게 수리 들어가고, 사고였다고 해!"

마이크는 다급하게 대응했다. 현재 태현이 아레네 시로 들어가서 깽판을 치고 있다는 건 몇몇 길드원만 아는 사실이었다. 이 사실이 밖으로 퍼져 나가면 정말로 개망신! 어떻게든 숨겨야 했다. 지금 소란이 일어난 건 탑하고 마법 포탈 정도밖에 없으니 어떻게 잘 수습하면…….

"크하하! 멍청한 놈들! 김태현 그 자식이 날 구하겠다고 그런 불리한 교환을 하겠냐!"

〈포로〉 상태에 빠진 케인이 마이크를 비웃었다.

"허세 부리지 마! 김태현이 너하고 친하다는 건 이미 알고 있다. 아무리 김태현이 허세를 부려도 무시할 수는 없을걸!"

"아니라니까, 이 멍청한 놈들아!! 말을 하면 좀 들어!"

포로로 잡힌 케인은 계속해서 말했다.

야, 나 잡아봤자 아무 의미 없으니까 그냥 로그아웃시켜 줘라.

진심이 담긴 조언! 그러나 길드 동맹은 케인의 말을 오해해서 들었다.

'저놈이 김태현한테 방해가 안 되려고 그러는구나!'

'과연 듣던 대로 강철 같은 우정이군.'

"흥. 무시해. 저놈은 김태현한테 명령받고 저러는 거야."

"아오, 이 ×××××××××××들이…… 읍읍! 읍읍읍!"

케인은 짜증이 나서 장문의 욕을 퍼붓기 시작했다. 그러자 길드 동맹이 급히 입을 다물게 만들었다.

"아무리 허세 부려봤자 김태현도 한계가 있을……."

"마이크 님! 아레네 시의 〈날아다니는 탈 것 마구간〉도 폭발했습니다!!"

"아니, 김태현 이 미친놈이 진짜!"

마이크는 울컥해서 외쳤다. 이 자식은 협상의 기본도 모르나?!

사실 지금 일어나고 있는 일은 태현의 의도가 아니었다.

콰콰쾅!

"뭐야? 왜 지금 터져?"

"아까 대장장이들 보내놓고 정해진 시간 되면 자폭시키기로 했잖습니까."

"아, 맞다. 그랬지? 뭐 내 도시 아니니까."

-야! 김태현! 지금 뭐 하는 거냐!

-어? 폭탄 자동으로 터지게 만든 걸 까먹어서. 뭐 이거 때문에 협상

하기 싫으면 어쩔 수 없지. 이만 끊을까?

-아, 아니…… 잠깐만. 우리는 케인이…….

-다음 폭탄이 어디였지? 대장간이었나? 지금 터뜨린다고? 아, 미안. 귓속말에 잘못 말했군. 지금 다른 놈이랑 대화하면서 하는 중이라 좀 헷갈리네. 귀찮은데 그냥 협상하지 말자. 네 조건도 좀 이상하고 그런데 우리 서로 갈 길 가는 게 낫지 않겠냐? 넌 케인 로그아웃 시키고 난 폭탄 터뜨리고…….

마이크는 진심으로 무서워졌다. 이 자식은 정말로 신경 쓰지 않는 것 아닐까?

-김태현…… 제발…… 지금 협상 중이니까 폭발은 잠시 멈추자. 대화를 하자! 문명인처럼!

-미안한데 멈추려고 해도 이미 말한 거라서 어쩔 수가 없네. 열심히 설치한 애들한테 멈추라고 하면 좀 미안하잖아.

'그게 무슨 개소리야!'

-그러니까 빨리 조건 말하라고. 아까 그 조건이 전부였나?

-아, 아니…… 만약 폭탄을 해제하고 얌전히 물러나 준다면, 오단 성에 있는 놈들을 그냥 나가게 해주겠다.

마이크는 얼떨결에 속마음을 털어놓았다. 원래라면 끝까지 버티고 버텨야 할 최후의 조건이었지만, 계속해서 폭탄을 터뜨리는 태현이 너무 무서웠던 것이다.

-음…… 좀 아쉬운데.
-뭘 더 바라는 건데?!
-아, 잠깐만. 또 터뜨렸다고 옆에서 말해 가지고. 이런, 이번에는 어디야? 뭐 어쩔 수 없지.
-야! 김태현!!

협상을 하려고 해도 1분 간격으로 터져 나가는 폭탄들!
오랫동안 굶주려 왔던 기계공학 대장장이들은 폭탄을 터뜨릴 기회가 오자 눈이 돌아갔다. 그 사실을 모르고, 마이크는 이 폭발이 태현의 교묘한 계략이라고 생각했다. 결국 마이크는 오만하게 굴던 태도를 버리고 빌기 시작했다.

-김태현 씨, 저도 체면이 있고 밖에는 아내와 저를 지켜보는 자식이 있습니다. 이건 너무하지 않습니까?
-공손한 태도는 마음에 드는데 내용은 별 의미가 없군. 나도 밖에는 날 지켜보는 어머니가 있고 게임 안에는 날 괴롭히려 하는 아버지가 있지. 누군 가족 없냐? 응?

'이런 개××…….'
그래도 마이크는 빌고 빌어서 간신히 협상을 성공시켰다.

밑바닥의 밑바닥까지 조건을 드러내서.

김태현은 더 이상 아레네 시에 폭탄을 터뜨리지 않는다. 길드 동맹은 오단 성에 있는 태현 일행을 무사히 내보내 준다. 이후 길드 동맹과 김태현은 서로 공격하지 않는다. 이 협상은 공개하지 않는다.

물론 서로가 알고 있었다. 이건 잠시의 휴전일 뿐, 언제든지 서로 다시 싸울 수 있다는 것을.

"어, 어??"

"빨리 꺼져라!"

"진짜 김태현이 포기했다고? 야, 너희 속고 있는 거야! 걔가 그럴 놈이 아니야!"

"아, 꺼지라니까!"

케인은 어리둥절해서 말을 걸었다. 그러나 이미 잔뜩 화가 난 길드원들은 대답 대신 욕설을 퍼부었다.

"이 자식들은 친절하게 말을 해줘도 저러네!"

케인은 투덜거리면서 나왔다. 오단 성에서 빠져나오는 다른 플레이어들이 보였다. 그들도 지금 상황을 이해 못 하는 것 같아 보였다.

"상황 끝난 겁니까?"

"왜 그냥 보내주죠?"

케인은 별생각 없이 대답했다.

"김태현이 쟤네 본거지 가서 폭탄 들고 협박했단다."

"······역시 김태현 님!"

"아, 아니야! 이 자식들아!"

그제야 제정신이 든 케인은 당황해서 외쳤다. 아까야 사기가 내려갈까 봐 입을 다물고 있었지만, 일이 다 끝난 이상 굳이 숨길 필요가 없었다. 김태현의 사악한 속셈을 세상에 알려주리라! 물론 대부분의 사람들은 믿어주지 않겠지만, 적어도 고생을 같이한 이 사람들은 알아야 하지 않겠는가.

"······그러니까 이렇게 된 거라고!"

케인은 열정적으로 사실을 말했다. 그러나······.

"에이, 농담도 적당히 하셔야죠."

"맞아요. 친한 사이여도 농담은 가려서 하는 겁니다."

아무도 안 믿어주는 진실! 태현은 그냥 너희들을 버리고 도망친 거고, 도망친 김에 빈집털이하러 갔다가 이렇게 된 거다! 라고 말해줘도 아무도 믿어주지 않았다.

"후······ 인생 진짜······."

-아니다. 난 네 말을 믿는다.

케인은 깜짝 놀랐다. 흑흑이가 말을 걸어준 것이다.

"정말로?"

-물론이다. 주인님은 충분히 그러고도 남을 사람이다!

"어, 진짜 물러날 거야?"

우드스탁 길마는 믿지 못하겠다는 표정이었다. 솔직히 그는 태현이 협상을 거절한 다음 아레네 시를 불바다로 만들 줄 알았다.

"왜, 난 협상하면 안 되냐?"

"아, 아니. 그건 아닌데……."

태현이 협상을 받아들인 이유는 간단했다.

'지금 치고받으면 나만 손해일 테니…….'

이렇게 난리를 쳤으니 아무리 태현의 영지가 방어가 잘되어 있다고 하더라도, 길드 동맹은 바로 공격 준비를 해올 것이다. 사람은 일정 이상의 피해를 입으면 어느 순간부터는 손익을 따지지 않고 덤비게 되어 있었다.

그런데 저쪽에서 아쉬운 나머지 먼저 평화제안을 하다니.

태현이 받지 않을 이유가 없었다.

실컷 두들겨 패고 평화! 이 얼마나 이상적인가!

"배신하면 어쩌죠?"

"먼저 배신하지는 못할걸. 이거 공개되면 길드 동맹 내에서 목 날아갈 놈들이 한둘이 아닌데."

태현은 저쪽에서 저자세로 나오는 이유를 알고 있었다. 길드 동맹은 한 명의 길마 밑에 합쳐진 단결력 좋은 조직이 아니었다. 여러 길드가 합쳐진 동맹! 당연히 서로 견제하고 다툴 수밖에 없었다. 이런 상황에서 실수를 인정하는 건 매우 위험했다. 한 번에 훅 갈 수 있는 것이다.

"그렇지만 이 폭탄을 해제해야 한다는 게 너무 아쉽습니다.

제 자식 같은 폭탄들인데……."

태현과 이다비는 식겁한 눈빛으로 가브리엘을 쳐다보았다. 가브리엘은 애절하게 폭탄들을 쓰다듬고 있었다.

"가브리엘, 좀 약하고 안 쓰는 폭탄들은 설치하고 가자."

"예?! 정말입니까?!"

"그래. 그래. 어차피 길드 동맹 놈들은 우리 가고 나면 탑 한 번 싹 뒤질 테니까."

태현이 물러나도 의심 많은 길드 동맹 사람들이 그냥 넘어갈 리 없었다. 그들이 의심을 풀게 해주려면 이런 폭탄들을 좀 설치해 주는 게 좋았다.

찾으면서 '폭탄 찾았다! 역시 김태현 놈! 수작을 부렸구나!' 할 테니까.

만약 못 찾으면? 그건 그거대로 더 좋았다.

"잠깐 가기 전에 마지막으로 위에 점검 좀 하고 올게."

태현은 그렇게 말하고 위로 올라가 날개 악마들을 마지막으로 훑어보았다. 밑의 사람들은 태현이 위에 뭘 하고 왔는지 전혀 모르고 있었다.

"잘하고 있군."

-주, 주인님. 곧 오실 거죠?

"그래. 대신 선물로 이걸 주지."

태현은 폭탄 하나를 꺼내 악마에게 건넸다.

"이걸 잘 갖고 있어. 만약 들키면 터뜨려도 좋다!"

-……그러면 저도 죽지 않나요?

"그러면 난 이만 가볼게!"

-주인님? 주인님?!

"야, 김태현 이 자식아! 아무리 그래도 그렇지 어! 사람인 이상 어떻게 그럴 수가 있어! 이다비는 데리고 가는데 나는……."

"우리 판타지 크래프트 연습할까?"

"……지금 생각해 보니 각자의 역할이 있었던 것 같군!"

케인이 그렇게 말하자 주변에 있던 사람들이 케인을 안쓰럽다는 듯이 쳐다보았다. 흑흑이가 '저러니까 당하지' 하는 눈빛으로 쳐다보았고, 이다비도 비슷한 눈빛으로…….

그 눈빛에 케인은 흠칫했다.

'잠깐, 다른 사람이면 몰라도 쟤는 저러면 안 되지!'

케인은 잊고 있던 걸 떠올렸다. 이다비도 같이 튀었다는 것을!

"야! 이 치사한……! 너만 같이 튀어?!"

"무슨 소리인지 모르겠어요!"

"이 사기꾼들!"

"그러고 보니 케인 씨, 이번에 게시판 1~3위 다 차지하셨더라고요."

"응? 그게 무슨 소리야? 헉, 나 또 사고 쳤나? 아닌데? 나 사고 친 거 없는데?"

케인은 갑자기 불안해했다. 최근 그렇게 많은 주목을 받았던 건, 대회에서 망신을 당했을 때밖에 없었던 것이다.

"아니…… 활약으로 차지한 건데요."

"뭐?! 진짜?? 거짓말하는 거 아니지? 혹시 너희 파워 워리어 길드원들이 조회수를 조작했다거나……."

잘해놓고서도 겁먹은 케인을 보자 태현도 안쓰럽다는 듯이 쳐다보았다.

"저희가 조작을 하기는 하지만 저렇게까지는 못 하죠!"

'하기는 한다는 거군.'

이다비의 말을 들은 태현은 속으로만 생각했다. 게시판을 본 케인은 입꼬리가 올라가려는 걸 필사적으로 참았다.

"헤헤, 으헤헤……."

"그냥 웃어라."

"웃, 웃긴 누가 웃어?"

말은 그렇게 해도 케인의 얼굴에는 흐뭇함이 가득해 보였다. 이상한 이미지로 유명해졌으면 유명해졌지, 멀쩡한 이미지로 유명해졌던 경우가 적은 케인이었다.

혼자 이렇게 활약한 게 사람들의 눈에 들어오다니!

"그러고 보니 케인 씨, 케인 씨는 아직도 프로게이머 제안 안 들어왔나요?"

"어…… 그러게."

"케인 씨 정도 되는 선수라서 다들 눈치 보는 걸 수도 있겠네요. 어느 정도 제안을 해야 할지 다들 모를 테니……."

"그, 그런가? 그런 거면 좋겠다!"

이다비의 희망찬 말에 케인의 기분은 바로 좋아졌다.

흑흑이는 그걸 보고 고개를 저었다.

아까 품었던 증오와 분노는 어디로 갖다 버렸단 말인가!

-주인님. 아무리 그래도 위대한 블랙 드래곤의 핏줄인 저를 버리고 가신 것은 사디크도 분노할…….

-시끄러. 구해줬으면 됐지. 네 선배인 용용이는 지금 영지에서 토끼 잡고 있다. 너도 가서 토끼 잡을래?

-아, 아닙니다.

나름 블랙 드래곤답게 폼을 잡고 진지하게 항의하려고 한 흑흑이었지만 태현은 가차 없었다. 구해주고 레벨 업 시켜줬으면 됐지!

그러는 사이 에반젤린이 다가왔다.

"……어쨌든 난 다 갚은 거다! 이제 진짜 빚 없는 거다!"

"물론이지. 내가 양심이 있지, 여기서 더 부탁하겠어?"

에반젤린은 못 믿겠다는 눈빛으로 태현을 노려보았지만, 태현은 뻔뻔했다. 파워 워리어 길드원들은 수군거렸다.

'양심이 없지 않나?'

'그런 거추장스러운 건 안 들고 다니신다고 들었는데…….'

"진짜 진짜 간다? 또 불러내거나 하기 없기다?"

"아, 가라니까."

태현은 손까지 흔들면서 에반젤린에게 가라고 말했다. 에반젤린은 투덜거리면서 떠났다. 그걸 본 이다비가 속삭였다.

"말만 잘하면 더 부려먹을 수 있지 않았을까요?"

"물론 그럴 수 있었겠지."

'뭐라는 거야 이것들은…….'

좋아하던 케인은 멈칫하고서 둘을 쳐다보았다. 태연한 얼굴로 흉흉한 대화를 나누는 둘!

"그렇지만 굳이 그럴 필요 없이, 나중에 알아서 도와달라고 올 거야. 길드 동맹한테 얼굴 제대로 찍혔을 테니까."

이런 개망신을 당했는데 길드 동맹이 가만히 있을 리 없었다. 특히 에반젤린처럼 눈에 띄는 랭커는 더더욱 기억에 깊숙이 남았을 것이다. 태현을 당장 못 친다면 에반젤린한테 암살자를 보낼 게 분명!

"아……! 그런 깊고 사악한 속셈이!"

"후후후!"

"하하하!"

케인은 슬슬 거리를 벌렸다. 같은 부류의 사람들로 취급되고 싶지 않았던 것이다.

"자. 바하 씨. 여기 주사위 받으시죠. 고생 많으셨습니다."

"무슨 말씀을! 고생은 태현 씨가 다 하셨는데!"

원하던 아이템을 받은 바하는 싱글벙글 웃고 있었다. 바허와 친구들도 마찬가지였다. 이런 대형 퀘스트를 성공적으로 해냈다는 것만으로도 충분히 대만족! 차례대로 이번 일에서 고생한 플레이어들은 칭찬해 주던 태현은 뭔가 이상하다는 걸 깨달았다.

"어? 왜 흑마법사들은 안 나오냐?"

오단 성에 있던 플레이어들은 서로 시선을 피했다. 태현은 케인을 보며 물었다.

"어떻게 된 거지?"

"내, 내 잘못 아냐!"

"저, 흑마법사 여러분들. 지금 협상 맺어서 나가도 된다는데요."

"뭐지? 후퇴하란 소리인가?"

"어…… 대충 그렇지 않겠습니까?"

"후퇴는 없다!"

"……네?"

케인은 귀를 의심했다.

"흑마법의 명예! 에랑스 왕국 마탑의 명예! 김태현 백작의 명예!"

"다른 건 몰라도 마지막 건 없는데……."

"우리는 이 성에서 물러나지 않는다. 물러나야 할 건 저놈들이다! 약 소리 하지 말고 썩 싸울 준비나 하도록!"

"……그래서 두고 나왔다고?"

"아, 나보고 어떡하라고! 난 최선을 다했어!"

아직 길드 동맹은 상황을 파악하지 못한 것 같았다. 멀리서 '김태현 머리 위로 드래곤 브레스나 떨어졌으면 좋겠다' 하고 노려보고만 있을 뿐! 태현은 그들을 한 번 쳐다보고, 오단 성을 한 번 쳐다보았다.

처음 왔을 때 보였던 평화롭고 아름다운 성의 모습은 어딘가로 사라지고, 지금 성은 무슨 악마의 본거지처럼 시커멓고 어두운 기운을 풍겨내고 있었다. 리치가 된 체세도가 온갖 스킬로 강화시켰으니 당연한 일이었다.

"음…… 그럼 뭐 두고 가자. 에랑스 왕국 마탑의 공적치 포인트가 엄청나게 깎이긴 하겠지만 그 정도는 감수할 수 있지."

어차피 직업이 마법사도 아닌 이상 그 정도는 참을 만했다. 태현은 쿨하게 결정했다. 리치랑 흑마법사들은 두고 가기로! 그 결정에 다른 사람들이 더 당황했다.

"정말로 두고 가도 괜찮나요?"

"가자는데 싫다잖아. 괜히 말 붙였다가 공격받을라."

태현이 이런 결정을 내린 데에는 이유가 있었다.

리치는 결국 몬스터. 지금은 체세도가 태현의 편을 들어준다고 하더라도, 나중에는 맛이 가서 태현을 공격할지도 몰랐다. 리치 정도 되는 보스 몬스터가 태현의 영지에서 난동을 일으키면 보통 문제가 아니었다.

게다가 태현의 입장도 있었다. 나름 아키서스 교단 교황 아닌가! 교단 교황으로 리치를 영지에 데리고 있는 게 들킨다면, 안 그래도 미묘한 다른 교단과의 사이가 치명적으로 나빠질 수 있었다.

그렇다면…… 버리고 가는 게 최선! 마치 얄미운 놈의 땅에 불법 쓰레기를 투척하고 가는 것 같은 방법!

"정, 정말 두고 가냐?"

"그럼 같이 싸우던가. 난 간다!"

태현은 뒤도 돌아보지 않고 오토바이를 꺼냈다. 길드 동맹이 상황을 깨닫고 항의하기 전에 도망치기 위해서였다.

"야, 야! 나도 간다!"

"저도요!"

후다닥!

다른 플레이어들도 깨달았다. 여기 혼자 남아 있으면 덤터기를 쓴다는 것을! 우르르 빠져나가는 태현 일행을 보며 길드 동맹의 수뇌부들은 중얼거렸다.

"결국 놓쳤군. 빌어먹을 놈들."

"그나마 수도를 지킨 게 다행이지. 거기까지 터졌어 봐."

지금 길드 동맹은 부서진 아레네 시의 건물들을 수리하고, 시계탑 안을 수색하느라 바빴다.

"안에서 폭탄 하나 더 발견했습니다!"

"또? 아오, 이 김태현 사악한 자식이…… 샅샅이 뒤져! 그나마 지금 찾아서 다행이군."

시계탑 안에는 뒤질 때마다 폭탄이 나왔다. 다행히 시간이 부족해서 제대로 숨겨놓지는 못한 모양이었다. 폭탄이 발견되자 길드 동맹은 오히려 안심했다. 발견 안 됐다면 더 수상했을 것이다.

"다행이라고 해봤자 우리가 망신당한 건 사실이잖아?"

"그렇긴 하지. 이 인원을 데리고 저거 하나 못 뚫어서 그 난리를 쳤으니……."

갑자기 공성전이 끝나고 태현 일행이 무사히 빠져나가자, 다른 사람들은 모두 어떻게 된 일인지 추측하고 있었다.

-뭐임? 도대체 뭐임?

-왜 갑자기 포위망을 풀지?

-설마 오단 성을 공략할 자신이 없어서 저러는 건가?

-에이, 아무리 그래도 그렇지 저렇게 다 포위했는데…… 참가한 인원도 인원인데. 설마 자신이 없어서 저랬겠어?

-그러면 왜 저러는데?

-너무 손해가 커서 그러는 거 아닌가? 적당히 타협하고 끝내려는 거 보니까 그런 것 같은데.

-와, 피해를 얼마나 입었으면…….

-계속 공격했는데 못 뚫은 거 보니 상당히 심했나 봐?

다들 말하는 것만 보면 마치 태현이 이긴 분위기였다.

"이거 하자고 책임진 놈들은 속 좀 쓰리겠어."

"그렇겠지? 맞아. 쑤닝한테 연락 왔는데, 자기랑 손잡을 생각 없냐고 하더라고."

"그래서? 잡게?"

"쑤닝 정도면 괜찮지. 조건도 좋고, 그리고 가만히 있으면 괜히 이번 공성전 책임 뒤집어쓸 수도 있으니까. 너도 미리 줄 잘 서는 게 좋을 거다."

결과를 보고 안심한 쑤닝은 적극적으로 움직이고 있었다.

이번 패배를 이용해 경쟁자들을 제거하려고 하는 것이다.

"잠깐, 김태현 패거리는 꺼졌는데 언데드들은 그대로지?"

"……그러게??"

-야, 김태현! 어떻게 된 거냐! 왜 언데드들이 그대로 있어!

-무슨 소리야? 난 약속한 대로 했는데. '길드 동맹은 오단 성에 있는 태현 일행을 무사히 내보내 준다'가 약속이었잖아? 그래서 무사히 나갔고.

-언데드들도 데리고 나가야지!

-아, 게네 내 일행 아니야. 나가기 싫다고 해서 갈라졌지. -그리고 자꾸 잡상인들이 귓속말하는 게 귀찮으니까 이제 이건 차단할 거야. 귀찮게 연락하지 마.

-야! 야!!

길드 동맹 수뇌부들은 황당한 눈빛으로 오단 성을 쳐다보았다. 당연히 평화 협상을 맺었으니 오단 성도 알아서 손에 들어올 거라고 생각했는데…… 이걸 다시 공격해야 한다고?

"……어쩌지?"

"일단 길드 내에 공지 올려봐."

언데드가 우글거리는 리치의 성. 안 그래도 죽은 플레이어들이 많아서 언데드 숫자가 더 늘어나면 늘어났지 줄어들진 않았다. 게다가 태현도 없는데, 실패한 공성전으로 인해 잔뜩 피로해진 길드원들이 다시 공성전에 나서겠다고 할 리 없었다.

-난 빠진다. 할 만큼 했어.

-김태현도 없는데 저걸 뭐 하러 공략해?

-랭커들끼리 해보든가. 난 빠짐.

-성기사들 빌려오느라 신전에서 공적치 포인트를 얼마나 썼는지 알아? 여기서 더 빌리기도 힘들어! 나도 빠진다.

순식간에 와해되는 공성전 파티들. 그걸 보면서 수뇌부들은 입맛을 다실 수밖에 없었다. 괜히 억지로 시킨다고 해서 될 분위기가 아니었다.

"일단 저 성은 내버려 두자고. 저 리치 놈이 먼저 기어 나오면 그때 생각하고."

불완전한 대책이었지만 어쩔 수 없었다. 그들은 일단 그렇게 결정 내리고 자리를 파했다.

태현과 길드 동맹이 그렇게 피 튀기는 혈전을 벌이고 있는 동안에도, 판온의 다른 플레이어들은 각자 알아서 자기 일을 하고 있었다. 그중 하나는 장쓰안이었다.

"그 〈차가운 울음의 검〉을 갖고 있다는 플레이어, 여기서 만나기로 한 거 맞겠지?"

"예. 맞습니다."

"한국인은 싫은데, 후, 어쩔 수 없나."

장쓰안은 머리칼을 옆으로 털어내며 넘겼다. 멋진 동작이었다.

"길마님, 앞에서 그런 소리 하시면 안 됩니다. 간신히 약속 잡은 거예요."

장쓰안의 부하가 걱정된다는 듯이 말했다. 지금 아쉬운 건 그들이었다.

"알아. 알아. 걱정 안 해도 된다."

'진짜 걱정 안 해도 되는 거 맞아?'

장쓰안의 태도는 걱정 안 해도 될 만한 태도가 아니었다.

언제나 시비를 만드는 거만한 태도!

그래도 부하는 다행이라고 생각했다. 대회에서 개망신을 당하고 나서, 다들 장쓰안을 걱정했던 것이다.

'저렇게 망신을 당했는데 게임 접으시는 거 아냐?'

'계정을 삭제할지도······.'

그러나 장쓰안은 바로 회복했다.

장쓰안이 현재 찾고 있는 장비는 〈뜨거운 울음의 검〉. 직업 퀘스트와 관련된 장비였기에 계속해서 찾고 있는 무기였다. 그것 때문에 태현한테 속지 않았던가. 그걸 찾는다면 장쓰안은 지금보다 훨씬 더 강해질 수 있었다.

계속해서 찾던 도중 장쓰안에게 정보가 들어왔다. 〈차가운 울음의 검〉을 갖고 있는 플레이어가 있다고! 간신히 연락이 닿아서 이렇게 만나게 될 수 있게 된 것이다.

"저기 오는군."

멀리서 잘 차려입은 플레이어 한 명이 걸어왔다.

구성욱. 〈검은 바위단〉의 길드원이자, 태현한테 〈차가운 울음의 검〉을 받기 위해 이리 뛰고 저리 뛰었던 아픈 기억이 있는 사람이었다. 심지어 다른 길드원까지 동원하지 않았던가!

"꽤 강해 보이는데?"

"〈검은 바위단〉은 소수정예 길드로 나름 유명한 길드입니다. 실력도 좋고요. 길마님, 싸워서 좋을 게 없으니 제발 말씀을 조심하셔서……."

"아. 아. 알겠다니까. 왜 자꾸 그러는지 모르겠군."

장쓰안은 진심이었다. 왜 다들 나보고 말을 조심하라고 하는 거지? 다른 사람들이 날 조심해야 하는 것 아닌가?

"만나자고 하셨습니까?"

구성욱은 장쓰안을 알아봤다. 유명 랭커여서가 아니었다. 대회에서 인상이 워낙 깊게 박혔기 때문이었다.

'……김태현한테 사기당한 놈이잖아?'

어찌보면 같이 사기당한 동지! 물론 그 생각을 입 밖으로 꺼내지는 않았다. 실례였으니까.

"그래. 내가 만나자고 했다."

구성욱은 고개를 갸웃거렸다. 처음 만나자마자 저렇게 말하는 싸가지라니. 분명 저쪽에서 만나달라고 애걸복걸하지 않았나?

"죄, 죄송합니다. 저희 길마님 말투가 원래 이러니 이해를……."

"……됐고, 본론으로 들어갑시다. 뭐 때문에 불렀습니까?"

"네가 차고 있는 그 검. 그 검을 어떻게 얻었는지 물어보려고 불렀지."

"이 검? 그건 왜? 그리고 그걸 내가 왜 말해줘야 하지?"

"하하. 쑥스러워하긴. 나 같은 랭커를 만난 게 흔한 일은 아닐 테니 부끄러워하는 건 알겠지만 적당히 하라고. 나는 바쁜 사람이니."

구성욱은 눈을 깜박였다. 방금 들은 말이 진짜인지 헷갈렸던 것이다. 그러나 옆에 있는 장쓰안의 부하를 보니 그가 제대로 들은 게 맞은 것 같았다.

'아, 미친놈이구나.'

간단하게 결론을 내린 구성욱! 예전이었다면 당장에 벌컥 화를 내거나, 아니면 결투를 신청하거나, 그냥 자리를 떠났을 것이다. 그러나 구성욱은 많이 성장했다. 태현은 일종의 자연재해 같은 것이라, 그걸 겪은 사람을 성장시키는 효과가 있었다.

'무슨 말을 하나 끝까지 들어보자. 정보 얻으면 좋지.'

"이 검이 얼마나 귀한 검인데, 이유도 없이 말해주고 싶지는 않은데."

"흠, 나 같은 랭커에 대해 궁금해하는 건 당연한 일이지. 평소에 매번 궁금해했을 테니…… 좋아. 관대하게 말해주도록 하지."

꽉!

구성욱은 주먹을 움켜쥐었다. 상대가 너무 재수 없었던 것이다.

'그래도 저놈이 김태현보단 낫다, 김태현보단 낫다……'

그렇게 생각하자 마음이 다시 편안해졌다.

"나는 지금 〈뜨거운 울음의 검〉을 찾고 있다. 내 직업과 관련된 장비지. 이걸 찾고 있던 도중, 이 검과 형제검인 〈차가운 울음의 검〉이란 검이 있다는 걸 알게 되었지. 그리고 그 검이 있다면 〈뜨거운 울음의 검〉을 얻을 수 있다는 것도. 이제 대답이 되었나?"

구성욱은 놀랐다. 방금 장쓰안이 말한 게 사실이라면, 장쓰안의 직업은 구성욱과 거의 같다고 봐야 했다.

차이점이 있다면 속성 정도?

"자, 내 사정을 관대히 말해줬으니 그쪽도 빨리 〈차가운 울음의 검〉을 어떻게 얻었는지 말하도록."

"이걸 얻느라 얼마나 고생을 했는데 그냥 말하라고?"

"영광으로 알지는 못할망정…… 그래. 돈이면 되겠나?"

"흠……"

구성욱은 생각에 잠겼다. 원래라면 '꺼져 미친놈아!' 하고 떠났을 것이다. 저렇게 건방을 떠는 놈을 배려해 줄 필요가 없었으니까. 그렇지만 더 좋은 생각이 떠올랐다.

"그래, 나도 우연찮게 얻은 정보니 골드만 받고 팔아주지."

"진작 그렇게 나왔어야지."

장쓰안에게 넉넉하게 골드를 받은 구성욱은 웃으면서 말했다.

"〈차가운 울음의 검〉은 타이럼에 있는 대장장이 NPC, 구렌달이 만드는 방법을 알고 있지."

"오오……! 타이럼! 그래서 눈치를 못 챈 거였군. 잘츠 왕국 같은 후진 곳에 있을 거라고는 생각지도 못했는데."

장쓰안은 감탄하듯이 고개를 끄덕였다. 타이럼 시라니. 아무것도 없는 곳이라 의심조차 안 해본 곳이었다.

"지금 당장 가봐야겠군."

"그래, 그래! 당장 가보라고!"

장쓰안은 뭔가 이상하다는 걸 느꼈다. 구성욱이 마치 부추기는 것 같은 기분이 들었던 것이다.

'흠, 내 팬이라서 날 응원하는 건가 보군.'

"그래. 가보도록 하지. 알려주느라 고생이 많았어."

장쓰안이 떠나자, 구성욱은 히죽 웃었다. 혹시 몰라 뒤에서 지켜보고 있던 〈검은 바위단〉 길드원이 은신을 풀고 나타났다. 만약 함정일까 봐 대기하고 있었던 것!

"왜 그렇게 웃냐?"

"저놈도 당할 걸 생각하니 너무 즐거워서……."

"……이해가 간다!"

"그치? 그치?"

구렌달한테 가면 구렌달은 이렇게 말할 것이다. '하하, 그 제작법은 이미 내 가장 뛰어난 제자, 김태현한테 맡겼지'라고. 그걸 들었을 때 장쓰안의 얼굴이 어떨지 너무 궁금했다.

'크하하하하! 어디 한번 너도 당해봐라!'

"잠깐만. 생각해 보니 제작법 우리도 있잖아?"

"그렇지. 근데 그걸 말해주면 저놈이 우리한테서 얻어내려고 할 거 아니야. 안 돼. 저놈도 김태현한테서 얻어내야지."

CHAPTER 5

한차례 큰 퀘스트를 끝내고, 태현은 오랜만에 캡슐 밖에 나와 있었다. 판온에 집중하려다 보니 밖에서 해야 할 일들은 한번에 처리하는 일이 많아졌다.

즉, 오늘은……

"안녕하십니까, 김태현 선수?"

"안녕하세요."

태현은 카페의 문을 열고 들어오는 사람을 향해 고개를 숙였다. 멋들어지게 정장을 차려 입은 흑인 남자가 안으로 들어왔다. 화려한 옷차림에 카페 안에 있던 사람들의 시선이 쏠렸다.

"어? 저건 김태현 아냐?"

"그러게? 김태현 같은데……?"

덕분에 몇몇 사람들은 태현의 얼굴까지 알아보고 있었다.

"여기 명함입니다."

태현은 남자가 건넨 명함을 받았다. 뉴욕 라이온즈, 매킨리, 스카우트 팀 팀장, 거기에 기타로 몇 가지 직위가 더 적혀 있었다.

"통역이 필요 없다고 하셨는데, 괜찮겠습니까?"

"다 알아들으니 걱정 안 하셔도 됩니다."

매킨리는 영어로 말했지만 태현은 굳이 번역기를 키지 않아도 다 알아들었다. 그 모습에 매킨리는 엄지를 번쩍 추켜올렸다.

"현지에서 적응하시는 건 문제도 아니시겠군요."

"적응이라……."

매킨리가 온 이유는 하나. 태현을 뉴욕 라이온즈 팀으로 데리고 가기 위해서였다. 원래라면 한국 지사 건물에서 태현을 만나려고 했지만, 태현이 '귀찮은데 그냥 집 앞까지 와주시면 안 되나요?'라고 해서 여기까지 온 것! 원래라면 상대방이 불쾌해했을 수도 있겠지만, 매킨리는 신경 쓰지 않았다.

'김태현은 저래도 되는 선수지.'

오만하거나 건방을 떨어도 용납이 되는 선수가 있었다. 그에 걸맞은 실력을 가진 선수였다. 그리고 김태현은 거기에 가장 어울렸다. 매킨리는 대회에서 보여주었던 태현의 모습을 다시 한번 떠올렸다. 손익을 떠나, 어떻게든 그의 팀으로 데리고 가서 뛰는 걸 보고 싶다! 한 사람의 팬으로서!

"김태현 선수. 자세한 조건은 이미 계약서를 보냈으니 다 아실 겁니다. 그렇죠?"

"예."

사실 일일이 읽기 귀찮아서 아버지 친구인 정 변호사님께 부탁했다.

"이상한 거 없죠?"
-이상한 거 없다.
"그럼 됐어요."
-야, 자세한 내용을 들어야지!

뚝-

"제가 장담하건대, 제가 제시한 이 연봉은 지금 판온 선수들 사이에서 최고의 연봉입니다. 김태현 선수보다 더 많이 받는 선수는 없을 겁니다."

"오, 그 정도예요?"

생각해 보니 계약서에 제시된 액수를 안 봤다. 태현은 갑자기 얼마인지 궁금해졌다.

'한 1억에서 10억 사이인가? 그 정도만 해도……'

"예. 연봉 30억은 E스포츠 역사에서도 보기 드문 연봉입니다. 아직 프로게임 시장은 초창기인 판온이지만, 저희는 김태현 선수의 가능성을 높게 평가했습니다. 활약을 하시면 연봉은 더 올라갈 수 있습니다."

"오. 30억이나?"

태현은 놀랐다. '우와, 생각보다 많이 쓰네?' 정도. 돈의 액수로 놀란 건 아니었다. 저 정도는 태현의 통장에도 있었으니까.

그런 모습에 매킨리는 갑자기 위화감을 느꼈다.

'……뭐지?'

태현의 반응이 뭔가 이상했던 것이다. 높은 연봉에 기뻐하는 것도 아니고, 고민하는 것도 아니고, 뭔가 달랐다.

저건…… 무관심이었다!

'어째서지?!'

"저, 김태현 선수. 연봉이 마음에 안 드십니까?"

"아뇨. 30억이면 충분하죠. 솔직히 좀 놀랐습니다. 아직 대회가 많이 열리지도 않았는데 저 정도로 투자할 줄은."

"뉴욕 라이온즈는 그런 팀입니다. 남들이 두려워서 머뭇거리는 동안 미래의 가능성을 보고 과감하게 투자하죠. 본격적으로 판온 대회들이 열리고 프로리그가 구성되었다고 칩시다. 거기서 김태현 선수가 두세 번만 우승해도 저 정도 연봉은 쉽게 나올 겁니다. 그만한 시장이니까요."

"뭐 그렇기야 하죠."

"제 회사라서가 아니라, 뉴욕 라이온즈는 선수들을 위한 최상의 팀입니다. 오랜 전통을 가진 명문답게 따로 회사 부지가 있고, 선수들을 위한 숙소가 있지요. 선수들은 거기에서 게임에만 집중할 수 있습니다."

"그 숙소 미국에 있죠?"

"예? 당연하죠."

"제가 들어가면 거기로 가야 하는 거고요?"

"예……."

매킨리는 태현이 왜 이런 걸 묻나 싶었다. 너무 당연한 것 아닌가.

"으음…… 안 되겠는데요."

"예?!"

매킨리는 정말로 태현이 거절할 거라고는 조금도 생각하지 않았다. 오만함이 아니었다. 이건 자신감이었다. 태현에게 제안할 다른 사람들보다 훨씬 더 좋은 제안을 갖고 왔다는 자신감! 그런데 거절을 하다니. 매킨리는 오랜만에 당황했다.

"혹, 혹시 실례가 되지 않는다면 이유를 물어봐도 되겠습니까, 김태현 선수?"

"아. 해외로 나가기 귀찮아서요."

매킨리의 입이 떡 벌어졌다. 방금 잘못 들은 게 아니겠지?

"그, 그러니까. 뉴욕 라이온즈의 모든 혜택과 시설, 그리고 저만한 연봉을 거절하시는 이유가……."

"네. 해외로 나가고 싶지 않아서 맞습니다."

"김, 김태현 선수. 다시 한번 생각해 보시는 게……."

"매킨리 씨."

"?"

"창밖을 보세요. 뭐가 보이시죠?"

"……건물들밖에 안 보입니다만."

"저기 보이는 건물들은 다 제 거거나 제 거가 될 겁니다."

"……."

"이제 설명이 좀 됐습니까?"

매킨리는 혼이 나간 얼굴로 고개를 끄덕였다.

'살다 살다 이런 이유로 거절당할 줄이야……!'

화가 나거나 원망이 생기지는 않았다. 그저 황당할 뿐. 태현이 잘사는 집이라는 건 알고 있었지만 이 정도일 줄이야.

'부동산 재벌이었군…… 설득할 방법이 없나……?'

아쉬운 게 없는 사람만큼 설득하기 어려운 사람도 없었다. 게다가 태현이 거절하는 이유는 하나. 해외로 가기 귀찮다는 것 아닌가.

'……어쩔 수 없지…….'

매킨리는 힘이 빠진 얼굴로 일어섰다. 축 늘어진 어깨가 왠지 모르게 안쓰러웠다.

"괜찮으신 거 맞죠?"

"하, 하하. 괜찮습니다. 그냥 좀…… 많이 놀라서……."

이 말을 들으면 아무도 믿지 않을 것 같았다.

'그래도 다행인 건…… 다른 놈들도 김태현을 섭외하지 못한다는 거겠군. 그나마 한국 팀인가?'

뉴욕 라이온즈와 라이벌 관계인 미국의 게임단들도 태현을 데리고 오지 못할 게 분명했다. 다들 숙소와 합숙 규칙에는 엄격했으니까. 한번 예외를 두면 규칙을 지켜나갈 수 없는 것이다.

덜컥-

카페의 문이 열리더니, 김덕수…… 아니, 케인이 들어왔다.

케인은 소심한 표정으로 주변을 두리번거렸다. 혼자 와서 태현을 찾는 게 쑥스러운 모양이었다.

태현을 발견하자 케인이 살았다는 듯이 손을 들려고 했다.

"……어?"

그런데 태현 앞에 처음 보는 외국인이 있었다. 케인은 뻣뻣하게 굳었다.

"오, 저 선수는…… 케인 선수, 케인 선수 맞습니까?"

"맞아요."

매킨리는 놀란 눈으로 케인을 쳐다보았다.

"혹시 저와 같이 이야기하려고 부르신 겁니까?"

"아닙니다. 계약과는 상관없이 그냥 만날 일이 있어서 부른 건데 저놈이 빨리 온 거예요."

"아, 그런 거군요. 혹시 괜찮으시다면 케인 선수와 잠깐 대화해도 괜찮겠습니까?"

매킨리는 친절하고 예의가 있었다. 협상이 깨진 상황에서도 태현을 존중했다. 그는 알고 있었던 것이다.

'이 장사는 결국 사람 장사지. 절대 원한을 사거나 밉보여서는 안 돼. 특히 김태현처럼 특A급 선수한테는 더더욱. 계약 못했다고 심통 부리는 건 애송이나 하는 짓.'

사실 마음 같아서는 케인한테 접근해서 온갖 감언이설을 늘어놓고 싶었다. 태현만큼은 아니어도 케인은 충분히 A급 선수였고, 회사 내에서는 '케인을 섭외하면 김태현도 흔들리지 않을까?' 하는 의견도 종종 있었으니까.

잘만 하면 돌 하나로 새 두 마리를 잡을 수도 있는 것!

그렇지만 매킨리는 서두르지 않았다. 지금 눈앞에는 태현이 있었고, 태현은 매킨리의 속셈을 눈치채지 못할 정도로 바보가 아니었다. 최대한 예의를 지켜서, 태현의 의사를 존중하는 모습을 보여준다!

"마음대로 하시죠."

"정말 괜찮겠습니까?"

"예, 예."

태현은 어깨를 으쓱거리며 대답했다. 사실 매킨리나 다른 사람들의 마음과 달리, 태현은 케인이 해외로 나가도 별 상관없었다. 자기가 하고 싶은 대로 하는 게 인생 아니겠는가.

"케인 선수."

"예? 어, 김태현? 나, 나 좀 도와줄래? 이 사람 누구야?"

케인은 애절하게 태현을 불렀다. 처음 보는 외국인이 영어로 퍼붓는 상황은 케인에게 너무 가혹한 상황이었다.

"이 자리는 길게 말하기 어려운 자리이니, 오늘은 간단하게 의사만 묻고 가려고 합니다. 만약 의사가 있으시다면 저희, 뉴욕 라이온즈가 다시 자리를 잡겠습니다. 혹시 저희 팀에 들어오실 생각이 있으십니까?"

케인은 머뭇거렸다. 이유는 하나였다. 무슨 소리인지 알아듣지 못했기 때문이었다.

'뭐, 뭐지? 대체 뭐라고 한 거지? 뭐 안 좋은 건가? 이상한 물건이라도 사라는 거면……'

케인은 필사적으로 머리를 굴렸다. 이럴 때 가장 무난한 대답은?

"N, No! No!!"

"그렇군요……."

매킨리는 실망한 표정으로 고개를 끄덕였다.

"그렇다면 어쩔 수 없죠. 알겠습니다. 다음에 또 뵙기를 기대하겠습니다. 두 분."

매킨리는 예의 바르게 떠나갔다. 그걸 본 케인은 안도의 한숨을 내쉬며 말했다.

"맞, 맞게 대답한 거 맞나?"

"흠…… 뭐, 실수한 건 없네."

태현은 케인의 어깨를 토닥였다. 태현이 보내는 따뜻한 눈빛에 케인은 어리둥절했다.

'왜 이러지?'

"그런데 왜 이렇게 일찍 왔냐? 약속 시간은 한 시간이나 남았는데."

"아. 길 잃을까 봐……."

"뭐, 일찍 왔으니 잘됐네. 게임이나 하러 가자."

태현이 말한 게임은 판온이 아니었다.

판타지 크래프트! 이번 유희장이 여는 자선 대회의 종목인 게임이었다.

"요즘은 PC방보다 캡슐방이 더 많아져서…… 아, 저기 하나 있군."

"그런데 너 판타지 크래프트 해본 적 없다고 하지 않았냐?"

"그렇지."

"지금 와서 해도 다른 놈들은 많이 해봤을 텐데……."

"안 하는 것보단 낫겠지. 해달라고 해서 같이 해주는데 자꾸 투덜거릴래?"

태현의 말에 케인은 재빨리 입을 다물었다. 이놈은 수틀리면 정말로 그냥 갈 놈이었으니까!

'그리고 김태현 정도면 뒤늦게 시작해도 다른 놈들보다는 훨씬 잘할 거야!'

케인은 그렇게 생각했다. 아무리 생각해도 태현이 게임을 못한다는 건 상상이 가질 않았다. PC방으로 가면서 케인은 판타지 크래프트에 대해 설명을 시작했다.

"일단 판타지 크래프트는 RTS(실시간 전략 게임)야. 세 가지 종족 중에 하나를 골라서, 자원을 모으고 세력을 키워서 상대방을 이기는 거지."

"간단하군."

"간단하긴 뭐가 간단해! 나온 지 오래된 게임인 만큼 전략도 다양하고 온갖 꼼수도 있는 게임이야. 절대 방심해서는 안 돼. 대회에서 만나게 될 놈 중에서 분명 이 게임 엄청 판 놈들도 있을 거라고!"

케인은 열정적으로 말했다. 그 모습에 태현은 한심하다는 눈빛을 보냈다.

"판온 대회를 할 때 저렇게 열심히 해보지……."

"열…… 열심히 했잖아! 어쨌든 세 가지 종족이 있어. 인간, 버그, 로봇. 각자 특성이 있으니까 그걸 잘 파악해야 해. 근데 지금 너 뭐 찾고 있냐?"

"어? 날빌."

날빌. 날카로운 빌드, 혹은 날로 먹는 빌드! 이런 전략 게임에서 극단적인 도박 전략을 일컫는 말이었다.

초반에 일꾼들을 다 데리고 와서 공격을 시도한다거나, 상대방 본진 앞에 건물을 깐다거나……. 뭐든 간에 지금 처음 시작한 사람이 찾고 있을 전략은 아니었다.

"야! 벌써부터 그걸 보면 어떡해!"

"날빌 연습할 생각인데."

"날빌로는 다른 놈들을 못 이겨! 일반인들도 아니고 나름 프로게이머들이 나올 거 아니야!"

"오히려 날빌이 가능성 있지. 게임 오래 한 놈들하고 장기전 가면 내가 점점 불리해질 거 아냐. 그리고 난 이 게임을 그렇게 파고 싶은 생각이 없는데."

케인이나 다른 플레이어들은 자선대회의 상금에 눈이 멀었지만, 태현은 별생각 없이 참가하고 있는 중이었다. 그냥 적당히 해도 상관이 없는 것! 그런 태도에 케인은 애가 탔다.

"무슨 게임이든 간에 최선을 다해야지! 그게 프로야!"

"난 판온 프로지 딱히 이 게임 프로가 아닌데."

"크으으윽……!"

말 한마디를 지지 않는 태현. 케인은 끙 소리를 냈다.

"에이, 알겠어! 네 마음대로 해라. 연습이나 해줘!"

'연습에서 막아버리면 자기도 정신을 차리겠지!'

케인은 태현과 연습을 하면서 날빌을 모두 막아낼 생각이었다. 그렇게 된다면 생각을 바꾸지 않겠는가!

"……."

"야, 너 왜 이렇게 못해?"

케인은 고개를 푹 숙였다. 진영이 탈탈 털리고 있었던 것이다. 건물들은 다 부서지고 유닛은 다 죽고…… 처참 그 자체! 더 슬픈 건 케인은 태현이 뭘 하려는지 이미 알고 있는데도 이런 결과가 나왔다는 점이었다.

태현은 시작부터 '날빌로 간다'라고 말했고, 케인은 버티기만 하면 됐는데…… 그걸 못 한 것!

"그냥 지금이라도 포기하고 판온이나 하지?"

"아, 아니야! 몇 판만 더 해보자!"

케인은 납득할 수 없었다. 그래도 학창 시절 친구들 사이에서는 적수가 없었는데!

한 판, 두 판, 세 판……. 케인은 엎드렸다. 울 것 같은 얼굴이 되자 태현도 '너 왜 이렇게 못하냐'라고 더 이상 말하지 않았다. 그저 안쓰럽다는 듯이 쳐다볼 뿐!

"오랫동안 안 하다 보면 실력이 내려갈 수도 있지."

"그, 그런가? 그렇겠지?"

케인은 태현의 말에 믿고 싶다는 표정을 지었다.

"그래! 잠깐만 다른 놈들이랑 해봐야겠다."

"응?"

케인은 더 이상 태현과 연습하려는 생각을 버리고, 온라인에 있는 다른 상대들을 찾았다. 한 판, 두 판, 세 판!

"3연승! 역시 내가 잘못된 게 아니었어! 저 김태현 자식이 이상한 거였다고!"

"뭐라고?"

"아, 아니. 네가 잘한다고……."

'으, 그래도 실력이 늘려면 김태현 저놈이랑 해야겠지.'

자기보다 약한 상대랑은 해봤자 큰 의미가 없었다.

잘하는 상대와 해야지!

"김태현. 대신 날빌은 쓰지 말자. 연습이 안 된다고."

"알겠어. 알겠어."

그러나 결과는 달라지지 않았다. 날빌을 쓰지 않는 태현은 정석적인 빌드로 차근차근 케인을 압박해 나갔다.

"야, 야! 너 이거 처음 한다면서! 이런 건 어떻게 아는 거야?!"

"하기 전에 잠깐 켜서 정석 찾아봤는데."

하기 전에 잠깐 켜고 본 걸 이렇게 완벽하게 해낼 수 있다고?

'세상은 너무 불공평해!'

"저 아저씨들 왜 이렇게 시끄러워?"

"되게 시끄럽네. 뭔 게임 하는 거야?"

"판타지 크래프트 하는데?"

"와, 판타지 크래프트 하는 사람이 아직도 있어? 진짜?"

"조용히 하라고 할까?"

떠들던 학생들은 힐끗 쳐다보았다. 케인은 덩치가 작았지만, 태현은 딱 봐도 살벌한 겉모습을 가지고 있었다.

"……생각해 보니 그렇게 시끄러운 것 같지는 않아!"

"그, 그러네."

"김태현. 대신 날빌은 쓰지 말자. 연습이 안 된다고."

"?"

"김태현?"

"김태현이면 어디서 많이 들어본 이름인…… 헉!"

학생들은 서로 쳐다보았다. 방송에서 봤던 것과 이미지가 달라서 눈치를 못 챈 것이다.

"방송에서 본 것보다 훨씬 무섭게 생겼는데?"

"근데 맞는 거 같아. 눈매만 빼고."

"말 걸어볼까?"

"저, 저기요……."

태현과 케인은 하던 걸 멈추고 고개를 돌렸다. 한 무리의 수줍은 학생들이 태현과 케인을 쳐다보고 있었다.

"형! 저희 형 팬이에요!"

귀찮아질 것 같자 태현은 바로 화살을 돌렸다. 케인에게.

"케인, 네 팬이란다."

"뭐? 이분이 케인……?"

"이미지랑 다른데?"

방송에서 얼굴을 내밀었는데도 다들 못 알아보는 케인이었다. 태현과 달리 이미지가 너무 달랐던 것이다.

"형도 좋아요! 형 팬이에요!"

"맞아요! 이번에 길드 동맹하고 싸우는 것도 잘 봤어요!"

"너, 너희들……!"

케인은 감동한 얼굴로 학생들을 쳐다보았다. 이렇게 따뜻한 소리를 들어본 게 얼마 만인가! 같이 다니던 일행한테는 '왜 자꾸 태현 님을 음해하려고 그래요? 사람이 그러면 못써요!'란 소리만 듣고, 리치로 변한 흑마법사들은 '명예를 위해 끝까지 싸워야죠!'란 소리나 하고…….

속이 타들어 갔는데, 이렇게 순진무구한 눈동자로 '팬이에요!'라고 말하는 학생들을 보니 감동이 밀려왔다.

"뭘 원하냐! 사진?! 사인?! 내가 다 해줄게!"

"어, 네?"

케인의 열렬한 반응에 학생들은 순간 기가 죽었다. 한 걸음 물러서는 그들!

"왜 그래! 사양하지 마! 이런 기회가 얼마나 있겠어! 자! 여기에 사인해 주면 되냐?!"

"잠, 잠깐, 가방에는 좀…….."

"사양할 필요 없다니까! 크하하하!"

싫다는 학생까지 붙잡아서 사인을 해주기 시작했다. 작은 몸집 어디에서 저런 힘이 나오는지 믿지 못할 정도였다.

"크헤, 크헤헤, 크헤헤헤! 사인! 사인 안 받은 놈은 누구냐!"

"그만해, 미친놈아."

태현은 케인을 제압했다. 케인은 꾸엑! 소리를 내며 제압당했다.

"감, 감사합니다."

"이해해 줘. 얘가 신나서 그래. 팬 만나면 엄청 좋아하거든."

"그렇군요!"

학생들의 머릿속에는 '케인은 팬 만나면 기뻐 날뛰는, 팬서비스를 하기 위해 태어난 사람'으로 남았다.

"무슨 소란이야?"

"헉, 사장님."

학생 사이에 끼어 있던 한 명이 깜짝 놀랐다. 보아하니 알바도 태현을 보고 사인을 받으러 온 모양이었다.

"제대로 일 안 하고 이렇게 떠들고 있으면 어떡해?"

"사장님, 그게 아니라요. 여기 프로게이머 김태현 선수가 와 있어요."

"프로게이머가 오든 프로게임단 회장님이 오든 자기 자리를 떠나면 안 되지!"

사장은 깐깐한 태도로 알바를 혼냈다. 그리고 고개를 돌려 케인을 쳐다보았다.

"이 사람이 김태현 선수라고? 비리비리해 보이는데?"

"아니, 그게 아니라……."

"그게 아니긴 뭐가 아니야. 변명하지 마! 프로게이머 선수라고 해도 와서 이렇게 시끄럽게 하면 안 되지. 알겠어?"

"죄, 죄송합니다."

정신이 든 케인은 고개를 꾸벅 숙여 사과했다.

사장은 영 불만스럽다는 듯이 혀를 찼다.

"다른 손님들이 게임 하는 데 방해되잖아."

"저, 주변에는 아무도 없는데……."

"지금 어른이 말하는데 어디서 토를!"

"죄, 죄송합니다."

툭툭-

둘의 대화를 듣던 태현은 사장의 어깨를 두드렸다. 사장은 날카롭게 말했다.

"뭐야?"

"쟤는 케인이고, 제가 김태현입니다."

"그래서 어쩌라…… 헉!"

사장은 눈을 깜박이며 태현을 쳐다봤다. 그러고는 사색이 되어 입을 다물었다. 다들 의아해서 고개를 갸웃거렸다. 잠시 정지했던 사장이 다시 입을 열었다.

"하하, 젊은 친구들이 좀 시끄러울 수도 있지!"

"……??"

"재밌게 놀라고. 저기 음료수라도 좀 서비스해 줘!"

"예?"

갑자기 달라진 태도에 알바가 이해를 하지 못하고 고개를 갸웃거렸다.

"프로게이머잖아. 그런 사람들이 우리 PC방에 왔는데 대접 잘 해줘야지!"

그렇게 말하고 사장은 허둥지둥 물러섰다.

"뭐, 뭐지? 왜 저러는 거지?"

케인은 이해가 가지 않아서 중얼거렸다. 태현은 어깨를 으쓱거렸다.

"내 얼굴을 아니까 저러지."

"네 얼굴 아는 거랑 뭔 상관…… 헉! 네 성격이 더러운 걸 아는구나!"

"……그게 아니라…… 됐다."

태현은 말하려다가 말았다. 이 PC방 사장은 태현이 여기 건물 주인인 김태산 아들인 걸 알아본 게 분명했다. 김태산이야 판온 하기 전에는 PC방 단골손님이었으니…….

'뭐 어쨌든 편하게 할 수는 있겠군.'

멀리서 사장이 힐끗힐끗 태현을 쳐다보고 있는 게 느껴졌다. 불안에 떠는 모습이었다.

"실패했어."

"뭐라고?! 말도 안 돼!"

"생각했던 것과 다르게 상황이 흘러가서 어쩔 수 없었지."

"어떻게 그런 조건을 거절할 수 있지?"

"그럴 수도 있더군. 많이 배웠어. 아, 그리고 케인 선수도 만났지."

"오, 케인 선수를? 괜찮은 선수지? 어때?"

"잠깐 나눠봤는데 단칼에 거절하더군. 아무래도 김태현하고 같이 가려나 봐."

케인이 듣는다면 '아니에요! 저는 미국 가고 싶어요!! 저는 합숙도 잘 할 수 있어요! 제발 데려가 주세요!'라고 말했겠지만, 불행히도 그들은 멀리서 이야기하고 있었다.

"멋지군. 그렇게 사이가 좋으니 호흡이 잘 맞는 건가?"

"그럴지도."

"어쨌든 고생했어. 돌아와서 푹 쉬라고. 이번 일은 비밀에 부쳐야겠지."

"아니. 굳이 비밀로 할 필요는 없어. 은근슬쩍 퍼뜨리라고. 다른 게임단 놈들이 엄두도 못 내게."

매킨리는 웃으면서 말했다. 물론 태현이 다른 사람들의 제안을 받아들일 것 같지는 않았다. 그렇지만 일은 확실할수록 좋은 법. 뉴욕 라이온즈가 어떤 제안을 했고, 태현이 그걸 거절했다는 소문이 퍼진다면 다른 사람들은 아예 제안은 할 엄두조차 내지 못할 것이다. 이 얼마나 확실한 방법인가!

매킨리의 생각은 정확히 맞아떨어졌다. 대놓고 말하지는 않았지만, 뉴욕 라이온즈가 몇십억의 파격적인 연봉을 태현에게 제시했는데도 거절당했다는 소문은 E스포츠계에 돌기 시작했다. 당연히 다들 믿지 못하겠다는 반응을 보였다.

-그 조건으로 거절당했다고? 더 큰 연봉을 원하는 건가?

-아무리 그래도 그건 아니겠지. 뭔가 다른 걸 원하는 거 같

은데. 다른 조건이 마음에 안 들었나?

-계약해야 하는 년도? 게임 내에서 포지션?

-그 정도 연봉을 써서 데리고 오면 무조건 팀 리더를 맡겨야 하지 않나?

-설마 합숙해야 하는 게 싫어서 아니었을까? 김태현은 한국인이니 한국을 떠나야 하잖아.

-말도 안 되는 소리. 그런 사소한 이유 때문에 그런 제안을 거절하는 사람이 어디 있다고.

-애국심 때문 아닐까요?

-그럴 수도 있겠군.

태현이 들었다면 '??' 했겠지만, 자리에 없는 태현은 반응할 수가 없었다. 사람들은 알아서 자기 좋을 대로 상상의 나래를 펼치기 시작했다. 다른 건 몰라도 한 가지는 확실했다. 남은 게임단들은 태현에게 제안할 엄두조차 내지 못했다.

자선 대회가 채 일주일도 남지 않은 상황. 판온에 접속도 못 하는 유 회장만큼은 아니었어도, 태현도 마찬가지로 바빴다. 상품으로 쓸 오토바이를 만들어야 했고(여기에 필요한 재료는 유회장에게 연락해 곡물로 뜯어냈다), 케인과 판타지 크래프트를 상대해 줘야 했다.

-곡물 가격이 아직도 안 떨어졌다고?

-네. 태현 님이 판 걸 사 가지고 버티고 있나 봐요. 더 올라갈 거란 기대를 하고서.

-겁이 없군. 토끼 문제가 언제 해결될지 모르는데.

추위도 가셨겠다, 토끼 문제만 해결되면 농산물들의 생산량은 확 늘어날 게 분명했다.

'그러고 보니 그 많은 토끼들은 어떻게 해야 하나?'

나머지 언데드들이야 리치한테 맡기고 돌아왔지만, 토끼 언데드들은 태현이 데리고 돌아왔다. 토끼들은 땅 밑으로 굴을 파고 움직일 수 있었기에, 보통 상황에서는 잘 보이지도 않았다. 지금은 영지 밑에 얌전히 숨죽이고 있는 상황!

그 순간 갑자기 이세연의 귓속말이 날아왔다.

-김태현. 김태현. 들었어?

-무시하지 마. 들은 거 알고 있으니까. 아마 게임 하느라 핸드폰은 안 보고 있었겠지. 다음에 나갈 프로그램이 결정됐어. 자선 대회 끝나고 게스트로 얼굴만 내밀면 될 거야.

-나한테 말도 없이?

-……네가 적극적으로 방송을 하고 싶다고 참여했니?

-아니. 안 했는데.

-그러면 불평하지 마!

할 말이 없어서 입을 다물었다. 왠지 모르게 분했다. 물론 태현이 방송 관련해서 '게임 하느라 바쁜데 더 미룰 수는 없나요? 자선 대회도 나가야 하는데…… 그다음에 생각해 볼게요. 어떤 프로그램 나가고 싶냐고요? 딱히 원하는 건 없고 그냥 추천해 주시면 생각해 보겠습니다'라고 미적지근하게 대답하기는 했다!

-그래서 무슨 프로그램인데?
-〈켠김에 끝까지〉. 너도 이름 들어본 적 있을 텐데?
-말씀은 해주셨던 것 같은데…….
-프로그램 자체 포맷은 간단해. 나가서, 게임 하나 잡고, 클리어하면 끝.
-별거 아니네?
-별거 아니지. 그래서 보통 어려운 게임이 나와. 그거 하나 끝낼 때까지 집에 못 가는 거고.
-……뭔 놈의 방송이 그래? 그런 걸 사람들이 좋아할까?
-엄청나게 좋아해. SBC가 그나마 몇 개 건진 게임 방송이 이거거든.

태현은 이해가 가지 않았다. 게임 못 깨서 괴로워하는 사람들의 모습이 뭐가 즐겁단 말인가!

-그리고 한 가지 더. 나도 게스트로 같이 나가게 될 거야.
-어? 왜?

빠직-

이세연은 주먹을 쥐었다. 태현의 목소리에서는 정말 노골적으로 싫다는 기색이 느껴졌던 것이다.

-방송국이 유명한 판온 선수를 섭외하려다 보니 그런 거 아닐까? 응? 응??

-너 화났냐?

-화 안 났는데??

-화 난 거 같은데. 아니면 말고. 어쨌든 알려줘서 고맙다.

태현은 아직 깨닫지 못하고 있었다. 이세연과 같이 나오게 된다는 건, 즉……. 프로그램 안에서 누가 먼저 게임을 깨나 경쟁을 하게 된다는 것을! 이 때문에 무슨 일이 벌어지게 될지, 태현은 아직 알지 못했다.

우두둑, 두둑-

대회 당일. 아침에 일어난 태현은 거실에서 누군가가 포즈를 잡고 있는 모습에 기겁했다. 그 사람은 김태산이었다.

"후후…… 드디어 때가 왔구나."

"아, 아버지? 설마 지금 자선 대회 나가시는 거 때문에 이렇게 폼 잡는 거 아니시죠?"

"맞는데?"

태현은 한심하다는 듯이 김태산을 쳐다보았지만, 김태산은 케인과 달랐다. 전혀 주눅 들지 않는 당당함!

"아들아."

"예?"

"날 안 만나길 빌어라. 만나면 바로 박살 날 테니까."

미쳐 날뛰는 자신감! 태현은 이 모습을 생중계하지 못한다는 게 너무 아쉬웠다. 생중계할 수 있다면 인기 스타가 되실 텐데!

"……가능하면 반대 블록이었으면 좋겠네요."

"크하하하! 그래야지. 타라. 태워다 주마."

김태산은 벌써부터 기분이 좋은지 태현을 태워다 주겠다고 말했다. 차고에서 아우디 R8을 꺼낸 김태산은 운전석에 앉은 다음 말했다.

"이 사장이 그러던데, 요즘 열심히 연습했다고 하던데? 역시 겁이 난 거구나? 요놈, 요놈."

"아버지…… 좀 적당히 하시는 게……."

듣는 태현이 슬슬 부끄러워질 지경!

"으하하하! 우승은 내 차지다!"

김태산의 자신감에는 일리가 있었다. 다른 젊은 플레이어들에 비해, 김태산은 판타지 크래프트에 청춘을 바친 시간이 압도적으로 많았다. 그 시간이 만들어내는 자신감!

"그런데 아버지, 이 자선 대회에 특별 초대 손님도 나오는 건 알고 계시죠?"

"응? 누구? 연예인이라도 나오나?"

배중환-배중열 해설가 형제. 예전 판타지 크래프트 프로게이머로 뛰었던 사람들이었다. 표정을 보니 모르는 게 분명했다.

"배중환, 배중열 해설가들이 초대 손님으로 나오잖아요."

"뭐, 뭐?! 그 둘이 나와? 왜?!"

"회장님이 초대하셨겠죠, 뭐."

"아니, 프로를 초대하면 어떻게 해! 순수하게 아마추어들끼리 실력을 겨루는 자리에!"

김태산은 분노해서 외쳤다. 이겼다고 자신한 판에 갑자기 두 마리 호랑이가 등장한 기분이었다.

"설마…… 이길 자신이 없으신 건 아니죠?"

"아, 아니. 그럴 리가 있나. 물론 이길 자신이 있지."

김태산은 헛기침하며 말했다. 태현은 피식 웃었다. 역시 아버지였다.

"내가 오늘 뭔가 하나 제대로 보여주마."

"아버지, 불리하다고 상대방 랜선 끊으시면 안 됩니다."

"내, 내가 언제 그랬어!"

"채팅으로 욕 써도 안 되고요. 이거 자선 대회지만 방송 나가는 거라 다 남습니다."

"그, 그랬나?"

김태산은 솔직히 조금 찔렸다. 방송에 나가는 건 모르고 있었던 것이다. 만약 계속 몰랐다면, 채팅으로 욕을 하는 건 조금 고민했을지도 몰랐다.

"아니, 아무리 그래도 그렇지 이런 좋은 대회에서 내가 그런 짓을 할 리가……."

"아버지, 제가 어렸을 때 아버지 게임 하는 거 보면서 컸습니다."

"크흠흠. 크흠."

할 말이 없어진 김태산은 헛기침을 하며 시선을 피했다.

도착한 김태산은 눈을 깜박였다. 자선대회가 열리는 장소가 뭔가…… 언밸런스했던 것이다.

"어…… 보통 E스포츠용 경기장이나 오픈 스튜디오 빌려서 하지 않냐? 왜, 왜 이런 곳에서?"

"……그러게요?"

축구 대회는 축구장에서 하고, 야구 대회는 야구장에서 하듯이, 이런 E스포츠 대회도 어울리는 장소가 있었다.

하다못해 규모 작은 대회는 PC방을 빌려서 하는데…….

"왜, 왜 호텔에서 하는 거지?"

"유성그룹 계열사에 호텔도 있으니……."

"지금 그걸 묻는 게 아니잖아, 인마!"

김태산은 어이가 없다는 듯이 말했다.

그랬다. 이번 자선대회가 진행되는 곳은 유성호텔의 홀이었다. 그것도 VIP 전용 홀! 실제로 먼저 도착한 사람들은 매우 어색한 자세로 '여기서 어떻게 있어야 하죠?' 하는 얼굴이었다. 불러온 대부분의 프로게이머들은 이런 곳과는 전혀 상관없는

삶을 살아왔던 것이다.

"음료 드시겠습니까?"

"헉, 그, 그러면 콜라로?"

"……죄송하지만 콜라는 없습니다만……."

"그, 그러면 물로! 물로 괜찮습니다!"

어디선가 애처로운 대화가 들려왔다. 태현은 고개를 돌렸다. 케인이 얼굴이 새빨개져서 물을 마시고 있었다.

"김, 김태현!"

랭커 수십 명에게 둘러싸여서 공격을 받는 도중에 태현이 나타났을 때에도 이것보다 더 반가운 표정은 짓기 어려웠을 것이다. 케인은 지옥에서 부처를 만난 얼굴로 태현에게 달려들었다.

"김태현…… 어? 안, 안녕하세요?"

험악한 아저씨를 본 케인은 일단 움츠러들었다. 그리고 태현에게 속삭였다.

"누, 누구셔?"

"우리 아버지신데."

"아, 그……!"

케인이 말을 멈추자 김태산이 궁금해졌다.

"뭐가 '그'라는 거야?"

"아마 아버지가 방송에 나왔던 거 말하는 거 아닐까요?"

"그게 언제 때 일인데!"

"사실 그렇게까지 오래되지는 않았죠."

방송에 나와서 태현 험담을 늘어놓다가 오히려 칭찬한 꼴만 되어서 '에이, 안 해!' 하고 포기했던 일! 케인도 당연히 그 방송은 봤었다. 태현의 가족이 나와서 태현 이야기를 한다니 흥미가 안 갈 수가 없었던 것이다. 물론 '아 뭐야. 칭찬만 하네 저거 짜고 친 거지?' 하고 껐었지만······.

어쨌든 케인은 헛기침을 하며 자세를 가다듬었다. 친구 아버지 앞인데 나쁜 인상을 남길 수는 없었다. 그리고 무엇보다 김태산은 그냥 무섭게 생겼다!

"안, 안녕하십니까! 저는 김태현 친구인 케인이라고 합니다!"

케인의 말에 김태산은 고개를 갸웃거렸다.

"이름이 케인이야? 외국인인가?"

"아뇨. 게임 닉이죠."

망설이던 케인은 약간 작아진 목소리로 말했다.

"김, 김덕수입니다······."

"오, 이름 좋군. 멋진 이름이야."

"네?"

케인은 순간 김태산이 놀리나 싶었다. 김태현 아버지라면 충분히 가능한 일! 그러나 김태산은 진심으로 감탄한 기색이었다.

"우리 아버지 취향이 좀 그러니까 알아서 받아들여라."

케인은 복잡한 기분으로 고개를 끄덕였다. 그러다가 손가락으로 뒤를 가리켰다.

"어? 저기 이다비잖아?"

"응? 이다비가 여기를 왜 와?"

대회에 참가했던 선수들, 판온에서 유명한 플레이어들, 기타 등등(유 회장이 태현을 쓰러뜨리기 위해 고용한 자객들)이 참가한 자선대회였지만, 이다비는 참가하지 않았다.

태현이 '참가할래?'라고 물었지만 이다비는 쿨하게 '우승 못 하면 상금 없는데 그냥 집에서 판온할래요!'라고 거절했던 것이다.

"쟤, 쟤 봐라. 어색해하고 있어! 어색해하고 있다고!"

"콜라 달라고 했다가 거절당한 네가 할 말은 아니야."

케인은 시무룩해져서 입을 다물었다. 태현은 이다비를 향해 손을 흔들었다.

"태현 님!"

"대회 안 온다고 하지 않았어?"

"그러려고 했는데 연락이 와서요. 참가비 준다던데요?"

태현과 김태산은 서로 쳐다보았다. 그런 거 없었다.

'그런 게 있었나?'

'없었는데요.'

태현은 어떻게 된 건지 깨달았다. 이다비에게 신세를 많이 진 유 회장이 따로 시킨 게 분명했다.

"참가비가 세더라고요!"

"그래. 잘됐네."

"그보다 대체 왜 이런 장소에서 대회를……?"

"그 이야기는 아까부터 하고 있었지."

이다비는 티셔츠에 청바지 차림인 자신이 신경 쓰인다는 듯이 연신 주변을 두리번거렸다.

"걱정 마. 어차피 다 비슷하게 차려입고 왔어."

"신, 신경 안 썼거든요."

김태산은 둘의 대화를 유심히 지켜보았다. 그리고 케인에게 물었다.

"쟤네 둘 많이 친하냐?"

"예? 많이 친하죠! 저 두 새…… 아니, 두 명이 맨날 손잡고 절 엿…… 아니, 괴롭힌다고요!"

"흐으음……."

김태산은 이다비를 빤히 쳐다보았다. 그 시선을 눈치챈 이다비가 말했다.

"저번에 아이템 감사했어요!"

"응? 무슨 아이템?"

그러나 이다비는 설명할 필요가 없었다. 유 회장이 나타난 것이다.

"왔군."

갑자기 나타난 유 회장. 그 모습에 다들 깜짝 놀랐다. 그리고……. 케인과 이다비는 고개를 갸웃거리며 유 회장을 쳐다보았다. 그 모습에 태현과 김태산은 서로 시선을 교환했다.

'그러고 보니 쟤네는 어르신이 뭐 하는 사람인지 모르네요?'

'그걸 아직도 모른다고? 하긴, 어르신이 판온을 하면 얼마나 하겠다고…….'

'그건 아니지만…….'

유 회장은 낚시꾼처럼 차려입고 있었다. 덕분에 주변의 다

른 사람들도 설마, 이 후줄근한 늙은이가 유성그룹의 회장이
라고는 생각지는 못하는 것 같았다.

"이번 대회를 연 사람이네."

"……직원이시구나! 부장님 정도?"

케인은 알았다는 듯이 말했다. 유 회장은 어이가 없다는 듯
이 케인을 쳐다보며 말했다.

"둔한 건 게임이나 밖이나 똑같군. 그보다 좀 더 위다."

"아니, 제가 게임에서 둔하다고 누가 그럽니까? 그보다 조금
더 위면…… 어…… 과장인가?"

"그건 더 아래잖아……."

"그, 그렇군. 헉! 혹시 사장님?!"

케인은 그제야 뭔가 이상하다는 걸 깨달았다. 이런 자리에
저런 자유로운 복장이라니. 권력자만이 가능한 거 아닐까?

"더 위."

"더 위가 있어?!"

케인은 깜짝 놀라 태현을 쳐다보았다. 태현은 어깨를 으쓱
거리며 대답했다.

"회장이 있지."

"그렇군. 회장이었…… 뭐?! 뭐?! 뭐?!?!"

케인은 기겁해서 유 회장을 쳐다보았다. 유 회장은 기분 좋
다는 얼굴로 그 시선을 마주했다.

'게임에서도 이 정도 존경심을 보여줄 것이지…….'

"충……."

"충?"

"충성충성충성!"

90도로 꺾이는 케인의 허리! 유 회장은 흡족한 얼굴로 고개를 끄덕였다.

"예의를 아는 젊은이군."

그걸 본 이다비도 바로 허리를 꺾으려고 했다. 권력과 금력 앞에 납작 엎드리는 게 이다비의 신조였다.

"저도요!"

"아, 그쪽은 그럴 필요 없네. 신세는 내가 지고 있지."

이다비는 고개를 갸웃거렸다. 분명 처음 보는 것 같은데, 유 회장은 많이 만난 사이처럼 이야기하고 있었던 것이다.

그러나 물어보기도 전에 유 회장은 김태산과 같이 다른 곳으로 걸어가기 시작했다.

"요즘 잘하고 있나?"

"하하, 저야 뭐…… 어르신은 요즘 판온 하십니까? 영 안 맞으시죠?"

"그, 그게…… 음……."

"그나저나 이 대회 계획한 게 누구인지 모르겠습니다."

"잘 만들었지? 응?"

"예? 아니, E스포츠 대회 장소를 이런 곳으로 잡는 사람이 어디 있습니까?"

"고급스럽고 좋지 않나? 품격 있고……."

"아니, 그래도 좀 컴퓨터 친화적인 장소에서 해야죠."

"그, 그래도……."

희미하게 들리던 대화를 듣던 태현은 고개를 저었다. 유 회장이 안쓰러워질 지경이었다.

"김, 김태현. 지금 내가 회장님이랑 이야기했어!"

"그래. 잘됐다."

"지금 나, 어마어마한 기회를 잡은 거 아니냐? 회장님이 날 좋게 봐준 걸지도……!"

"음…… 그래. 그럴 수도 있겠다."

어색한 자리에 어색하게 모인 프로게이머들. 그나마 여유로운 태도로 있는 건 태현이나 이세연 같은 사람 정도였다.

덕분에 유 회장이 앞에 올라와 말을 시작하자 다들 안도의 한숨을 내쉬었다.

그래! 빨리 대회나 하자! 그게 차라리 편하겠다!

"……오늘 좋은 뜻으로 모인 이 자리를 빛내줄……."

태현은 하품을 했다. 유 회장이 노려보는 것 같았지만 기분 탓이겠지?

찰칵, 찰칵-

이야기하는 도중에 계속해서 플래시가 터져 나왔다. 태현은 뒤를 쳐다보았다. 기자들이 신나서 촬영하고 있었다.

'하긴, 화젯거리가 되긴 하겠네.'

선수들이야 '아, 왜 이런 곳에서 하는 거야' 싶어도 기자들 입장에서는 화젯거리가 되고 좋았다.

"……하길 바라겠네!"

짝짝짝짝짝-

"끝났나 보다."

"앗. 대진표 짜네요."

"제발 김태현이랑 반대, 제발 김태현이랑 반대……."

중얼거리는 케인. 태현과 이다비는 안쓰럽다는 듯이 쳐다보았다.

"헉! 반대다!"

"야, 근데…… 너 3회전 상대가 우리 아버진데?"

케인은 깜짝 놀란 표정을 지었다. 그러다가 안도의 한숨을 내쉬었다.

"에이, 뭐야. 놀랐는데 생각해 보니 별거 아니잖아."

"?"

"네 아버지 정도 분들은 게임을 잘 못하신다고. 판온처럼 가상현실게임도 그런데 판타지 크래프트면 더하겠지!"

"그 소리, 우리 아버지 앞에서 하면 반응이 재밌을걸."

"후후. 어쨌든 반대 블록이니까 됐어……! 김태현! 가능하면 실수해서 떨어져라!"

케인은 그렇게 말하고서 신이 난 얼굴로 먼저 대회장을 향해 걸어갔다. 그걸 본 이다비가 중얼거렸다.

"저렇게 당당한 얼굴로 비굴한 말을 하기도 힘들지 않나요?"

"뭐, 쟤야 원래 저렇지."

태현한테는 처참하게 무너졌지만 케인은 기본적으로 실력이 있는 선수였다. 1회전, 2회전에 만난 선수들을 가볍게 이기고 3회전에 진출했다.

꿀꺽-

"잘, 잘 부탁드립니다."

"그래. 잘 부탁하마."

언제나 위압 넘치는 김태산의 모습. 그러나 케인은 고개를 저었다. 겉모습 험악하다고 게임을 이기는 건 아니니까!

'집중하자. 집중!'

케인은 정석적인 전략을 선택했다. 방어를 굳히며 자원을 많이 모은 다음 강력한 유닛들을 뽑아내 후반에 승부를 보려는 전략. 이런 식으로 힘 싸움을 가면 김태산보다는 케인처럼 젊은 사람한테 유리할 수밖에 없을 것이다.

그런데…….

"어?"

케인은 당혹감에 차서 눈을 깜박였다. 맵에 우르르 달려오는 게 보였던 것이다. 최대한 빠르게 뽑은 하급 유닛들과 일꾼들까지 포함시켜서 덤벼오는 초반 맹공격!

이건…… 날빌이었다!

"어, 어, 어??"

태현은 화면을 보고 고개를 저었다.

'완전히 말렸군.'

김태산의 겉모습만 보면 중후하고 정면 승부만 할 것 같이 생겼지만, 그 속은 좁고 치사했다. 케인이 1, 2회전에 취한 전략을 보고 날빌이 승산이 있다고 판단한 게 분명!

"으아아, 으아아!"

케인은 괴성을 흘리며 막아내려고 발버둥 쳤다. 그러나 이미 늦어 있었다. 김태산의 유닛과 일꾼들은 맹렬하게 케인의 본진을 박살 내기 시작했다.

"안, 안 돼……!"

"크하하핫! 크하하하핫!"

김태산은 본색을 드러내고 호탕하게 웃기 시작했다. 태현은 혀를 찼다.

'방송에 나온다고 말씀을 드렸는데…….'

지금 김태산이 하고 있는 건 다 방송 카메라에 잡히고 있을 것이다.

한마디로…… 망신!

'한동안 TV는 켜지도 않으시겠군.'

미래가 눈에 잡힐 듯이 보였다. 한편 그러는 사이 케인은 고개를 푹 숙이고 마우스를 내려놓았다.

케인은 세상에서 가장 억울한 얼굴로 돌아왔다.

"속았어!"

"또 뭐가?"

"어떻게 그런 얼굴로 그런 사악한 빌드를……!"

"우리 아버지 원래 그렇다니까."

태현의 말을 듣고 나서야 케인은 깨달았다.

'생각해 보니 김태현 가족이잖아……!'

왜 그걸 지금에서야 알았단 말인가!

"오. 이제 내 차례군."

케인이 좌절에 빠진 사이 태현은 자리에서 일어섰다. 태현의 다음 상대는 배중환. 현 판온 해설가, 그리고 전 판타지 크래프트 프로게이머였다.

-네! 이건 기대되는 경기입니다. 지금 자리에 있는 다른 선수분들도 시선이 확 쏠리고 있죠?

-경기하고 있는 선수분들이 섭섭해하겠어요.

-하지만 어쩔 수 없습니다. 김태현 선수야 현재 판온에서 가장 뜨거운 선수 아니겠습니까? 그리고 배중환 해설가는 알다시피 판타지 크래프트에서 한 시대를 풍미했던 선수고요.

-그렇죠. 저는 아무래도 배중환 해설가가 더 유리하다고 보고 있습니다. 알다시피 사람마다 잘하는 게 있고 전공이 있지 않습니까? 김태현 선수한테 그게 판온이라면 배중환 해설가한테는 그게 판타지 크래프트에요. 김태현 선수처럼 젊은 세대들한테는 게임이라고 하면 가상현실게임이겠지만, 우리 때만 해도 게임이라고 하면 키보드랑 모니터로 하는 거였거든요!

-맞습니다. 배중환 해설가가 그냥 선수도 아니었고, 전설 아니었습니까 전설. 비록 전성기 때만큼은 아니었어도 그 실력이 어디 가지는 않을 겁니다. 심지어 본인도 대회 일주일 전부터 맹훈련으로 기량을 되찾기 위해 노력을 했다고 말했죠.

-이야, 그 정도예요? 정말 대단한데요?

-단순한 대회라고 하지만 선수로서 피가 끓었던 거겠죠!

"우리 때랑 너무 반응이 다르지 않냐?"

"김태현이니까 어쩔 수 없지."

선수들끼리 떠드는 소리가 들려왔다. 이제까지의 미적지근한 반응과 달리 잔뜩 기합을 넣고 해설을 하는 해설자들!

그러거나 말거나, 배중환은 생각에 잠겨 있었다.

'회장님이 김태현 선수를 싫어하나?'

배중환은 태현을 좋아했다. 판온 해설가로서 태현처럼 이슈를 만들어주고 경기를 재밌게 만드는 선수를 싫어할 리 없었다. 게다가 그뿐만이 아니었다. 태현의 게임 스타일에는 보는 사람을 매혹시키는 무언가가 있었다.

그걸 카리스마라고 하든, 실력이라고 하든…… 확실히 스타성이 강렬한 건 사실이었다. 문제는 유 회장이 대회 시작 전 배중환을 불러 신신당부를 했다는 것이었다.

"김태현 저놈은 무조건 이겨야 하네! 알겠나?"

"예??"

"절대 얕보지 말고, 최선을 다해서 이겨주게! 나중에 얕봤다가 큰코다쳤다, 이런 소리 같은 건 절대 하지 말라고!"

"알, 알겠습니다."

태현을 좋아하긴 했지만 그것과 별개로 유 회장 같은 거물의 말을 듣지 않을 생각은 없었다. 아니, 오히려 더 철저하게 들으면 모를까!

'미안하다. 김태현. 널 좋아하지만 난 유 회장 말을 들어야 해! 회장님이 해주는 광고가 몇 개인데!'

배중환은 그렇게 생각하며 자리에 앉았다. 그때까지만 해도 배중환은 질 거라는 생각은 조금도 하지 않았다.

-김태현 선수! 치고 빠집니다! 치고 빠지고 있어요! 정말 악랄한 플레이입니다!

-저런 플레이는 처음 봅니다! 저렇게 활용할 수도 있군요!

태현은 판온 때 하던 플레이를 판타지 크래프트에서도 하고 있었다. 한마디로 요약하자면…… 남 괴롭히기!

인간 진영의 유닛 중 기마 궁수는 비교적 값이 싼 대신 빠른 이동 속도를 가지고 있었다. 대신 하나하나 일일이 컨트롤하지 않으면 금세 두들겨 맞다가 죽어버리는 약한 맷집이 약점이었다. 잘 쓰이지 않는 비주류 유닛이었지만, 태현은 기마궁수만 닥치는 대로 뽑아 배중환의 진영으로 돌진했다.

노리는 것은 일꾼! 상대의 성장을 방해하기 위해 계속해서 일꾼만 노렸다.

'뭐 이런 놈이 다 있냐?!'

배중환은 어이가 없었다. 그가 선수일 때도 기마궁수를 이용하던 선수는 가끔씩 있었다. 그러나 기껏해야 조금 뽑아서 깔짝대는 정도가 전부였지, 태현처럼 이렇게 올인하는 놈은 드물었다. 통제가 불가능하니까!

'손이 4개인 것도 아니고……!'

대회만 아니었다면 '저거 핵 아니야?!'라고 말했을 정도로 답답한 상황. 배중환은 이제야 태현을 마주한 다른 선수들의 마음이 이해가 갔다.

해설자 입장에서는 '아! 김태현 선수! 잘하네요! 정말 감탄스러운 플레이입니다!'라고 말하면 됐지만 직접 마주하게 되니 정말 무시무시했다. 마치 정교한 인공지능을 상대하는 것 같은 압박감!

"정, 정 실장. 지금 배중환 해설가가 밀리는 것 같은데 내가 잘못 보고 있는 건가?"

"……죄송합니다. 회장님. 배중환 해설가가 밀리고 있는 거 맞습니다."

"아니, 저…… 내가 방심하지 말라고 말했는데!"

배중환이 들었다면 '저는 방심 안 했습니다!'라고 항변했을 것이다. 실제로 배중환은 방심하지 않았다. 정말 태현이 예상 밖이었던 것일뿐!

"아, 안 돼……! 배중환 해설가가 지면 대진표가 어떻게 되나?!"

유 회장은 황급히 확인에 들어섰다. 배중환만 믿고 대진표를 짰던 것이다.

"아직 동생인 배중열 해설가가 남아 있습니다. 혹시 몰라서 반대편 블록에 넣어놨습니다만……."

"최악은 아니군. 배중열 해설가도 형이 진 걸 보면 정신을 차려서 최선을 다하겠지? 못하는 사람은 아니라고 했잖나."

"그, 그게…… 잘 풀리면 좋겠습니다만……."

정지용 비서실장은 땀을 닦으며 대답했다. 그렇지만 불안함은 가시지 않았다. 과연 배중열이 저렇게 날뛰는 태현을 이길 수 있을까?

"우오옷! 우오오옷! 우오오오옷!"

김태산은 믿을 수 없는 뒷심을 보여주며 배중열을 밀어붙이고 있었다. 생각지 못한 김태산의 뒷심에 배중열은 흔들리고 있었다.

초반, 중반.

배중열은 완벽한 전략으로 김태산을 몰아붙였다. 태현처럼 눈부신 컨트롤을 보여줄 수 없는 김태산은 정석으로 부딪히면 배중열에게 밀릴 수밖에 없었던 것이다. 점점 밀리던 후반이 되자, 김태산은 필사의 각오로 전면전에 나섰다.

있는 유닛을 다 쏟아부으며 몰아붙이기 시작한 것이다.

그 기세에 배중열이 흔들리기 시작했다.

"아니, 저…… 저건 또 왜 저래?!"

유 회장은 슬슬 뒷목이 당기기 시작했다. 김태현이 난리 치니 김태산도 난리를 치려고 하고 있었다.

-김태산 선수! 대단한 뒷심입니다! 모든 걸 포기하고 이 한 타에 나섰어요!
-배중열 해설가는 설마 이렇게까지 나올 거라고는 예상을 못 한 모양입니다. 당황했어요! 이렇게 흔들리면 안 됩니다! 아직 유리한 상황이거든요!
-역시 배중열 해설가도 사람이긴 한 모양입니다. 은퇴한 지 오래되니 이런 부분에서 실수를 하네요! 아! 오른쪽 진영이 무너집니다! 김태산 선수가 역전의 발판을 잡습니다!

"이, 이…… 김 씨 부자들이 진짜……!"
유 회장은 의자에 털썩 주저앉았다. 그리고 눈을 감았다.
"졌나?"
"……예. 배중열 해설가가 졌습니다."
"어쩔 수 없지……."
유 회장은 생각에 잠겼다. 상황을 받아들이지 못하는 건 멍청이나 하는 짓이었다. 지금 중요한 건 상황을 받아들이고 어떻게 해야 하느냐 결정하는 것!
유 회장은 뼛속까지 냉정한 사업가였다.
'……이렇게 된 이상 김태산 그 친구가 우승하길 바랄 수밖에 없겠군…….'

태현이 우승하는 것보다는 김태산이 우승하는 게 나았다. 김태산한테 잘 부탁하면 오토바이 정도는 줄 수 있을 테니까!

'내가 판온에 흥미가 없어졌는데 그 오토바이 주면 갑자기 흥미가 생길 것 같다고 말하면 그 친구는 분명⋯⋯.'

어떻게 말할까 고민하던 유 회장은 갑자기 부끄러움을 느꼈다. 그 오토바이가 뭐라고 이렇게 난리를 치고 있나!

밖에서는 '유성그룹, 사회를 위한 통큰 기부 쾌척', '트렌드에 맞춘 기부, 유성그룹이 사회적 책임을 말하다' 같은 말들로 칭송하고 있었지만, 실제로는 그런 게 아니었다.

"후, 됐네. 마음을 비워야지."

유 회장은 그렇게 말하며 자리에서 일어났다. 선수들과 한 번 만나면서 격려 나 해줄 생각이었다.

"영, 영광입니다!"

"그래. 오늘 대회에 참석해 줘서 고맙네."

"최선을 다하겠습니다!"

"그래, 그래."

"이, 이렇게 만나 뵙게 되어서⋯⋯."

유 회장은 고개를 갸웃거렸다. 어디서 본 것 같은 얼굴이 있었던 것이다. 도동수였다.

'이놈은 왜 여기 있어?'

'대회에 참석한 선수는 원칙적으로 전부 초대장을 보냈습니다만⋯⋯.'

'쯧. 어쩔 수 없었겠지. 그래, 잘했네.'

유 회장은 도동수를 좋아하지 않았다. 태현과 사이가 안 좋아서 대회 도중 방해했기 때문이 아니었다.

팀 선수들만 모이는 자리에 유 회장이 구경하러 들어갔는데 도동수가 구박하고 쫓아냈기 때문이었다.

'이놈은 김태현을 잡으려면 확실히 잡을 것이지 그것도 못 하는 놈이 속만 좁아가지고 이 늙은이를 쫓아내?'

유 회장은 그렇게 생각하며 도동수의 손을 잡고 흔들었다.

도동수는 잔뜩 긴장해 있었다. 살아오면서 만난 사람 중 가장 높은 자리에 있는 사람 아닌가!

"그래. 대회는 잘 봤네. 열심히 잘하더군."

"감, 감사합니다!"

"그런데 게임 내에서 다른 사람들에게 조금 더 친절했으면 좋겠는데."

"예? 물, 물론 친절하게 대하고 있……."

"거짓말! 나이 든 사람이 대회 구경 좀 하겠다고 대기실에 들어갔는데 매몰차게 대한 적이 있나, 없나?"

"있, 있었던 것 같기도 하고……."

"그런 짓을 하지 말란 말이야! 알아들었나!?"

"죄, 죄송합니다……!"

대체 왜 그런 일 가지고 이러는지는 모르겠지만, 도동수는 일단 빌었다. 그런 그를 보면서 유 회장은 막혔던 기분이 풀리는 걸 느꼈다.

'아, 자선대회를 열길 잘했군. 앞으로 더 열어볼까?'

사람들은 슬슬 느끼고 있었다.

이 대회의 결승전에서 누구와 누가 붙을지!

설마설마했던 부자간의 싸움!

"참 열심히도 한다. 미리 연습했어?"

"연습 좀 했지. 넌 왜 이렇게 빨리 탈락했냐?"

"판타지 크래프트는 취향이 아니라서. 자선대회니까 불참하기도 그렇고…… 가볍게 했어."

"……라고 패배자가 말했습니다."

이세연은 잔을 쥐고 있던 손에 힘이 들어가는 걸 느꼈다.

원래 그녀가 이렇게 쉽게 흔들리는 사람이 아닌데, 태현만 상대하면 열 받는 경우가 많았다. 정말 별거 아닌데 사람 긁는 데에는 탁월한 재주가 있는 태현!

"가볍게 했다니까. 이런 자선대회에 이기려고 목숨 걸지는 않아."

"이다비. 넌 저렇게 변명하는 사람이 되면 안 돼."

"저를 두 분 싸움에 끼워 넣지 말아주세요……."

이다비는 싸움에서 벗어나기 위해 슬슬 자리를 옮기려고 들었다.

탁-

그러나 태현과 이세연은 동시에 이다비의 양쪽 팔을 붙잡았다.

"들어보세요. 이다비 씨. 판온 1에서 누가 이겼죠? 그런데도 저런 태도라니까요. 제가 관대하게 길드에 들어오라고 말을 했는데도 그냥 거절하질 않나……."

"판온 1때 이야기를 아직도 하고 있는 사람이 있다니, 그게 진짜야? 와, 그런 사람이 있는지는 몰랐는데. 판온 1때 이야기하는 사람 저기 한 명 더 있는 거 알아? 도동수라고."

"지금 누가 누구 때문에 〈켠김에 끝까지〉 나가는데! 나 원래 그런 프로그램 나가고 싶지 않았거든? 거기 얼마나 빡센 프로그램인지 알아? 못 끝내면 밤을 새워야 한다고!"

"뭐지? 판타지 크래프트처럼 〈켠김에 끝까지〉에 나오는 게임도 이길 자신이 없다고 미리 말하는 건가?"

"……좋아! 붙어! 누가 먼저 끝내는지!"

멀리서 음료와 음식을 접시에 담고 돌아오던 케인은 활활 타오르는 셋을 보고 멈칫했다. 그리고 180도로 꺾어, 왔던 길로 돌아갔다.

'저기 갔다가는 분명 뒤집어쓴다!'

본능이 그렇게 말하고 있었다. 케인은 재빨리 주변 테이블에 빈자리를 찾아 냉큼 앉았다. 그리고 나서야 깨달았다. 테이블에 누가 앉아 있는지. 도동수였다. 세상에서 가장 어색한 침묵! 서로가 서로의 눈을 쳐다보지 못하고 있었다.

"커험, 커험…… 잘, 잘 지냈냐?"

케인은 말을 꺼내고서 후회했다. 이 무슨 헤어졌다가 다시 만난 애인 같은 대사! 도동수도 어이없어하는 분위기였다. 그렇지만 일단 대답을 했다. 그도 이 어색한 침묵이 견디기 힘들었던 것이다.

"잘…… 잘 지냈지."

"그, 그래."

그리고 다시 침묵. 서로 딱히 할 이야기가 없었던 것이다.

'뭐, 할 이야기가 있나? 판온 이야기라도 할까? 아니다. 이야기하면 김태현 나올 텐데 좋은 생각 같지는 않고…….'

'이 자식은 왜 여기 앉은 거야? 김태현이랑 같은 팀인 놈이 너무 뻔뻔한 거 아냐? 아오, 꺼지라고 하고 싶은데 눈치 보여서 꺼지라고 말도 못 하겠고…….'

도동수는 입맛을 다셨다. 오늘 처음 본 회장님이 '인생 똑바로 살아!'라고 훈계를 한 것이 꽤나 충격이었던 것이다.

태현과 같은 팀에서 뛸 때 엄청난 잘못을 저지르기는 했지만, 그것 외에는 나름 괜찮게 살았다고 생각한 도동수였다.

게다가 회장님은 태현과 불화로 훈계를 한 게 아니라, 다른 이유로 훈계를 했다. 그거 때문에 괜히 더 눈치가 보였다. 케인한테 꺼지라고 했다가 소란이라도 일어난다면, 회장님이 또 '내가 착하게 살라고 말한 지 한 시간도 안 됐는데…… 정말 실망이군!'이라고 할 수도 있는 것 아닌가. 그러고 싶지는 않았다! 다른 사람이면 모를까 유성그룹의 회장 아닌가.

"아, 넌 혹시 게임단에서 연락 왔냐?"

"……왔는데."

"뭐? 진짜?!"

케인은 깜짝 놀라 되물었다. 놀란 이유는 하나였다.

자신에게도 연락이 안 왔는데(물론 오해였지만), 도동수한테는 오다니! 그저 순수한 놀라움이었던 것이다.

그러나 도동수한테는 다른 의미로 들렸다.

너처럼 대회에서 트롤링한 놈을 초대한 게임단도 있냐?

"왜, 나는 게임단 초대를 받으면 안 되냐?"

"아, 아니. 그냥 신기해서……."

"난 중국 쪽 게임단 초대받았다."

"아. 그렇게 된 거구나."

케인은 무릎을 쳤다. 중국 쪽에서 태현은 별로 인기가 좋지 않았다. 아니, 정확히 말하면 악역에 가까웠다. 그런 만큼 도동수가 가기도 쉬웠을 것이다.

다른 곳은 '아무리 원한이 있어도 그렇지, 대회에서 그런 짓을 하는 선수는 좀……' 하고 걸렸지만, 중국 쪽 게임단은 '뭐 마찰 있었던 건 김태현이니 사람들 여론도 크게 신경 안 써도 되고, 싸게 선수 데리고 올 수 있으면 이득이지'였던 것! 그리고 도동수도 알고 있었다. 그런 가성비 이유가 아니라면 그가 초대받기 힘들었을 거라는 것을.

앞으로 열심히 해서 몸값을 올리겠다고 생각해도 굴욕감은 참기 힘들었다.

"잘난 척하지 마라. 흥!"

도동수는 자존심이 더 상했다. 다 알고 있는데 케인이 모르는 척을 하다니.

"ST 파이브, KT 위자드, 뉴욕 라이온즈…… 이런 팀들한테 제안을 받았다고 날 비웃고 있겠지!"

"어? 어? 뭐? 뭔 소리?"

"모르는 척하지 말라니까! 아오! 다 거절할 정도로 더 좋은 제안을 받았다고 누구를 놀리는 거냐!"

도동수는 결국 참지 못하고 자리에서 일어섰다. 케인이 일부러 멍청한 표정을 짓고 놀리고 있는 기분이 든 것이다.

"흥! 난 다른 곳에서 먹겠다!"

"……자네, 내가 아까 다른 사람들에게 친절하게 대하라고 했던 것 같은데……."

"헉! 회장님! 그게 아니라……! 그게 아니라……!"

성질을 내며 일어선 곳에 하필 지나가던 유 회장이 있었다. 유 회장은 한층 더 싸늘해진 눈빛을 보냈다. 단단히 찍힌 기분! 도동수는 원망 섞인 눈빛으로 케인을 쳐다보았다.

'너, 이 자식. 노린 거지!'

'쟤는 왜 저래?'

한편 그때, 정수혁은 마탑에 있었다. 태현이 부탁했던 것이다.

수혁아, 흑마법사 버리고 온 것 때문에 에랑스 왕국 마탑 내에서 난리가 날 수 있으니까 확인 좀 해줘. 설마 게네들이 날 공격하러 오진 않겠지만 세상에 절대란 건 없는 법이니까.

태현은 체세도와 흑마법사들을 버리고 온 순간부터 마탑의 공적치 포인트를 모두 포기한 상태였다. 피눈물 나게 아까웠고, 다른 플레이어들이 안다면 '그걸 왜!'라고 외쳤겠지만 어쩔 수 없었다. 거기서 그들을 챙기겠다고 나섰다가는 같이 발목 잡힐 확률이 100%!

그렇지만 태현도 걱정되는 게 하나 있었다. 공적치 포인트가 깎이는 것만으로 끝나는 게 아니라, 흑마법사 학파에서 '김태현 백작이 감히 우리 흑마법사들을 데리고 가서 버리고 왔다고? 용서할 수 없다!' 하며 마이너스로 내려가는 상황!

재수 없으면 적이 될 수도 있었다. 물론 가능성은 낮게 보고 있었지만, 태현은 언제나 만약을 대비하는 사람이었다.

'안 그래도 적 많은데 최대한 조심해야지……'

그런 태현의 부탁에, 정수혁은 긴장한 얼굴로 흑마법사 학파의 구역을 얼쩡거리고 있었다.

슬슬 반응이 나올 때가 됐는데……

"체세도가 리치가 됐다고?! 김태현 백작은 뭘 하고 있었던 거지?!"

'왔다!'

정수혁은 침을 삼켰다. 제발 적당한 선에서 끝나기를!

"될 거라면 김태현 백작이 리치가 되었어야 했는데!"

'역시 화를 내나……?'

"뭐, 체세도가 리치가 됐다면 그건 그거대로 나쁘지 않은 결과로군. 좋다! 축하하자!"

'??'

"김태현 백작 덕분에 리치가 되었으니 체세도도 고마워하겠군. 흑마법의 이름으로 축하하자!"

"체세도 님에게 서신을 보낼까요?"

"됐다. 어차피 리치가 됐으니 곧 스승도 못 알아볼 텐데. 알아서 잘 살 것이다."

정수혁은 지금 무슨 대화를 들은 건지 이해가 가지 않았다. 제자가 리치가 됐는데 이 무슨 훈훈하고 만족스러운 분위기란 말인가. 그러나 흑마법사들은 당연하다는 듯이 '잘됐네, 체세도!'라고 외치고 있었다.

'……어쨌든 잘된 거겠지?'

이해는 안 됐지만, 일단 정수혁은 안심했다. 태현을 죽이러 갈 분위기는 아니었으니까!

"아, 이 빌어먹을 토끼들! 왜 이렇게 많은 거야! 아무리 생각해도 이상해!"

길드 동맹의 길드원들은 투덜거리며 토끼를 공격했다.

이상하게 영지 근처에 토끼들이 너무 많았다.

"중앙 대륙 전체에 저주가 퍼졌으니까 어쩔 수 없지."

"그게 아니라니까? 내가 에랑스 왕국도 자주 가는데, 거긴 이 정도까진 아니라고. 여기 누가 토끼 풀고 간 거 아니야?"

"……김태현 그놈이 토끼 부리던데."

"역시! 그놈이 뿌리고 간 게 분명해! 잠깐만, 대륙에 토끼 퍼진 것도 그놈 때문은 아니겠지?"

대륙에 퍼진 토끼 저주. 그리고 태현이 길드 동맹을 공격하면서 사용했던 토끼 떼. 이 두 가지를 연결시키는 건 쉬운 일이었다. 순식간에 소문이 돌기 시작했다.

-김태현이 토끼 저주 퍼뜨린 거 아니야? 김태현이야 대형 퀘스트 이것저것 많이 깨니까 그만큼 저주도 위험한 거 걸릴 수 있잖아.

-맞아. 게다가 지금 김태현 영지에서만 토끼 안 들어오고 있다며?

다들 토끼로 고생하고 있으니, 이런 소문은 순식간에 퍼져 태현을 위협해야 했…… 으나, 그러지 못했다.

태현에게는 파워 워리어 길드가 있었던 것이다.

재빨리 상황을 파악하고 소문을 잠재우러 나선 그들!

-아님. 김태현 영지가 멀쩡한 건 카르바노그 신 퀘스트 깨서임.

-카르바노그 신이 누군데?

-토끼의 신임.

-그딴 신이 있어?! 판온에 아무리 신이 많다지만 진짜?!

-아니, 뭔 이득이 있다고 그런 신 퀘스트를…….

-어? 그러면 저주도 카르바노그 신 찾으면 풀 수 있는 거 아니야? 카르바노그 신전 어디 있는지 아는 사람?

-그러고 보니 예전에 카르바노그 뭐시기 나온 던전 있지 않았냐? 그, 김태현이 100명이랑 싸우다가 들어간 던전에…….

-거긴가?!

-김태현 잡으러 온 놈들이 거기서 토끼 잡고 보스 토끼한테도 깽판 놓지 않았냐? 그놈들이 범인이네 범인! 아주 나쁜 놈들이네!

-맞아! 그놈들이 책임져야지! 왜 김태현이 책임을 져야 해!

기회를 잡은 파워 워리어는 재빨리 역공을 가했다.

다른 사람에게 책임 떠넘기기!

판온 안에서 무슨 일이 일어나는지도 모르고, 태현은 이세연과 피 튀기는 설전을 벌이고 있었다. 사이에 낀 이다비는 울상이었다.

'그냥 일어나게 해주세요……!'

"김태현 선수. 슬슬 오셔야 하는데요."

"아, 가겠습니다."

직원의 말에 태현은 바로 말을 멈추고 일어섰다. 방금까지 싸우던 게 거짓말처럼 느껴질 정도!

"잘하고 와."

"물론 잘하고 와야지."

이다비는 당황한 얼굴로 둘을 쳐다보았다. 싸우던 거 아니었어?

"싸, 싸운 거 아니었나요?"

"네? 그건 그거고 이건 이거죠."

'모르겠어!'

그러는 사이 태현은 무대 위로 올라가 김태산과 같이 사진을 찍었다.

-이야, 설마 했던 부자대결! 일이 이렇게 흘러갈지는 아무도 몰랐을 겁니다.

-김태산 선수는 대회에는 출전한 적 없지만, 판온 내에서는 유명한 플레이어입니다. 이끄는 길드도 유명하다고…… 어? 최강지존무쌍…… 이거 이름이 잘못 나온 거 같은데…… 아, 이거 맞다고요? 하, 하하…… 좋은 이름이네요!

-무엇보다 김태산 선수는 판타지 크래프트를 직접 했던 세대죠. 이 차이가 클 겁니다. 실제로 김태산 선수 경기 내용을 보면 한두 판 한 사람의 실력이 아니에요. 배중열 해설가를 꺾는 건 아무나 할 수 있는 게 아니거든요. 김태산 선수. 결승전을 앞두고 있는데, 어떠세요. 아들분을 상대하게 됐는데. 이길 자신은 있으신가요?

"물론! 저놈은 날 따라오려면 아직 멀었지!"

-대단한 자신감이십니다! 김태현 선수는 어떠세요?

"뭐 아버지가 많이 하신 게임이니 저렇게 자신감 있으신 것
도 당연한 거죠."

"녀석. 그렇게 말해도 봐주는 건 없다."

"아니, 뭐…… 아버지가 경기 어떻게 하는지 많이 봐와서……
경기하시다가 지면……."

"하하! 경기 시작합시다."

태현이 무슨 소리를 하려는지 깨달은 김태산이 다급히 나서
서 말을 끊었다. 이게 방송에 나가면 개망신!

결승전은 그 이전 경기와 달리 5전 3승제의 싸움이었다.

자선대회라고는 믿을 수 없는 팽팽한 긴장감!

다른 사람들은 그 이유가 자선대회치고는 믿을 수 없을 정
도로 큰 상금이라고 생각했지만, 사실 둘 다 상금은 안중에도
없었다. 자존심 싸움!

태현이 고른 건 인간 진영, 김태산이 고른 건 버그 진영. 김
태산은 주먹을 뚜둑거리며 온몸을 풀었다. 오늘 뭔가 한번 제
대로 보여주리라! 그러는 동안 태현은 조용히 앉아서 생각에
잠겨 있었다. 그걸 본 이세연이 중얼거렸다.

"저거 또 사고 치려는 거 같은데……."

태현은 얌전할 때가 가장 무서웠다. 속으로 무슨 생각을 하는지 알 수가 없었으니까! 그리고 경기가 시작되었다.

김태산은 침착하게 정석적인 빌드를 따라갔다. 이제까지 했던 것처럼, 물량과 기세로 태현을 밀어버릴 생각이었다.

수많은 경험으로 쌓인 강함! 그것이 김태산의 자신감이었다. 그리고 태현은⋯⋯.

"어? 어?"

"저, 저건⋯⋯."

보던 선수들은 웅성거렸다. 태현은 빠르게 궁수 유닛을 뽑고 일꾼 유닛과 같이 우르르 김태산의 진영으로 돌격하고 있었다. 저 전략은⋯⋯!

"알, 알박기!"

"소형 요새로 알 박을 생각이다!"

김태산의 본진 앞에 소형 요새를 빠르게 건설하고, 그 안에 궁수 유닛을 넣어서 버틴다! 그걸 노리는 것이었다.

보고 있던 선수들은 경악했다. 저 소형 요새 알박기는 날빌 중의 날빌이었다. 실패할 경우 매우 불리해지는 만큼, 어지간해서는 쓰지 않았다. 실제로 프로들 사이에서 이런 날빌을 쓰는 건 '무례하다'는 말이 나오는 경우도 있을 정도였으니까. 상대를 얕잡아본 게 아니라면 거의 쓰지 않는다!

그러나 태현은 당당하게 쓰고 있었다. 그것도 아버지를 상대로!

'저거 예전에 선수 한 명이 대회에서 썼다가 영원히 화해 못

한 걸로 아는데.'

'나도 친구한테 저거 한 번 썼다가 그 친구랑 멱살 잡고 싸웠었어.'

'김태현 저놈…… 정말 대단하다!'

여러 의미로 대단한 태현! 김태산은 아직 눈치를 채지 못하고 있었다. 공격 유닛을 뽑는 건물은 안 짓고 앞마당으로 내려가 자원을 모으는 데에 집중하고 있는 상태.

보고 있던 선수들은 탄성을 내뱉으며 눈을 감았다.

아, 망했구나!

김태산은 그제야 오싹함을 느꼈다.

멀리서 달려오는 유닛들!

김태산은 순간 눈을 의심했다. 봤음에도 불구하고 의심할 수밖에 없었다.

'이, 이놈 자식이…… 결승전에서 이런 걸 써?!'

물론 김태산도 날빌을 쓰긴 썼지만 설마 모든 사람들이 다 보고 있는 결승전에서 태현이 이런 날빌을 쓸 거라고는 생각지 못했다. 게다가 이 소형 요새 알박기는 날빌 중에서 가장 날로 먹는 날빌로 알려져 있었다. 그런 걸 쓰다니!

타타타탁-

김태산은 재빨리 막으려고 들었다. 일꾼들이 우르르 달려나와 태현의 유닛을 견제하려고 들었지만, 컨트롤에서는 태현이 김태산을 압도했다. 게다가 인간 진영의 일꾼은 버그 진영의 일꾼보다 더 튼튼했다.

김태산이 어, 어 하는 사이 태현은 빠르게 전략을 완성시켜 나갔다. 요새가 완성되고, 궁수 유닛들이 안으로 들어가자, 김태산의 유닛이 터져 나갔다.

"아직 안 끝났어! 앞마당은 포기하면 돼! 손해가 크지만 뒤로 물러서서 확장하면 승산이……."

고개를 끄덕이며 듣고 있던 선수들은 깜짝 놀랐다. 다른 선수가 말하고 있는 줄 알았는데, 유 회장이 말하고 있었던 것이다.

'회, 회장님이 왜?'

'뭐야? 뭐야?'

'판타지 크래프트 좋아하셨나?'

유 회장은 비통하게 외쳤다. 김태산이 포기하고 경기를 던진 것이다.

"안 돼……!"

CHAPTER 6

김태산의 뺨이 딱딱해진 것을 볼 수 있었다. 이를 악문 것이다.

굴욕적인 패배! 정정당당하게 싸운 것도 아니라, 시작하자마자 5분 만에 날빌에 당해서 졌으니 김태산 성격에 화가 날 수밖에 없었다.

"후우……."

김태산은 한숨을 내쉬며 눈을 감았다. 아직 첫 경기를 했을 뿐. 남은 경기를 잘 치르면 된다. 이렇게 화를 내게 만드는 것도 태현의 전략일 가능성이 컸다.

'내가 호랑이 새끼를 키웠어…….'

과연 태현은 두 번째 경기에서는 어떻게 나올 것인가?

첫 번째 경기에 쓴 날빌을 다시 쓰지는 않을 테고…….

'그렇다면 다시 한번 자원을 모으는 전략으로 가자. 물량을 모아서…….'

선수들은 차마 화면을 보지 못하고 고개를 돌렸다. 김태산과 태현의 화면을 둘 다 볼 수 있었기에, 서로가 무슨 생각을 하는지 알 수 있었던 것이다.

'안, 안 돼……!'

'김태산 씨! 한 번 더 가고 있어요……!'

1경기 때와 똑같은 전략으로 덤비는 태현! 그걸 뒤늦게 깨달은 김태산의 얼굴이 새파랗게 질렸다.

'이, 이, 이, 자식이 진짜……!!'

설마설마했는데 진짜 두 번째 경기에서도 이걸 들고 올 줄은 몰랐다!

'저거 사람 맞냐?'

'김태현 아직 독립 안 했다고 들었는데, 집에 가서 어떻게 얼굴 맞대려고 저러는 거지?'

수군거리는 선수들의 말은 무시하고, 태현은 냉정하고 침착하게 움직였다. 1경기 때와 똑같은 패배!

─……어…… 그러니까 말이죠…… 이게 참…….

1경기 때는 나름 말을 하던 해설가들도 뭐라고 말을 하지 못했다. 그러나 아직 끝나지 않았다. 3경기가 남아 있었던 것이다. 그리고 3경기가 시작되었다.

쥐 죽은 듯이 조용해진 홀! 태현만 여유로운 표정으로 자리에서 일어섰다.

'지독한 놈!'

'3경기도 똑같은 전략으로 나오다니……!'

3경기도 태현은 똑같은 전략으로 나왔다. 이쯤 되자 김태산도 최대한 수비에 나섰지만, 태현은 교묘한 컨트롤로 김태산을 제압하고 요새를 알박기하는 데 성공했다.

그 결과가 바로 이것!

-김, 김태현 선수가 김태산 선수를 꺾었습니다. 3:0! 이야, 대단한데요?

-김태산 선수도 졌지만 나쁜 기분은 아닐 겁니다. 무엇보다 아들이잖습니까. 하하하…….

어색한 분위기를 풀기 위해 해설가들은 최대한 입을 놀렸다.

벌떡!

김태산이 자리에서 일어섰다. 자리에서 일어선 김태산을 보고 사람들은 '악수나 포옹이라도 하려고 그러나?'라고 생각했다.

터벅터벅-

태현을 향해 걸어가는 김태산. 그러나 다른 사람들과 달리, 태현은 바로 상황을 깨달았다.

후다닥!

몸을 돌려 뒤로 도망치는 태현!

"너, 이 자식 거기 서!!"

사람들은 깜짝 놀랐다. 지금 뭐 하는 거지?

김태산은 눈이 뒤집혀서 태현을 쫓아 달려 나가기 시작했다. 그러나 이미 태현은 거리를 벌린 뒤였다.

"야! 거기 서!"

"아버지 같으면 서겠습니까!"

순식간에 홀 밖으로 사라지는 둘! 남은 사람들 사이에 침묵이 맴돌았다. 방금 그들이 뭘 본 거지?

-하, 하하……

-두 분이 개그를 준비해 오셨군요!

-네, 네! 재미있는 개그였습니다.

'개그?'

'아니, 아무리 봐도 진심이었는데……'

자리에 있던 사람들은 믿기지는 않았지만 일단 고개를 끄덕여줬다. 상황은 수습해야 하니까!

짝짝짝짝-

다들 박수를 쳤다.

"후……."

유 회장은 깊은 한숨을 쉬며 고개를 푹 숙였다. 절망이 섞인 한숨이었다.

"회장님……."

"됐네. 없던 셈 치지."

이렇게 판을 벌였는데도 얻은 게 없다니! 결국 이 대회에서 이득을 본 건 태현밖에 없었다. 상금은 상금대로 받고, 기부했다는 명예와, 오토바이는 다시 본인이 가져가게 될 테니…….

'이 김씨 부자들…… 정말……'

유 회장은 만약 다음에 대회를 열게 된다면, 그냥 부르지 말아야겠다고 생각했다.

앞으로 나가서 유 회장과 악수하고 상금을 받는 태현. 태현은 왠지 모르게 땀에 젖어 있었다.

"헉, 헉……"

그리고 그건 김태산도 마찬가지였다. 진심으로 상대를 잡기 위해, 상대를 피하기 위해 뛰어다녔던 둘!

"이, 이놈 자식…… 좀 적당히 잡혀줄 것이지……"

케인과 이다비는 슬슬 김태산과 거리를 벌렸다. 아무리 봐도 불똥이 곧 튀길 것 같았던 것이다. 그러는 사이 태현은 사진을 찍었다. 기사에 유성 그룹 자선대회를 알리기 위한 사진들이었다.

"그래서 만족하냐? 응?"

"오토바이 안 만들어도 되니 그건 좀 편하네요. 만들기 귀찮았는데."

"내가 다시는 네놈을 대회에 부르나 봐라."

"에이, 너무 그러지 마세요. 대회에 나온 이상 최선을 다해야죠."

유 회장과 태현은 입 모양을 움직이지 않고 작은 목소리로 떠들었다.

"어차피 다른 대회에 가서도 잘할 놈이 내가 연 대회에 와서 깽판을 놓다니……."

유 회장의 말에 태현은 살짝 미안한 감정을 느꼈다.

"에이, 그래도 대회는 흥행했잖습니까. 분위기도 좋아요. 보세요."

"흥."

유 회장은 콧방귀를 뀌며 고개를 돌렸지만, 태현의 말에는 반박할 수 없었다. 실제로 대회는 제대로 흥행한 것이다.

다른 직원들의 말을 들어보니, 보고 있는 사람들의 반응이 뜨거울 정도였다. 이 정도 관심을 받는 자선대회는 드물었다.

자선대회의 목적을 봤을 때 대회는 분명 성공적이었다.

유 회장이 원하는 걸 못 얻어서 그렇지!

태현은 유 회장의 태도를 보고 확신했다.

'역시 오토바이를 얻고 싶으셨군…….'

태현 정도 되는 사람이 이런 걸 눈치채지 못할 리 없었다.

처음에는 '설마 회장님이 이거 때문에 이렇게 일을 벌였겠어?' 싶었는데, 점점 확신이 갔다. 그리고 돈 많은 사람이 정말 쓸데없는 걸 위해 돈을 낭비하는 건 많이 봐왔었다.

주로 아버지에게서!

'이 정도 대회는 어르신한테는 푼돈일 테니 뭐…….'

사실 귀찮기는 했지만 오토바이 정도는 다시 만들 수 있었다. 유 회장이 저렇게 원하는데 뭐 그리 어렵겠는가.

그러나 태현은 그냥 줄 생각이 없었다.

'어쨌든 이걸로 잘 써먹을 수 있겠군!'

이제 유 회장은 판온에서 초보가 아닌, 나름 막대한 자금과 인맥을 가진 플레이어였다. 얼마든지 도움을 뜯어낼…… 아니, 빌릴 수 있었다. 이때 태현은 아직 모르고 있었다. 다른 곳에 또 다른 호구가 한 명 더 있다는 것을.

"구렌달, 토끼를 잡아 왔다. 이제 말하도록!"

"자네 말투가 영 불쾌하지만, 약속은 약속이니 말해주도록 하지."

타이럼 시의 대장장이, 구렌달은 짜증 섞인 얼굴로 장쓰안을 쳐다보았다. NPC들의 인공지능은 정교했다. 플레이어가 공손하게 나오면 보너스가 붙고, 건방지게 나오면 페널티가 붙었다. 물론 장쓰안도 그것 정도는 알고 있었지만, 그럼에도 장쓰안은 태도를 굽히지 않았다. 퀘스트 때문에 타이럼 시 같은 곳까지 온 게 이미 충분히 짜증 났던 것이다.

'이 내가 이런 곳까지 와야 하다니!'

게다가 구렌달한테 말을 걸었더니 '나한테 질문하려면 저 밖의 사냥꾼들한테 인정받고 오라고' 하고 거절했다.

사냥꾼들한테 갔더니 '우리한테 인정받고 싶으면 토끼 잡고 오라고'라는 말을 들었다.

사람을 빙빙 돌리는 퀘스트! 짜증 났지만 장쓰안은 참고 다 해냈다. 이제 대답의 시간!

"좋아. 뭘 물어보고 싶은가?"

"〈차가운 울음의 검〉의 제작법을 원한다!"

"후후…… 〈차가운 울음의 검〉. 그 검을 찾으러 온 건가……."

구렌달의 태도가 뭔가 아는 것처럼 보이자, 장쓰안은 속으로 기뻐했다. 그래도 그 검은 바위단의 놈이 거짓말하지는 않았구나!

"그렇지만 한발 늦었군."

"……뭐?"

"그 제작법은 내 우수한 제자한테 넘겼다. 후후. 내 제자가 얼마나 대단한 줄 아나? 대륙의 위기를 몇 번이나 막아낸……."

"……그런 대장장이 NPC가 있나?"

"대장장이는 아니지. 김태현 백작이거든."

"……뭐??"

장쓰안은 귀를 의심했다. 잘못 들었나?

"김태현 백작, 모르나? 쯔쯔. 태도만 건방진 게 아니라 머리도 나쁜……."

"닥쳐, 이 냄새 나는 인간아! 김태현을 모를 리가 있나! 그놈이 왜 네 제자야!"

"나한테 배웠으니 제자지."

"그, 그놈이 제작법을 갖고 있다고?"

"그래."

장쓰안은 뒤통수를 망치로 얻어맞은 기분이었다. 기껏 여기까지 왔는데 이렇게 끝이란 말인가? 절대 그럴 수는 없다!

"제작법을 기억하고 있거나 남은 건 없나?"

당황한 장쓰안의 목소리가 갈라졌다. 그러나 구렌달은 냉정하게 고개를 저었다.

"기억해 내! 기억해 내라고!"

장쓰안은 울컥해서 검에 손을 가져갔다.

[구렌달을 협박합니다.]

[초급 화술 스킬을 갖고 있습니다. 페널티를 받습니다.]

[구렌달이 협박에 저항해 냅니다.]

그러나 협박도 아무나 하는 게 아니었다. 장쓰안은 화술 스킬과 거리가 먼 캐릭터였다.

"감히 이놈이 여기가 어디라고……!"

구렌달이 재빨리 옆에 걸린 뿔나팔을 들고 불기 시작했다.

뿌우우우-

[구렌달이 타이럼 사냥꾼들을 불러 모으기 시작합니다. 도망치십시오!]

"이 인간이 감히?"

장쓰안의 눈매가 사납게 변했다. 무시하던 촌동네 NPC가 이렇게 발목을 잡으니, 안 그래도 치밀었던 짜증이 폭발하려고 했다. 장쓰안에게 타이럼은 별로 강하지 않은 왕국에 있는 초보자들의 도시나 마찬가지였던 것!

"안 그래도 짜증이 나는데 감히……."

장쓰안은 구렌달을 몇 대 패주고 가려고 검을 들었다. 그 순간 화살이 날아왔다.

퍽!

[저항에 실패합니다. 사베 독이 묻은 화살을 맞았습니다. 상태 이상 <마비>에 빠집니다.]

장쓰안은 놀랐다. 생각했던 것보다 공격이 매서웠던 것이다.

'뭐야? 레벨이 몇인 거지?'

"저놈이다!"

"잡아라!"

"쳇!"

장쓰안은 구렌달을 패려던 것을 멈추고 재빨리 자리에서 벗어났다. 그러나 이미 타이럼 사냥꾼들은 곳곳에서 몰려오고 있었다.

"놓치지 마!"

"포위망을 펼쳐라!"

'흥. 그냥 빠져나가면 그만이지.'

그렇게 생각하며 장쓰안은 탈것을 꺼냈다. 눈부신 갈기와 털을 가진 말이 나왔다. 그리고…….

픽! 퍼퍼퍼퍽! 히히히힝!

구슬픈 비명과 함께 말이 쓰러졌다. 타이럼 사냥꾼들이 말을 집중적으로 사격해서 쓰러뜨린 것이다.

"이, 이, 이것들이……!"

그제야 장쓰안은 그가 타이럼 사냥꾼들을 너무 얕봤다는 걸 깨달았다. 공격력도 그렇고, 레벨도 그렇고, 싸우는 방식까지. 절대 약한 NPC들이 아니었다. 이런 곳일 줄이야!

"김태현……!!"

"그런데……."

"……?"

"결국 네 녀석은 어디 가기로 마음먹은 거냐?"

유 회장은 은근슬쩍 물었다. 태현이 어느 게임단에 들어갔는지 궁금했던 것이다. 지금 업계에서는 소문만 무성했다.

소문들만 돌자 유 회장도 궁금할 수밖에 없었다.

김태현은 과연 어디로 들어갈 것일까?!

'유성그룹의 게임단은 아직 준비 단계이기는 하지만…….'

유 회장은 그렇게 생각하며 태현을 힐끗 쳐다보았다. 준비

단계긴 하지만 유성그룹의 게임단은 국내 다른 게임단보다 훨씬 더 강력한 지원을 업고 있다고 생각했다. 그룹 회장이 이렇게 본격적으로 나서서 지원하는 게임단은 없는 것!

만약 태현이 아직 결정을 내리지 못했다면, 은근슬쩍 조언해주는 척하면서 유성그룹의 게임단에 넣는 것도…….

"네? 별생각 없는데요."

"뭐? 뭐라고?"

유 회장은 귀를 의심했다. 별생각이 없다고?

"아니, 별생각이 없으면 어떻게 하려고! 이 길로 가기로 마음을 먹었으면 진지하게 마주 보고 어떻게 할지 계획을 세워야지!"

유 회장의 뜨거운 조언에, 태현은 수상하다는 눈빛으로 유 회장을 쳐다보았다.

"……어르신 왜 이리 관심이 많으시죠? 뭐 게임단이라도 차리실 겁니까?"

"컥, 커헉. 콜록."

태현의 말에 유 회장은 사레가 들었다. 콜록대는 유 회장을 보며 태현은 어깨를 으쓱거렸다.

"농담한 거였는데 그렇게 반응하실 것까지야…….."

"그딴 농담은 하지 마!"

"어쨌든 꼭 게임단에 들어가야 하는 건 아니잖습니까? 중요한 건 자기 실력이지."

말이야 따지고 보면 맞는 말이었지만, 태현의 말에는 커다란 허점이 있었다.

"네 녀석 말이 맞긴 하지만 한 가지 문제가 있지. 게임단에 안 들어가면 대회 출전은 어떻게 할 거냐? 출전 자격 자체를 얻기가 힘들 텐데."

"아. 확실히 그건 그렇군요."

태현은 고개를 끄덕였다. 앞으로 열릴 수많은 판온 대회들. 이런 대회들에 초대받기 위해서는 그럴듯한 이름이 필요했다. 보통 유명 프로게임단들은 이런 이름값을 갖고 있었다.

이제까지 쌓아온 실적과 거기 들어가 있는 선수들이 실력을 보장해주는 것이다. 그런 게임단에 들어가지 못한 아마추어 팀들은 치열한 예선을 뚫어야 하거나, 아예 참가가 불가능할 수도 있었다.

'확실히 내 이름만으로는 좀 힘들려나? 내가 대회 우승을 하긴 했지만 우승 멤버에서 대부분이 다 바뀌었을 테니…….'

"그래, 잘 알아들었군. 아무리 네가 독불장군처럼 하고 싶다고 해도 세상에는 안 되는 게 있는 법이야. 그런 의미로 내가 한 가지 좋은 걸 알려주려고 하는데……."

"흠…… 제가 게임단을 하나 만들면 되겠네요."

"……뭐??"

유 회장은 슬슬 보청기를 해야 하나 싶었다. 오늘 몇 번이나 헛소리를 듣는 거지?

"정식으로 프로게임단을 만들면 대회 출전하기도 훨씬 더 수월할 거 아닙니까."

"이, 이놈이…… 프로게임단 하나 만드는 게 얼마나 힘든 줄 아느냐! 무슨 애들 장난인 줄 아는 건 아니겠지?"

"유성그룹 프로게임단을 생각하니 어르신 말씀이 정말 진실 되게 들리긴 하네요."

유 회장의 얼굴이 붉어졌다. 아니, 이놈이?

"……유, 유성그룹 프로게임단은 지금 이야기랑은 상관이 없잖아……!"

아픈 곳을 찔린 유 회장은 말을 더듬었다. 안 좋은 성적만을 거둬서 해체된 (구)유성그룹의 프로게임단!

"근데 그렇게 힘든가요?"

"당연하지. 그걸 말이라고 하고 있냐?"

"어르신도 딱히 직접 하시진 않고 그냥 사람 불러서 시키고 그러셨을 것 같은데……."

정확하게 맞았다. 아니, 사실 그게 당연한 거였다. 그룹 회장이 계열사 밑의 프로게임단 하나를 일일이 확인할 리는 없지 않은가.

"내가 직접 안 했어도 얼마나 힘든지는 안다."

"호, 주로 어떤 게 힘들죠?"

"운영할 사람도 사람이지만 비용도 그렇고…… 절대로 개인이 운영할 수준은 아니야!"

"근데 그건 유성그룹 규모의 프로게임단이니까 사람 많이 들어가고 비용 많이 들어간 거지, 제가 차리면 소규모로 돌아갈 텐데 별로 안 들어가지 않나요? 적게 잡으면 대충 1년에 10억, 넉넉하게 잡아도 20~30억이면 충분하지 않나?"

명문 프로게임단은 그만큼 유지하는 비용도 어마어마했다. 각종 소속 건물들부터 시작해서 직원들까지. 그에 비해 태현이 차리게 된다면 정말 태현이나 몇몇 선수들 위주로 돌아가는 소규모 프로게임단이 될 게 분명했다. 지금도 판온은 벌써 우후죽순으로 작은 프로게임단들이 나오고 있었다.

그중 대부분은 자금 부족과 인지도 부족으로 열악한 환경에 처해 있지만, 태현은 상황이 달랐다.

'그 정도야 충분히 쓸 수 있지.'

'이, 이놈 진짜 할 생각이야……!'

유 회장은 경악했다. 태현이 다른 게임단에 제안을 받아서 갈지도 모른다는 생각은 했지만, 설마 자기가 직접 차려서 운영할 거라고는 생각지도 못했다. 전자일 경우에는 더 좋은 제안으로 빼 올 수 있었지만, 후자일 경우에는 그게 불가능하지 않은가!

"저…… 두 분? 슬슬 진행을 하고 싶은데요……."

"아."

그제야 유 회장과 태현은 고개를 들었다. 시상식 자리에서 둘이 계속 고개를 숙이고 소곤거렸던 것이다. 다른 사람들은 '뭔 이야기를 저렇게 하나' 싶은 얼굴로 기다리고 있었다.

'부, 부러운 자식……!'

그리고 도동수는 태현을 질투의 눈빛으로 노려보고 있었다.

"무슨 이야기를 그렇게 했어?"

"아, 회장님께서 게임단 들어가기 싫으면 게임단을 만들어보라던데?"

유 회장이 들었다면 '내가 언제 그런 소리를 했어!'라고 따졌겠지만, 이 자리에는 유 회장이 없었다. 태현은 자기 좋은 대로 대화를 해석했다. 그 말에 이세연은 놀란 눈빛이었다. 직접 차리다니.

"직접 차리게?"

"못 할 것도 없지. 조금 귀찮기는 하겠지만…… 왜, 무리일 거 같아?"

"아니. 돈만 되면 할 수 있을 것 같은데…… 너 돈은 있지?"

"있지."

"선수는?"

"음, 뭐 그건 지금부터 생각해 봐야지."

그러면서 태현은 케인을 슬쩍 쳐다보았다. 구하기 쉬운 선수 한 명이 보였다.

"무슨 생각하는지 뻔히 보인다."

"네가 무슨 말을 하는지 모르겠는데?"

"됐고, 대회는? 무슨 대회를 노릴 거야?"

"응?"

"……'응?'이라니. 너 설마…… 무슨 대회를 노릴지 생각도 안 한 건 아니지?"

"어허, 프로 선수라면 무릇 나가는 모든 대회에 최선을 다해야……."

"그런 일반론은 됐고! 전략적으로!"

"뭔 대회가 있는지 알고 그런 전략을 정해?"

"……너 메일 안 받았어?"

이세연은 어이가 없다는 듯이 물었다. 대회에 참가한 선수들한테는 판온 회사 측에서 보낸 편지가 왔다.

앞으로의 대회 구상과 계획이 길게 적혀 있는 편지!

"아. 그거. 물론 받았지."

"안 받았구나. 거기 보면 구상하고 있는 대회 몇 개 나왔잖아."

이세연은 손가락을 접으며 설명하기 시작했다.

"다들 이런 거 보면서 뭘 노릴지 머리 굴리고 있는데 몰랐어?"

"알고 있었다니까? 그런데 던전 공략 대회는 뭐지?"

"말이라도 못하면…… 말 그대로야. 던전 공략하는 거. 두 팀이 들어가서 누가 먼저 공략하느냐."

"아. 그런 건가."

판온에서 투기장 잘하는 사람만 유명한 건 아니었다. 던전 공략도 투기장만큼, 아니, 어떻게 보면 투기장보다 더 인기가 많은 컨텐츠였다. 지금도 판온에서는 하루에 수백 개가 넘는 던전들이 나오고 있었고, 사람들은 그 던전을 깨기 위해 파티를 만들었다. 그러다 보면 몇몇 던전은 '현재 플레이어 실력으로는 클리어 불가능!'이라는 말이 나오게 마련.

이렇게 악명이 쌓인 던전은 어느 파티가 먼저 클리어하느냐가 매우 중요해졌다. 첫 번째로 클리어하는 순간 보상과 명성을 차지하는 것! 판온 1 때도 이렇게 던전을 전문적으로 공략하는 팀은 많았다. 제카스 같은 탐험가 직업들은 이런 부분에서 활약하기 좋았다.

"너도 판온 1때 던전 공략 많이 했잖아?"

"그렇긴 한데, 난 던전을 공략하기보다는 던전에 숨어서 던전을 공략하던 파티를 공략했지."

"……어쨌든 대충 이렇다고."

이세연은 태현의 말은 무시하고 자기 할 말만 하기로 마음먹었다.

"그래서 이제 어떻게 해야 할지 조금은 알겠어?"

"다 도전해도 될 거 같은데?"

"자신감 넘치네. 하고 싶으면 해봐. 네 자유지?"

이세연은 어깨를 으쓱거렸다.

"넌 뭘 노리고 있는데?"

"난 물론 1:1 대회를 기대하고 있지."

이세연은 그렇게 말하며 태현을 쳐다보았다. 왠지 모르게 살기 넘치는 눈빛이었다.

"왜 날 노려보는 것 같지?"

"기분 탓일 거야."

즐거운 회식 시간. 대회에서 우승하고, 좋은 목적으로 기부도 했고…… 기분이 좋을 수밖에 없었다.

"……그런데 왜 여기 계시는 거야?"

케인은 태현에게 속삭이듯이 물었다. 옆에 김태산이 우중충한 얼굴로 앉아 있었던 것이다. 이다비가 변호하듯이 대답했다.

"그래도 그냥 보낼 수는 없잖아요."

"아니, 그냥 보내도 됐는데."

태현의 말에 김태산의 눈썹이 꿈틀거렸다.

"아, 아하하…… 태현 님은 농담도 참……."

"농담 아닌…… 읍읍!"

"고기 잘 구워졌네요! 좀 드세요!"

이다비는 잽싸게 태현의 입에 고기를 집어넣었다. 안 그래도 싸늘한 분위기를 태현이 더 싸늘하게 만들고 있었다.

"그런데 아까 이세연 씨하고 무슨 이야기를 그렇게 하신 거예요? 회장님하고도 이야기를 많이 하시던데……."

"읍읍 읍읍읍."

"……다 드시고 이야기하세요."

태현은 고기를 씹어 삼킨 후 입을 열었다.

"아, 회장님이 게임단 만들 생각 없냐던데."

"뭐라고?!"

김태산이 반응하자, 다른 셋은 빤히 김태산을 쳐다보았다. 그 시선에 김태산은 어색하게 눈을 돌렸다.

"아버지……."

태현은 김태산을 쳐다보며 말했지만 김태산은 모르는 척했다. 방금 보였던 반응을 없었던 일로 하려는 것이다.

그 모습에 이다비가 작게 말했다.

"화나신 것 같은데 사과하시는 게 낫지 않아요?"

"저건 화나신 게 아니라 삐지신 건데. 그리고 내가 사과할 게 뭐가 있어. 정정당당하게 이겼다고."

"그게 정정당당…… 은…… 아닌 것 같은……."

둘의 대화를 듣던 케인은 초조하다는 듯이 다그쳤다.

"지금 그게 중요한 게 아니잖아! 게임단! 게임단 어떻게 된 건데!"

부릅!

순간 케인에게 살기 넘치는 김태산의 눈빛이 작렬했다.

'이게 안 중요하다고?' 마치 이렇게 말하는 것 같은 눈빛!

'아, 아차!'

케인은 그제야 스스로가 무슨 말을 했는지 깨달았다.

"아버지. 그만하시고 삐진 거 푸시면 어떻게 된 건지 이야기할게요."

"흥."

"그러면 옆 테이블 가서 이야기하자 우리."

탁-

김태산은 태현의 팔을 잡았다. 그리고 쳐다보지 않고 말했다.

"뭐…… 말해봐라. 들어주기는 할 테니까."

사실 정확히 따지면 유 회장이 제안한 건 아니고, 태현이 알아서 떠올린 방법이었다. 그러나 케인은 그걸 듣고 감탄한 얼굴로 고개를 끄덕였다.

　"그런 좋은 방법이……!"

　"넌 왜 이렇게 좋아하냐?"

　"나, 나! 나 넣어줄 거지? 나 정도면 잘 하는 편이잖아!"

　케인은 간절한 목소리로 말했다. 지금 그만큼 절박했던 것이다. 처음 대회 우승했을 때만 해도 행복하고 좋았다.

　주변 사람들의 반응도 '와, 우승까지 했어? 정말 대단하다!', '이제 완전히 프로게이머로 뛰는 거네?', '게임단들이 선수 섭외 한다던데 연락은 왔어?' 같은 반응이어서 어깨가 으쓱했다. 그런데…… 연락이 안 왔다.

　이제 슬슬 눈치가 보였다.

　'얘, 덕수야. 너는 왜 밖에 안 나가니? 게임단하고 이야기 같은 거 해야 하는 거 아니야?' 같은 말들이 아프게 찔러오는 상황!

　"들어오고 싶냐?"

　"물론이지!"

　태현은 안쓰럽다는 듯이 케인을 쳐다보았다. 원래라면 훨씬 더 좋은 다른 게임단에도 들어갈 수 있었을 텐데.

　자기가 알아서 좋은 제안을 발로 걷어차고 힘든 길로 가고 있었다.

　'쯔쯔……'

"안, 안 되냐?"

"안 되긴 무슨. 너하고 내가 그냥 사이냐? 만들게 되면 당연히 넣어줘야지."

태현은 선량한 웃음을 지으며 케인의 어깨를 두드렸다. 그 웃음을 보며 이다비가 고개를 갸웃거렸다.

'왜 저런 사악한 웃음을 짓는 거지?'

"진, 진짜지?! 나중에 말 돌리기 없기다?"

듣고 있던 김태산이 딴지를 걸었다.

"선수 두 명이서 뭐 하려고?"

"뭐 선수야 더 모으면 되죠. 이다비. 들어올래?"

"네? 월급 나오나요?"

"물론이지."

"들어갈래요!"

"이제 세 명이고……."

김태산은 어이가 없어서 입을 벌렸다.

"상윤이도 부를까?"

태현은 그렇게 말하고서는 최상윤에게 전화를 걸었다.

"상윤아, 뭐 하니?"

-응? ST 파이브에서 한번 만나보자고 해서 지금 가는 중인데. 맞다, 너 자선대회 우승했다면서? 게시판 떠들썩하더라.

"뭐 그 정도야 당연한 거지."

-결승전에서 엄청 치사하게 이겼다고 하던데…… 너 욕하는 글이 1/3 정도던데. 가족 사이에 저런 빌드를 쓰는 놈이 어디

있냐고. 어쨌든 아저씨 삐지셨겠네! 하하. 잘 달래 드려. 아저씨 삐지시면 오래 가잖아.

"옆에서 듣고 계신다."

─……지, 지금 거신 번호는 없는…….

"다 들려, 인마!"

김태산은 울컥해서 따졌다. 최상윤은 태현에게 화를 냈다.

─옆에서 듣고 있으면 미리 말을 해줬어야지!

"아, 그건 중요하지 않고. 어쨌든 ST 파이브보다 더 좋은 제안이 있어."

─뭐? 어딘데?

"그건 직접 만나서 알려줄 테니까 일단 와."

태현은 그렇게 말하고 전화를 끊었다. 이다비가 물었다.

"알게 되면 화를 내지 않을까요?"

"괜찮아. 괜찮아. ST 파이브 같은 곳에 가서 주전 다툼하는 것보단 여기가 낫지. 수혁이도 불러볼까?"

김태산은 태현이 하는 모습을 불안한 눈빛으로 쳐다보았다. 아무리 봐도 주먹구구식에 대충대충 하는 것 같은 저 모습!

'저거 괜찮나? 저래도 괜찮나!?'

"야, 태현아. 너 제대로 계획은 세우고 있는 거 맞냐?"

"네. 대충 세웠어요."

"대충 말고 인마! 제대로!"

"일단 선수 멤버 꾸린 다음 정 변호사님한테 연락해서 조언 좀 듣고, 최 법무사님하고 김 세무사님 불러서 견적 좀 내봐야죠."

"……다 내 인맥이잖아!!"

제대로 된 계획이기는 했다. 다 김태산이 오랫동안 사귄 인맥이어서 그렇지!

"하하. 그분들 실력이 확실하니까 그런 거죠."

왠지 모르게 당한 느낌이 들었다. 김태산은 혀를 차며 물었다.

"그래서 수익은 나올 거 같냐? 전망은?"

"네? 그냥 취미로 하는 건데요?"

"아오! 이 자식이 진짜! 건물을 괜히 주는 게 아니었어!"

김태산은 울컥해서 태현을 붙잡고 앞뒤로 흔들었다. 그러나 김태산은 알지 못했다. 그가 앞으로 무슨 짓을 더 벌일지를!

"게임단…… 게임단이라…… 이름을 뭐로 지을까……."

판온 내에서도 태현은 생각에 잠겨 있었다. 유 회장의 말을 듣고 농담처럼 시작한 거였지만, 의외로 가장 할 만한 방법이었다. 무엇보다 다른 게임단에 들어가서 거기와 맞출 필요가 없다는 게 가장 큰 장점이었다.

원하는 대로 할 수 있는 자유!

'비용이야 뭐 충분하고, 몇 년은 가뿐하게 돌릴 수 있겠군. 숙소는…… 흠, 그냥 갖고 있는 건물 중 하나 쓰면 되려나? 그게 편하겠지?'

다른 프로게임단들은 지원을 해줄 스폰서를 찾아 헤맸지

만, 태현은 그럴 필요가 없었다. 본인이 스폰서니까!

-주인이여! 주인이여! ……잠깐, 그 옆의 놈은 무엇이지?

절망과 슬픔의 골짜기로 돌아온 태현. 그런 태현을 맞이해준 건 용용이였다. 그리고 용용이는 날아오다 말고 정색했다.

-아, 얘는 흑흑이라고…….

-저, 저놈 사디크의 마수다! 주인이여!

-응. 알아. 내가 소환했거든.

용용이는 뒤통수를 한 대 맞은 표정을 지었다.

-……말…… 말도 안 된다……! 주인이 그런 짓을……!

-아니, 용용아. 사디크 힘도 좋게 쓰면 좋은 거 아니겠어? 나처럼 착한 사람이 쓰면 사디크 같은 것도 착한 힘이 되는 거야.

아무래도 용용이한테는 조금 미안해서, 태현은 용용이를 달래려고 애썼다. 물론 흑흑이는 태현을 미친놈처럼 쳐다보고 있었다. 누가 착하다고?

'하는 짓만 보면 사디크의 화신 그 자체인데…….'

도시를 불태우기 위해 폭탄을 깔던 그 모습!

아무리 봐도 착한 사람은 아니었다.

흑흑이처럼 용용이도 쉽게 넘어가지 않았다.

-주인이여…… 그건 아무리 생각해도 억지 같다…….

-아니라니까. 그런데 너 왜 여기 있냐? 토끼 잡아야 하지 않아?

-토끼가 사라졌다. 그래서 왔다.

-뭐?

태현은 놀랐다. 토끼가 사라졌다고?

"이다비, 어떻게 된 건지 확인 좀 해줄래? 지금 토끼 사라졌 다고 하는데 다른 곳도 그런가?"

"아, 네. ……그러네요. 지금 다 토끼 사라졌다고 반응이……."

말하던 이다비는 무언가를 깨닫고 경악했다.

"안, 안 돼!"

"왜?"

"사뒀던 곡물들이 대폭락할 거예요!"

"……그래서 가격이 다 대폭락했다고?"

"예……."

오랜만에 접속한 유 회장은 충격적인 소식을 들어야 했다. 파워 워리어 길드원들은 마치 죄인이 된 것처럼 고개를 푹 숙 였다. 물론 유 회장이 아무 지시도 내려주지 않기는 했지만, 그 들이 빠르게 팔았다면 손해를 덜 볼 수 있었을 것이다.

"흠, 뭐 어쩔 수 없지."

"……예?"

"내가 접속을 안 했는데 어쩔 수 없었겠지. 자, 여기 수고비. 이번 일 하느라 고생 많았네."

그 많은 돈을 날렸는데도 표정 하나 변하지 않는 유 회장! 그 모습에 파워 워리어 길드원들은 가슴이 두근거리는 걸 느 꼈다.

'이, 이 무슨…….'

'이게 사랑?'

'그건 아닌 거 같고…… 존경!'

유 회장은 아쉽다는 듯이 입맛을 다셨다.

'에잉, 게임단만 아니었어도 신경을 더 썼을 수 있었는데……
그런데 어떤 놈이 토끼 문제를 해결한 거야?'

"김태현!"

"……?"

용용이는 달래고 흑흑이는 갈구며 서로 사이좋게 하려고 애
쓰던 태현은 멈칫했다. 저 멀리서 누가 부르고 있었던 것이다.

"뭐지? 누구지?"

"네 팬 아냐?"

케인은 심드렁하게 대답했다. 태현이 영지에 있으면 하루에
도 수십 번씩 팬들이 찾아와 '팬이에요! 사인해 주세요! 사진
찍어주세요! 제가 지금 ×× 직업을 키우는데 여기서 어떻게 해
야 할까요?' 같은 질문들을 던져왔다.

물론 그 과정에서 케인은 완전히 무시당했다.

'흑흑…… 그때 PC방에 있던 애들은 내 팬이었는데…….'

"내 팬치고는 너무 험악하게 날 노려보는데?"

태현의 말에 케인은 다시 한번 확인했다. 저 멀리서 오고 있

는 얼굴은…….

"장, 장, 장……."

"장장장이 누구야?"

"장쓰안이잖아 이 자식아!!"

케인은 그렇게 말하고서 재빨리 무기를 뽑았다.

"아키서스 성기사들! 이리로 와! 아! 너희들도 와서 싸울 준비해!"

"예? 무슨 일입니까?"

"김태현을 노리고 온 놈이 있어! 위험한 놈이야!"

"오오. 지금 갑니다!"

"폭, 폭탄 저리 치워! 싸울 때 꺼내 이 미친놈들아!"

케인은 후회했다. 일단 보이는 대로 불렀는데, 아무리 생각해도 근처를 돌아다니던 기계공학 대장장이들을 부른 건 실수가 아니었을까? 다른 사람들은 깜짝 놀라거나 긴장했는데 얘네들만 혼자 '와! 폭탄 터뜨릴 기회다! 신난다!'란 얼굴로 해맑게 달려오고 있었다. 그리고 태현도 고개를 갸웃거리고 있었다.

"장쓰안이 누구더라?"

케인은 순간 어이가 저 멀리 마계까지 가출하는 감각을 느꼈다.

"네가 그때 습격해서 이겼던 대회 선수!!"

"그런 놈이 한둘이 아니어서……."

"대회 밖에서!"

"아아, 그놈? 걔가 장쓰안이었군. 미안. 이름 일일이 기억 안

해서."

그러는 사이 장쓰안은 가까이 다가와 있었다. 어째서인지 싸구려 말을 타고 있었다. 그 모습에 케인은 속으로 생각했다.

'여기서 싸울 테니 비싼 탈것은 탈 필요가 없다 이건가. 역시 랭커답군. 방심해서는 안 되겠어!'

"김태현……!"

장쓰안은 비장한 목소리로 말했다. 태현은 고개를 끄덕이며 대답했다.

"그래, 쑤닝."

"……쑤닝이 아니라 장쓰안이라고."

"아차. 그래! 장…… 장쓰안? 장쓰안 맞지?"

케인은 분명히 보았다. 장쓰안의 얼굴이 꿈틀거리는 것을. 그러나 장쓰안은 아무 말 하지 않고 넘어갔다.

'못 들은 척하기로 했구나.'

케인이 안쓰럽다는 듯이 쳐다보자, 장쓰안은 왠지 모르게 불쾌한 기분이 들었다.

'뭐지? 이 불쾌한 기분은?'

"크흐흠. 김태현. 내가 여기 왜 왔는지는 알겠지."

"……모르겠는데?"

"적당히 해라. 그때처럼 또 연기할 생각이냐! 그렇게 함정을 팠으면서 모르는 척하기는!"

태현은 케인을 마주 보았다. 지금 쟤가 무슨 소리를 하는 거냐?

장쓰안은 착각을 하고 있었다.

'김태현 저 자식이 언젠가 내가 찾아올 걸 노려서 타이럼 시에 함정을 판 게 분명해! 내가 〈뜨거운 울음의 검〉을 찾는 건 널리 퍼진 사실이니까!'

물론 태현은 그렇게까지 장쓰안에게 관심이 없었다. 장쓰안이 타이럼 시에서 두들겨 맞고 나온 건 본인이 싸가지 없게 굴어서였다.

"아. 알았다."

"역시. 이제 본색을 드러내는군."

"죽여 달라고 온 거구나?"

태현은 무기를 뽑았다. 상대방이 무슨 소리를 하는지 모를 때에는 일단 두들겨 패는 게 좋았다.

"그냥 그렇게 말을 하지. 솔직하지 못하기는."

"잠, 잠깐, 그게 아니라⋯⋯."

장쓰안은 당황해서 손을 흔들었다. 설마 이런 상황이 생길 거라고는 예상하지 못했었다. 그러나 이미 태현과 케인은 살벌하게 무기를 뽑고 접근하고 있었다.

"아니다! 김태현! 난 대화를 하러 온 거다. 들어라!"

"하하. 그래."

"들으라니까!"

"듣고 있어. 듣고 있다니까?"

"듣고 있는 놈이 왜 무기를 들고 가까이 다가오는 거냐! 멈추지 못해?!"

전혀 들을 생각이 없어 보이는 태현의 태도! 장쓰안은 다급하게 외쳤다. 지금 멈추지 않으면 정말 협상이 물 건너갈 것 같 았다.

"판온에서 일부러 죽는 걸 즐기는 플레이어들이 있다던데 그게 장쓰안일 줄이야."

"그건 아닌 것 같지만 잡는 데에는 동의해."

태현과 케인은 섬뜩한 대화를 나누며 다가왔다.

"김태현! 정보가 있다! 협상을 하자!"

"뭔 정보? 네가 갖고 있는 아이템 정보? 그거 잡으면 어차피 나올 텐데?"

"그런 정보가 아니라! 널 노리고 있는 놈에 대한 정보다!"

자리에 있던 사람들은 모두 고개를 갸웃거렸다.

"그게 의미가 있나?"

"한 몇백 명은 되지 않을까?"

"나는 몇천 명일 거 같은데……."

하도 많아서, 굳이 '얘가 널 노리고 있다'고 말해줘도 달라지 는 게 없는 정보였다.

"제카스! 제카스다!"

"걔가 나 싫어하는 건 네가 말 안 해줘도 아는데. 해줄 말은 그게 다냐? 그러면 뭐…… 네 장비는 내가 잘 쓸게."

"걔가 무슨 계획을 꾸미는지 알고 싶지 않냐!"

"별로 안 궁금한데."

"제발 좀 들어! 말 좀 들으라고!"

위기에 몰리자 장쓰안의 대화 능력은 빠르게 향상됐다. 이제까지 고압적으로 밀어붙이기만 하던 장쓰안!

그런 장쓰안이 필사적으로 설득에 나서고 있었다.

'이놈은 협상이란 걸 모르나?'

적당히 말하면 태현도 궁금해서 적당히 물러설 줄 알았는데, 태현은 그런 기색이 안 보였다. 그보다는 그냥 장쓰안을 잡고 장비를 챙기고 싶어 하는 기색!

"……그러니까 제카스 놈이 이번 토끼 문제를 해결했다?"

"그렇다. 이제 알겠냐?"

옆에서 듣고 있던 케인이 건방진 장쓰안의 태도에 어이가 없다는 듯이 말했다.

"이 자식은 죽다 살아난 놈이 왜 이렇게 잘난 척이야?"

"시끄럽다, 케인. 윗사람들끼리 이야기하는 중이니까 저리 꺼져라."

"……뭐, 뭐? 뭐라고 이 자식아?!"

장쓰안은 딱히 도발하려고 한 게 아니었다. 그냥 진심으로 한 말이었을 뿐! 그러나 케인에게는 충분히 도발이었다.

"야, 이 자식 잡자!"

"잠깐만. 이야기 좀 다 하고. 그리고 나서는 잡아도 돼."

"……응? 잠깐, 김태현, 방금 뭐라고……."

"그런데 제카스 놈이 토끼 문제를 해결한 거하고 나하고 무슨 상관인데?"

"그놈이 왜 공개를 안 하는 줄 아나? 널 노리고 있어서지."

제카스는 토끼의 신, 카르바노그의 던전을 찾아서 토끼 저주를 멈추는 데에 성공했다. 원래라면 대대적으로 알려서 '와! 제카스! 대단해!' 같은 반응을 얻어내야 했지만…….

제카스는 그러지 않았다. 카르바노그의 던전은 정말로 태현과 다른 플레이어들이 싸움이 붙었던 곳이었던 것이다.

만약 공개할 경우, 사람들은 '어? 저기 김태현 쫓아다니던 플레이어들이 싸우던 곳 아냐? 설마 저놈들 때문에 저주가 퍼진 거였어?'라고 생각할 가능성이 컸다.

안 그래도 의심하는 반응이 있는데……. 그래서 제카스는 참고 숨긴 것이다. 태현한테 떡 하나 더 주기 싫어서!

"……그렇게 된 거다."

장쓰안의 말을 들은 태현과 케인은 감탄했다.

"이야, 신기한 놈이네. 나 같으면 그냥 공개했다. 뭐 하러 그런 짓을 하나?"

"난 이해가 가. 원한이 아주 뼛속 깊숙이 맺힌 거지!"

"케인. 왜 그렇게 공감하는 것처럼 이야기하는 거지?"

"아, 아니…… 그냥 그렇다고…….."

"어쨌든 장쓰안. 여전히 아까 물었던 질문에는 대답이 안 되는데. 이게 나하고 무슨 상관이지?"

"그놈이 나를 찾아와서 협력을 요청했지. 너를 잡는데 손을 잡자고. 물론 나는 거절했다. 왜냐하면 너를 잡는 데 다른 놈들 손을 잡을 필요까지는 없으니…….."

금세 잘난 척을 하는 장쓰안을 보며, 케인은 이해가 안 간다는 표정이었다. 이 자식은 지금 여기가 어딘지 모르나?

"어쨌든 제카스가 이런 음모를 꾸미고 있다. 정말 많은 도움이 되는 정보였겠지? 고마워할 필요는 없다."

"그래. 안 고맙다."

"대신 〈차가운 울음의 검〉 제작법을 내놔라. 그거면 된다."

"안 고맙다니까?"

"아니, 알겠으니까 그거면 된다고……."

"케인, 손님 가신댄다. 보내줘라."

"오케이!"

기다리고 있던 케인은 신이 나서 장쓰안의 어깨를 붙잡았다. 세상에서 제일 신날 때가 이렇게 재수 없는 놈을 괴롭힐 때! 장쓰안은 상황을 파악하지 못하고 어리둥절했다.

"자, 잠깐. 김태현. 내 말을 이해 못 한 건가? 제카스가 널 노리고 있고 난 그걸 다 알려준 거다. 그런 고급 정보에 대한 대가로 〈차가운 울음의 검〉 제작법 정도면 싼 거 아닌가? 게다가 저번에 네가 했던 건방지고 치사하고 비열한 짓을 그냥 넘어가 주는데……."

그 말을 듣고 있던 태현은 고개를 저었다.

"장쓰안. 우리 몇 가지 확실히 하자. 내가 했던 건 정정당당하고 착한 짓이었어. 꼬우면 너도 해라."

"뭐 이런 개……! 읍읍!"

"그리고 네가 알려준 정보는 별 의미가 없는 정보야. 나도 알고 있거든? 제카스가 나 싫어하는 것도 알고 있고, 걔가 너 같은 놈들 찾아다니면서 패배자 연합 만드는 것도 알고 있어."

패배자 연합. 태현은 별생각 없이 꺼낸 말이었다. 그러나 장쓰안은 '아, 제카스가 모으는 애들 이름이 <패배자 연합>이군'이라고 받아들였다. 제카스도 모르는 사이 제카스의 모임 이름이 정해져 버린 것!

"근데 그거 들어서 내가 뭘 하겠냐. 이미 다 아는 건데. 그거 가지고 뭘 <차가운 울음의 검> 제작법을 달라느니…… 싫어, 인마."

"이제 잡아도 되지? 응?"

케인은 기대된다는 듯이 태현에게 말했다. 그러나 태현은 고개를 저었다.

"그래도 나름 알려주러 왔는데 목숨은 살려줘야지. 그냥 가라."

"잠, 잠깐! 그럼 뭘 원하냐? 골드?"

"돈은 내가 너보다 더 많아."

"뭐라고?!"

장쓰안은 발끈했다. 그도 나름 있는 집의 자식이었다.

"네가 돈이 얼마나 있길래……."

"……세상은 돈이 전부가 아니다, 김태현!"

태현의 재산 규모를 들은 장쓰안은 바로 말을 바꿨다. 케인은 '참 얼굴 가죽도 두껍다'는 듯이 장쓰안을 쳐다보았다. 저러면서도 조금도 부끄러움 없이 당당하다는 게 대단했다.

저것도 재능!

"뭘 원하는데! 빨리 말해라!"

그 모습에 주변에 있던 사람들이 수군거렸다.

"저놈은 왜 지가 불리한데 저렇게 당당한 거야?"

"저런 성격인 거겠지."

태현은 턱을 긁적이며 장쓰안을 쳐다보았다. 지금 그의 눈에는 장쓰안이 닭으로 보였다. 양 날개에 대추와 인삼을 들고서 '저 좀 잘 삶아 먹어주세요!'라고 외치는 닭!

'저런 정보 주면 내가 감동해서 제작법을 던져줄 거라고 생각한 건가? 미친놈인가?'

이해가 가지 않았지만 태현은 이번 기회를 잘 사용하기로 했다.

'이놈을 어디에 써먹어야 잘 써먹었다고 소문이 날까…… 어?'

갑자기 태현 앞에 우르르 뜨는 메시지창들!

[플레이어, 제카스가 토끼의 신 카르바노그를 모욕했습니다. 카르바노그의 이름으로 제카스를 벌하십시오!]

그리고 뜨는 퀘스트창.

'……그걸 왜 나를 시켜?'

시킬 거면 카르바노그의 화신에게 시켜야지, 왜 아키서스의 화신에게 부탁한단 말인가! 당황했지만 메시지창은 그것만 있는 게 아니었다. 다른 퀘스트도 같이 뜨고 있었다.

〈믿음을 지켜라-아키서스 교단 교황 퀘스트〉

위험하고 거친 우르크 지역에도 아키서스에 대한 믿음은 있다. 그러나 믿음을 위협하는 사악한 적들의 숫자는 많고 세력은 강하니, 그들을 돕지 않으면 언제 사라질지 모른다.

우르크 지역으로 가서 아키서스를 믿는 자들을 돕고, 믿지 않는 자들을 믿게 만들어라!

'이런……'

이건 방금 뜬 토끼 관련 메시지창보다 훨씬 더 중요한 메시지창이었다. 거절했다가는 페널티가 막대한 직업 퀘스트!

'토끼 퀘스트는 거절해야겠군.'

[카르바노그의 부탁을 거절했습니다. 카르바노그가 서운해합니다.]

왠지 모르게 느껴지는 죄책감!

'아니, 나랑 상관없는 신이 왜 이러는 건데?'

[카르바노그가 당신에게 다시 한번 부탁을……]

[카르바노그가 많이 서운해합……]

태현은 아예 메시지창을 꺼버렸다. 지금 중요한 건 아키서스 퀘스트였다. 우르크 지역. 지금 중앙 대륙의 동쪽으로 가면 나오는, 상당히 위험한 고레벨 지역이었다. 예전보다는 나름 많이 밝혀지긴 했지만 여전히 안 밝혀진 곳이 많은 땅!

'그리고 날 매우 싫어하는 오크 대족장이 아직 안 죽은 곳이기도 하고……'

오크 대공세 이후, 대족장이 크게 부상을 당하자 오크들은 후퇴해서 우르크 지역으로 돌아갔다. 태현이 거기 가면 '와! 아키서스의 화신! 과거의 원한을 잊고 화해해요!' 이럴 리는 없었다. 죽이겠다고 달려들겠지!

'일단 오크는 최대한 피하고, 〈붉은 바다 무법자 부족〉이랑 〈옛 땅굴 고블린 부족〉 관련 퀘스트 깨서 아키서스 믿게 하고…… 원시 인간 부족은 수혁이가 깬 부족이었나? 얘네도 지금 위험에 처한 것 같은데 도와줘야 하려나…… 바쁘겠군.'

태현은 머릿속으로 계산을 하며 장쓰안을 쳐다보았다.

"장쓰안."

"왜 부르냐?"

"사실 〈차가운 울음의 검〉의 제작법을 받아간 사람이 전에도 한 명 있었지."

"안다. 구성욱이라는 플레이어지?"

"그래. 안다니 잘됐군. 그 플레이어가 어떻게 얻었는지 아나?"

"……?"

"나를 따라다니면서 내가 깨는 퀘스트를 도왔거든."

"……음, 그래 뭐 그 정도야 도와줄 수 있지. 빨리 끝내도록 하자!"

태현이 이제야 제작법을 줄 기색을 보이자, 장쓰안은 의욕 넘치는 목소리로 대답했다. 그 모습에 케인은 고개를 저었다.

'지금이 좋을 때다.'

"그래서 수혁아. 우르크 상황이 어떠냐?"

여기서 우르크 지역에 대해 제일 잘 아는 건 정수혁이었다. 거기서 대부분의 퀘스트를 해결했으니까.

"위험한 놈들이 많긴 한데, 익숙해지기만 하면 나름 괜찮습니다. 전 인간 부족하고 좀 친해져서 견딜만했습니다. 마을 들어가서 쉴 수 있다는 게 큽니다. 그게 아니면 언제든지 공격받을 수 있어서……."

"다른 부족들은?"

"다른 부족들은…… 실패했습니다."

정수혁은 미안한 얼굴로 고개를 숙였다. 아키서스를 전도하는 게 퀘스트였지만, 원시 인간 부족 말고는 성공하지 못했다. 같은 마법사인 만큼 원시 인간 부족은 나름 설득이 쉬웠는데, 〈붉은 바다 무법자 부족〉하고 〈옛 땅굴 고블린 부족〉은 설득이 어려웠다. 시도하고 시도했지만 결국 실패로 돌아갔던 것이다.

"뭐, 그게 어디냐. 잘했어. 나머지는 같이 해보자고."

"선배님!"

정수혁은 감격한 얼굴로 그렇게 외쳤다. 태현은 정수혁의 어깨를 토닥였다. 그걸 보면서 김세형은 속으로 생각했다.

'나는 왜 부른 거……?'

정수혁이 온 건 이해를 하겠는데 왜 그까지 여기 오게 된 거란 말인가? 김세형은 누군가한테 묻고 싶었다. 우리 어디 가는 거냐고. 왜 가는 거냐고.

그래서 김세형은 두리번거렸다. 물어볼 사람을 찾아.

태현은…… 아직 무서웠고. 정수혁은…….

'물었다가는 김태현한테 곧바로 전달할 거 같아!'

악의가 없다는 게 더 무서웠다. 정수혁과 같이 지내면서 김세형은 몇 가지 정수혁에 대해 알게 되었다.

정수혁 같은 놈이 가장 무서운 놈이라는 것을!

케인은…….

'앗. 케인이잖아? 물, 물어봐도 될까? 괜히 별로 안 친한데 말 걸었다가 화내는 거 아니야? 아니, 그래도 처음 본 사이도 아닌데…….'

그렇게 고민하는 사이 케인은 앞으로 걸어가 버렸다.

'그래. 묻지 말자. 왠지 표정도 엄청 안 좋아 보이는데.'

그러던 사이 김세형은 처음 보는 사람과 눈이 마주쳤다.

'어? 누구지? 대회에서 본 것 같은데…….'

"뭘 그렇게 보는 거지?"

"네?"

"하긴, 나 같은 랭커를 만나는 일은 적겠지. 마음껏 봐도 좋다! 이런 허락은 쉽게 해주는 게 아니니 감사하도록."

"아니, 뭔 미친……."

김세형의 입에서 자동반사적으로 반응이 튀어나왔다.

그 말에 장쓰안은 인상을 썼다.

"내가 관대하게 베풀어줬는데도 건방지게 무슨 태도야?"

"뭔 헛소리야. 그리고 랭커는 저기도 있잖아. 많이 봤거든?! 누굴 랭커도 못 본 촌놈으로 아냐!"

장쓰안과 김세형이 말다툼을 하자 앞에서 가던 태현이 고개를 돌렸다.

"야. 장쓰안. 너, 왜 우리 파티원한테 시비냐?"

"시비라니. 이 녀석이 주제를 모르고……."

"아 됐고. 퀘스트 도우러 왔는데 방해할 거면 돌아가! 너 없어도 되니까."

칼같이 말을 자르고 장쓰안을 구박하는 태현! 장쓰안은 충격을 받은 표정을 지었다. 살면서 그한테 저렇게 구는 사람은 없었던 것이다.

"아니, 김태현. 상황을 내가 설명하잖……."

"아 시끄럽고. 돌아갈 거야, 말 거야?"

"너, 너도 내 힘이 필요할 텐데? 그래서 날 부른 거 아닌가?"

장쓰안은 미련을 버리지 못하고 태현을 붙잡았다.

"딱히 네 힘이 필요했다기보다는…… 레벨 높고 HP 많고 앞에서 좀 두들겨 맞아도 아쉽지 않을 사람이 필요한 거였는데…… 뭐 너 없으면 아쉬운 대로 케인 시키지. 자꾸 시끄럽게 떠들 거면 집에 가라."

숨겨진 진실. 이번에는 두 명이 충격을 받았다. 장쓰안과 케인이.

'그, 그런 거였나?!'

'아니, 잘못은 저놈이 했는데 왜 내가?!'

장쓰안은 휘청거렸다. 판온에서 상태 이상도 안 걸렸는데 휘청거리다니. 그만큼 충격을 받은 것이다.

"아, 아니. 김태현이 그럴 리가 없지…… 저건 분명 나하고 협상에서 우위에 서려고 하는 허세가 분명해."

"죄송한데 그런 거 아니니까 그냥 조용히 퀘스트 끝내시고 제작법 받아가시는 게 좋을 거예요……."

이다비가 안쓰럽다는 듯이 장쓰안에게 말하고 앞으로 가버렸다. 그리고 케인이 와서 장쓰안을 달래기 시작했다.

"야, 야. 그래도 다른 놈이랑 너하고 비교가 되겠냐? 네가 훨씬 더 대단하지."

"그, 그렇지? 내가 더 대단하지?"

"그럼, 그럼~ 장쓰안 같은 랭커가 우리 파티에 또 있겠어? 김태현이 저래 보여도 네 능력을 얼마나 탐냈는데! 대회 때도 네 칭찬을 그렇게 했어! 저 녀석 어떻게 상대하냐고!"

"후, 후후…… 역시 그럴 줄 알았다."

장쓰안은 벌떡 일어섰다. 그 모습에 케인은 안도의 한숨을 내쉬었고, 김세형도 마찬가지로 안도의 한숨을 내쉬었다.

'나 때문에 괜히 우는 줄 알았네.'

'다행이군. 나 대신 총알받이 할 놈이 안 떠나서.'

케인은 들으면 성질을 내겠지만, 케인은 닮아가고 있었다. 태현의 모습을!

이다비는 태현에게 물었다.

"저 장쓰안이라는 사람, 생각보다 깨는데 괜찮나요?"

"뭐 랭커고 대회 나왔으니 실력은 확실한 사람이지."

"근데 하는 게 좀……."

"하는 짓으로 따지자면 케인도 좀 그렇잖아? 근데 할 일은 잘 하니까."

이다비는 뒤를 쳐다보았다. 케인이 장쓰안 옆에서 살살 달래주는 게 보였다.

'뭐 하는 거야?'

"……그렇긴 하지만요!"

"원래 랭커 중에 이상한 놈들 많아. 판온 1때 랭커 중에 이상한 놈들 이야기해 주면 놀랄걸? 저놈 정도면 무난한 편이지. 그냥 너무 잘나가서 자뻑에 취한 거 정도잖아."

사실 판온 1때 랭커들이 들으면 '야 제일 이상한 게 너였어 이 또라이 ×××야!'라고 항의했을 테지만, 여기는 둘밖에 없었다.

"그렇게 들으니까 또 그렇긴 하네요."

"그리고 이용해 먹기도 더 좋고."

"그러네요!"

태현의 말을 들으니 장쓰안의 장점이 새로 보였다. 약간 사회생활 능력은 모자라지만 이용할 곳 많은 친구!

"저만 따라오시면 됩니다. 선배님."

"오, 이렇게 험한 길로 가는 이유가 있나?"

지금 일행은 탈것도 다 집어넣고서 험준한 산의 좁은 길을 빙 돌아가고 있었다.

"예! 우르크 지역은 워낙 거대 야생 몬스터들이 많아서 하늘도 안심할 수 없기 때문입니다. 만약 야생 드레이크 무리나 와이번 무리라도 습격해온다면 위험하지 않습니까. 선배님의 탈것인 그 드래곤들도 있는데 말입니다."

-저런 착한 마법사가 있다니! 사디크적으로는 점수가 낮지만 뭘 좀 아는 마법사입니다. 그렇죠, 주인님. 마법의 조종자인 블랙 드래곤이 저런 하찮은 것들과 육탄전을 벌여서야…….

-주인이여, 만약 날게 되어야 하는 상황이 오면 내가 더 튼튼하니 날 타는 게 나을 것 같다.

동시에 말하는 흑흑이와 용용이. 확실히 흑흑이보다는 용용이가 더 물리 방어력 면에서 나았다. 그걸 알기에 둘 다 저렇게 말한 것이다.

-좋아. 만약의 상황이 되면 흑흑이를 타자.

-……네? 주인님? 헷갈리신 거죠?

-너 재수 없어.

태현은 흑흑이의 입을 다물게 한 다음 다시 정수혁의 말을 경청했다. 먼저 온 정수혁의 말이니, 천금 같은 가치가 있는 정보였다.

"그렇군. 여기는 하늘도 위험하다 이건가……."

지금은 평화로워 보였지만, 하늘에 먹잇감이 나오는 순간 순식간에 몬스터들이 나타난다. 그런 곳도 판온에는 많았다. 태현은 금세 알아차렸다.

"그렇다는 건 이 길은 안전하다는 거겠군."

"예. 선배님. 제가 공적치 포인트를 쌓고 친해진 인간 부족에게 안 비밀 길입니다. 이 근처 길에는 별다른 몬스터가 나오지 않습니다. 쭉 가면 골짜기가 나오는데, 그 골짜기에는 안전하게 휴식할 수 있는 마을이 있어서 쉴 수 있습니다."

"아주 잘했다. 수혁아."

"선배님!"

서로 뜨거운 눈빛을 보내는 두 선후배를 본 김세형과 케인은 떨떠름한 표정으로 고개를 저었다.

"……우리는 그냥 앞으로 갈까?"

"그, 그러죠."

갑자기 김세형은 케인과 친해진 기분이 들었다. 왠지 모르게 친해진 기분!

[험난한 우르크 지역의 샛길을 통과했습니다.]
[체력이 1 오릅니다. 명성이 오릅니다.]

보너스 메시지창은 덤이었다.

타타탓-

"야, 장쓰안. 너 왜 그렇게 서둘러서 가냐? 같이 가야지."

"이 길은 안전한 길, 이 길 끝에 있는 골짜기도 안전한 골짜기, 그렇다면 이런 곳에서 느긋하게 있고 싶은 생각은 없다. 먼저 앞장서서 가도록 하지."

장쓰안은 싫다는 듯이 수풀과 진흙을 발로 털어냈다. 가상현실게임인 만큼, 이런 환경도 실제 그대로 느껴지는 것이다.

"괜찮냐?"

"괜찮겠지. 안전하다잖아."

길도 안전하고, 장쓰안이 멍청한 짓을 할 수준의 플레이어도 아니고, 그리고 무엇보다 습격을 당해서 죽어도……

'뭐 내 일 아니니까.'

태현이 그런 생각을 하는지도 모르고, 장쓰안은 앞장서서 샛길을 나아갔다.

"취이익!"

"응? 오크군."

그리고 장쓰안을 맞이한 건 늑대를 탄 오크 전사들이었다.

장쓰안은 어깨를 으쓱거리더니 말했다.

"오크 마을이라니. 냄새야 좀 나겠지만 어쩔 수 없지. 비키라고. 안으로 들어가서 좀 쉴 테니……"

"취익, 죽어라, 인간."

퍼어억!

[완전히 무방비 상태로 기습을 당했습니다! 상태 이상 <기절>에 빠집니다. 오소카 독에 걸렸습니다. 저항에 성공합니다.]
[오크들의 사기가……]

그러나 장쓰안은 그걸 신경 쓸 겨를이 없었다. 뒤로 넘어져서 구르고 있었기 때문이었다. 정말 생각지도 못한 일격!
'이 오크들이 감히……!'
다른 사람들이 본다면 망신도 이런 망신이 없었다. 다행히 그가 혼자 먼저 와서 망정이지…….
일어선 장쓰안은 뒤에서 느껴지는 시선에 고개를 돌렸다.
뒤늦게 온 일행이 빤히 장쓰안을 쳐다보고 있었다.
"지, 지금 오크한테 맞고서 넘어진 거 맞지? 그치?"
"야. 쉿. 장쓰안이 얼마나 부끄러워하겠냐."
"그런 배려를 할 거면 목소리를 줄여야 하지 않나요?"
"괜찮아. 지금 꼴 보니까 몇 대 맞은 것 같은데 잘 들리지도 않을 거야."
장쓰안은 주먹을 불끈 쥐었다. 뜨거운 분노가 치밀어올랐다. 언제나 여유 있게, 멋지게 적을 쓰러뜨리던 그와는 거리가 먼 감정!
"취익! 취익! 저 인간 놈 약해 빠졌다! 끝내 버려라!"
"저 인간 놈 동료 왔다! 같이 잡자 취익!"

오크들은 장쓰안의 마음도 모르고 도발했다.

"크아아아아!"

분노한 장쓰안은 검을 뽑고 덤벼들었다.

"취, 취익! 인간 놈, 기세 무섭다!"

"칙! 당황하지 마라!"

"후욱, 후욱……."

장쓰안은 과연 랭커다웠다. 오크들한테 기습을 당해 한 번 넘어졌음에도 불구하고 도움 하나 받지 않고 오크들을 쓸어버렸다.

"봤나? 봤지? 어? 봤겠지?!"

장쓰안은 눈을 희번덕거리며 뒤의 사람들에게 말했다. 그러나 '와! 대단해!' 같은 반응은 나오지 않았다.

-쟤 말투가 어째 케인 말투 같은데? 폼 잡던 말투 어디 갔어?

-기분 탓이겠지. 이해해 줘라. 좀 민망할 테니까.

수군거리며 떠드는 일행! 자존심을 회복하지 못한 장쓰안은 울컥해서 정수혁을 가리키며 따졌다.

"애초에 너! 네가 제대로 된 정보를 가지고 오지 않아서 벌어진 일이다! 이 길에는 적이 없다고 했잖아!"

"어디서 수혁이 탓이야? 몬스터 안 나온댔지 오크 안 나온댔냐?"

"아, 아니. 선배님. 제 잘못인 것 같습니······."

"쉿! 넌 잘못 없다!"

-오크가 몬스터 아닙니까?

-쉿. 너 그렇게 떠들다가 너도 몹으로 취급받는다.

-아무리 그래도 그렇지······.

-난 직접 당해봤다.

"그리고 판온 상황이야 언제나 시시각각 바뀌는 건데 그걸 알고 대비해야지. 애초에 오크가 눈 부라리고 있는데 손 흔들면서 다가간 놈이 바보 아니냐! 너 판온 하루 이틀 해?"

"뭐, 뭐라고?!"

가재는 게 편이라고, 태현은 정수혁의 손을 들어줬다. 그리고 사실 논리도 맞았다. 초보자면 모를까 장쓰안 정도 되는 랭커가 '하하 상대 오크가 NPC인 줄 알아서 기습당했네~'라고 말한다면 보통 게시판에 올라갔다.

'이번 주의 가장 웃긴 판온 순간들' 같은 제목으로!

"크윽······ 크으윽!"

할 말이 없어진 장쓰안은 분한 표정으로 입을 다물었다.

'반드시 저놈들을 실력으로 무릎 꿇리고 말겠다! 장쓰안 님 대단해요가 입에서 나오게 해주고야 말겠어!'

어느새 원래 목표를 잊어버린 장쓰안이었다.

"이건…… 될 거 같아요!"

"뭐가 될 거 같아?"

이다비가 중얼거리자 태현이 궁금해져서 물었다.

"방금 찍었던 영상, 〈이번 주의 가장 웃긴 판온 순간들〉에 제보하면 올라갈 수 있을 거 같아요. 상금 나오거든요."

"아주 좋은 생각이다. 꼭 올려."

태현은 친절하게 이다비를 응원해 줬다. 파티원들의 활약은 널리 널리 알려야 하는 법! 이다비와 태현이 무슨 수작을 부리는지도 모르는 채, 장쓰안은 스스로를 점검했다.

'활력의 눈 스킬 쓰고, 또 기습당할 수는 없으니까 그림자 경계 스킬도 쓰고……'

기합이 확 들어간 것이다.

"그런데 왜 여기에 오크들이 있지? 여기 안전한 마을이라고 하지 않았나?"

"저도 잘 모르겠습니다. 무슨 일이 생긴 것 같습니다."

태현은 뒤를 훑어보았다. 원래 있던 마을의 흔적이 보였다.

"아무도 없군. 마을 사람들은 싹 사라졌고."

[고급 전술 스킬을 갖고 있습니다. 상황을 읽는 데 보너스를 받습니다.]

순간 태현 앞에 흑백의 장면들이 떠올라서 지나가기 시작했다. 전술 스킬을 갖고 있으면 이런 흔적이나 폐허 상황을 보고 서 있었던 일들을 엿볼 수 있었다. 지금이 그런 상황.

'애초에 전술 스킬은 화술 스킬보다 써먹기 애매한 스킬이긴 한데…… 뭐, 이렇게라도 쓰니 다행이군.'

대형 길드의 간부면 모를까, 태현처럼 적은 인원으로 주로 플레이하는 경우에는 더더욱 쓸 일이 적은 스킬!

-이 주변에 오크들이 늘어났다고?

-네. 위험할 거 같아요.

-어쩔 수 없군. 여기서 떠나는 수밖에…… 더 깊은 곳으로 들어가 자고.

-왜 하필 대족장 카라그가 깨어나서…… 부상이 심각해서 죽을 줄 알았는데 말이지.

마을의 사람들이 웅성거리며 마을을 떠나는 장면!

그 말을 마지막으로 과거 장면은 끝났다.

"왜 그러세요?"

"……대족장 카라그가 깨어났다는데?"

자리에 있던 모두가 표정이 변했다. 그중 몇몇은 특히 얼굴이 굳었다. 대족장 카라그. 우르크 지역에 있는 엄청나게 많은 오크 부족들을 이끄는 대족장 오크. 예전에 카라그의 아들을 케인이 쓰러뜨린 것 때문에(사실 태현 때문이지만), 오크들이 대공세를 펼치는 대륙 퀘스트가 발생한 적이 있었다. 수많은 플레이어들이 막아내고, 태현이 간신히 함정에 빠뜨려 부상을 입혀 퀘스트를 끝내는 데에는 성공했지만……

벌써 깨어났다고?

"카라그 그놈 〈불의 마수의 숨결〉로 자폭해서 대미지 입히지 않았나? 그런데도 깨어났다니. 하여튼 사디크 놈 도움이 안되는군. 그거 불량품 아냐?"

허락도 안 받고 뺏어온 주제에 뻔뻔하게 불평하는 태현이었다.

-주, 주인님. 그래도 사디크 님의 힘은 진짜입니다.

-시끄러. 오크 하나 못 잡는 놈이 무슨.

카라그가 깨어났다는 말에 케인의 얼굴이 새파랗게 질렸다.

"야, 야. 그러면 엄청 위험한 거 아냐? 저번에도 그 난리를 쳤는데……"

"그러게. 케인이 위험하겠네."

"맞아요. 케인 씨가 위험하겠네요."

마치 남 일처럼 이야기하는 분위기! 태현과 이다비가 그러니 다른 사람들도 '오 그런가? 정말 케인만 위험한가 보다' 하고 고개를 끄덕였다.

"……생각해 보니 내가 위험한 건 너 때문이잖아!! 그리고 모르는 척하지 마! 너도 똑같이 위험하다고!"

케인은 태현을 가리키며 외쳤다. 카라그가 머리가 달린 이상, 눈앞에서 〈불의 마수의 숨결〉을 터뜨렸는데 태현한테 원한을 품지 않을 리 없었다.

"에이, 그래도 난 죽이지도 않았다. 그에 비해 넌 직접 아들을 죽였잖아."

"네가 한 거잖아!"

케인이 항의했지만 태현은 가볍게 무시했다.

"어쨌든 카라그가 깨어났다면 골치 좀 아프겠는데요?"

"그러게. 안 그래도 우르크 지역은 위험한 몬스터 많아서 퀘스트 깨기 힘든 곳인데……."

처음에는 몬스터들만 피해서 돌아다니며 아키서스 전도 퀘스트를 깨려고 했는데, 이렇게 되면 계획이 달라졌다.

"음…… 일단 안 들키고 돌아다니면서 상황을 좀 더 봐야 하나……."

만약 태현 일행이 우르크 지역에서 돌아다닌다는 걸 알게 된다면 오크들이 좋게 반응할 것 같지는 않았다.

무조건 죽이려고 하겠지!

-취익, 왜 그놈들은 안 돌아오는 거지? 따끔하게 혼을 내야겠군.

-칙! 맞는 말씀이십니다.

멀리서 들려오는 오크들의 대화 소리. 다른 오크들이 안 돌아오자 동료 오크들이 찾으러 온 게 분명했다.

일행은 재빨리 몸을 숨겼다.

"야, 오크 시체…… 는 사라졌을 테고, 아이템은? 잡템 남아 있으면 들킬 텐데?"

지능 있는 NPC는 흔적을 보고 상황을 파악할 수 있었다.

여기 있는 사람들은 전부 고렙 이상의 플레이어들. 흔히 볼 수 있는 오크 전사를 잡고 나오는 잡템까지 챙기는 사람은 없었다.

"제가 챙겼는데요……!"

이다비 빼고. 이다비는 부끄러운 표정으로 손을 들었다.

"잘했어! 덕분에 안 들키고 그냥 보낼 수 있겠네."

"잡는 게 낫지 않을까요?"

"음…… 그래도 오크 파티 두 개가 사라지는 것보다는 파티 하나 사라지는 게 좀 덜 들키지 않을까 싶어서. 오크들이 얼마나 똑똑한지는 모르겠는데……."

파아앗!

그 순간 숨어 있던 일행 중 한 명이 잽싸게 뛰어나왔다.

그리고 오크들을 향해 맹렬하게 돌격했다.

"이번에는 다르다!"

"뭔……."

태현이 '뭔'이라는 말을 끝내기도 전에 장쓰안은 달려들어서 오크들에게 선빵을 넣었다.

-취이익! 인간! 인간 있다! 기습이 커헉!

"보고 있냐 김태현! 이게 원래 내 실력이다! 아까는 방심해서 그렇지!"

"지금 죽일까?"

To Be Continued